Animal Farm

동물농장

원문+문법해설+번역[개정판]

원작 조지 오웰 편저 동일성

🗨 사색공간

 본 저서는 영문 소설 원본을 몇 문장을 한 단위로 하여 원본 밑에 주요 어구를 발음기호와 함께 해설하고 필요한 문법 설명을 덧붙여 놓았으며 그 밑에 본문 해석을 해 놓았기에 굳이 영어사전을 참조할 필요 없이 원서를 어려움 없이 읽어내려 갈 수 있도록 하였다. 본문 해석은 문법의 이해를 돕기 위해 의역보다는 직역에 가깝게 하였다.

 따라서 영어를 전공으로 하는 학생들뿐만 아니라 비전공 학생들과 일반인들도 보다 쉽게 영어 원서에 접할 수 있을 것이다.

 본명이 에릭 아서 블레어인 조지오웰은 1903년 6월 25일 인도 뱅골에서 인도 주재 영국 공관의 아들로 태어났다.

 그는 1933년에 파리와 런던에서 밑바닥 생활 체험을 바탕으로 집필한 첫 작품 르포르타주《파리와 런던의 바닥생활》을 시작으로 1934년에《버마의 나날》, 1936년《위건 부두로 가는 길》, 1938년에《카탈로니아 찬가 Homage to Catalonia》를 출간하였다. 그리고 마침내 그는 1945년 8월 러시아 혁명과 스탈린의 배신에 바탕을 둔 정치우화《동물 농장 Animal Farm》을 출간하였다. 그리고 1946년 스코틀랜드 서해안에 있는 주라(Jura) 섬에 머물며 집필에만 전념하여 1949년에 그의 최대 걸작인《1984년 Nineteen Eighty Four》를 완성하였다. 이 책은 현대 사회의 전체주의적 경향이 도달하게 될 종말을 기묘하게 묘사한 공포의 미래소설이다.

 《동물 농장 》은 독재체제의 전체주의적 공포사회를 그리면서 공산주의를 비판한 책으로서 조지오웰을 일약 세계적으로 주목받는 작가가 되게 해준 책이다.

2021년 5월
편저자 동일성

목 차

Mr Jones, of the Manor Farm, had locked the hen-houses for the night, but was too drunk to remember to shut the pop-holes.

too ~ to ~너무나 ~해서 ~할 수 없다.

장원 농장의 존스 씨는 그날 밤 닭장 문을 걸어 잠갔지만 너무나 술에 취해서 닭장의 작은 구멍을 닫는 것을 생각해 낼 수 없었다.

With the ring of light from his lantern dancing from side to side, he lurched across the yard, kicking off his boots at the back door, drew himself a last glass of beer from the barrel in the scullery, and made his way up to bed, where Mrs Jones was already snoring.

With the ring ~ dancing~은 부대상황을 나타내는 독립분사구문에 With 가 붙어서 묘사적인 효과를 나타내고 있음. kicking off ~ 시간을 나타내는 분사구문임. where ~는 계속적 용법의 관계부사임.

그가 비틀거리며 마당을 가로질러 가는 동안 그의 랜턴에서 나오는 둥근 불빛도 함께 좌우로 흔들거렸다. 그는 뒷문에서 장화를 차서 벗어버리자 바로 부엌에 있는 술통에서 맥주를 마지막으로 한잔 들이키고는 침대로 올라갔는데 그곳엔 그의 아내가 이미 코를 골고 있었다.

As soon as the light in the bedroom went out there was a stirring and a fluttering all through the farm buildings.

as soon as ~ 하자마자.

침실의 불빛이 꺼지자마자 모든 농장 건물들에서 소란스럽고 퍼덕거리는 소리가 났다.

Word had gone round during the day that old Major, the prize

Middle White boar, had had a strange dream on the previous night and wished to communicate it to the other animals.

during the day that에서 that은 동격명사절을 이끄는 접속사임, ~하였다는 말(소문)이 그날 퍼졌다. prize [praiz] 상, 상품, 입상의, 훌륭한, 높이 평가하다, 존중하다. Middle White는 영국이 원산지인 사육돼지의 한 품종 이름임.

입상한 적이 있는 미들 화이트 수퇘지인 늙은 메이저가 전날 밤 이상한 꿈을 꾸었는데 그것을 다른 동물들에게 전하고 싶다고 하는 소문이 그날 퍼졌었다.

It had been agreed that they should all meet in the big barn as soon as Mr Jones was safely out of the way.

It ~ agreed that에서 that은 명사절을 유도하는 접속사임, ~그들이 만나야 한다는 것이 합의되었었다. out of the way 방해가 되지 않는.

존스 씨가 안전하게 방해가 되지 않게 되자마자 동물들이 모두 커다란 헛간에서 만나는 것이 합의되었었다.

Old Major (so he was always called, though the name under which he had been exhibited was Willingdon Beauty) was so highly regarded on the farm that everyone was quite ready to lose an hour's sleep in order to hear what he had to say.

exhibit [igzíbit] 전람하다, 출품하다, 나타내다, 전람. ~ so ~ that 너무나 ~해서 ~하다. to hear what he had ~에서 what은 선행사를 포함하는 관계대명사임, 그가 말해야 하는 것을 들기 위해서.

늙은 메이저는 (그는 언제나 그렇게 불리었다, 비록 그가 품평회 같은 데에 출품되어질 때의 이름은 윌링던 뷰티였지만.) 농장에서 너무나 높이 존경받고 있어서 모두들 그가 말해야 하는 것을 듣기 위해서라면 기꺼이 한 시간의 잠을 포기할 준비가 되어 있었다.

At one end of the big barn, on a sort of raised platform, Major was already ensconced on his bed of straw, under a lantern which hung from a beam.

ensconce [inskάns] 몸을 편히 앉히다, 안치하다, 숨기다. under a lantern which에서 which는 주격 관계대명사임.

커다란 헛간 한쪽 약간 높이 올린 연단 같은 곳에서 메이저는 들보에 매달린 등불 아래 이미 깔짚 위에 좌정하고 있었다.

He was twelve years old and had lately grown rather stout, but he was still a majestic-looking pig, with a wise and benevolent appearance in spite of the fact that his tushes had never been cut.

benevolent [bənévələnt] 자비심 많은, 호의적인. in spite of ~임에도 불구하고. the fact that ~에서 that은 동격명사절을 이끄는 접속사임.

그는 나이가 12세로서 최근에 와서 약간 뚱뚱해졌다. 하지만 그는 그의 이빨이 결코 잘린 적이 없음에도 불구하고 현명하고 자비로운 외모에, 여전히 위엄 있게 보이는 돼지였다.

Before long the other animals began to arrive and make themselves comfortable after their different fashions.

before long 오래지 않아. fashion [fǽʃən] 하는 식, 방식, ~류, 양식, 유행, 형성하다, 맞추다.

잠시 후 다른 동물들이 도착하기 시작했고 그들 나름대로의 방식대로 편안히 자리를 잡았다.

First came the three dogs, Bluebell, Jessie, and Pincher, and then the pigs who settled down in the straw immediately in front of the platform.

First came the three dogs, ~에서 dogs는 주어이지만 길기 때문에 맨 앞에 놓이지 않고 동사 뒤로 도치되었음. the pigs who ~에서 who는 주격 관계대명사임. immediately 곧, 즉시, 바로 가까이에.

첫 번째로 블루벨, 제시 그리고 핀처라고 하는 세 마리의 개들이 들어왔고 그 다음에 돼지들이 들어왔는데 돼지들은 연단 앞 바로 가까이 짚 위에 자리를 잡았다.

The hens perched themselves on the window-sills, the pigeons fluttered up to the rafters, the sheep and cows lay down behind the pigs and began to chew the cud.

perch [pə:rtʃ] 횃대, 높은 자리, 횃대에 앉다, 자리를 차지하다. window-sill 창턱. flutter [flʌ́tər] 퍼덕거리다, 날개를 치며 날다, 퍼덕거림. rafter [rǽftər] 서까래. chew [tʃu:] 씹다, 깨물어 부수다. cud [kʌd] 새김질.

암탉들은 창턱에 앉았고, 비둘기들은 서까래로 올라갔으며, 양과 암소들은 돼지들 뒤에 앉아 새김질을 시작했다.

The two cart-horses, Boxer and Clover, came in together, walking very slowly and setting down their vast hairy hoofs with great care lest there should be some small animal concealed in the straw.

hairy [hέəri] 털 많은, 텁수룩한, 곤란한. hoof [huf] 발굽. walking ~ , setting ~ 은 부대상황을 나타내는 분사구문임. lest ~ should ~ 하지 않도록, ~은 아닐까 하고, ~하지나 않을까 하여.

짐마차를 끄는 두 마리의 말, 복서와 클로버가 아주 천천히 걸어서, 짚 속에 숨어 있는 어떤 작은 동물들이 있지나 않을까 하여 대단히 조심스럽게 털북숭이의 커다란 발굽들을 옮기며 함께 들어왔다.

Clover was a stout motherly mare approaching middle life, who had never quite got her figure back after her fourth foal.

stout [staut] 단단한, 굳센, 뚱뚱한. motherly 어머니의, 어머니다운, 상냥한. mare [mεər] 암말. who had never ~에서 who는 주격관계대명사임. figure [fígjər] 숫자, 합계, 모양, 몸매, 인물. foal [foul] 말 따위의 새끼.

클로버는 중년에 가까워지는, 어머니다운 뚱뚱한 암말로서, 네 번째 새끼를 낳은 후로는 결코 이전의 몸매를 되찾을 수 없었다.

Boxer was an enormous beast, nearly eighteen hands high, and as strong as any two ordinary horses put together.

hand 손, 점유, 일손, 4인치. as ~ as ~만큼, ~같을 정도로, 앞의 as는 부사이고 뒤의 as는 접속사임. put together 모으다, 종합하다, 합계하다.

복서는 거대한 짐승이었는데 키가 거의 열여덟 뼘 정도나 크고, 웬만한 두 마리의 말을 합해 놓은 것만큼 힘이 세었다.

A white stripe down his nose gave him a somewhat stupid appearance, and in fact he was not of first-rate intelligence, but he was universally respected for his steadiness of character and tremendous powers of work.

first-rate 일류의, 일급의, 훌륭한, 멋진, 굉장히.
intelligence [intéləʤəns] 지성, 이해력, 사고력, 정보. universally 보편적으로, 널리, 도처에. steadiness 착실함, 불변, 한결 같음.

코 밑의 흰 줄무늬는 그에게 약간 바보스러운 모습을 띠게 하였고 사실 그는 일급 수준의 지성적인 동물은 아니었다. 하지만 그는 한결 같은 마음씨와 어마어마한 노동력 때문에 동물들에게 널리 존경받았다.

After the horses came Muriel, the white goat, and Benjamin, the donkey. Benjamin was the oldest animal on the farm, and the worst tempered. He seldom talked, and when he did it was usually to make some cynical remark — for instance, he would say that God had given him a tail to keep the flies off, but that he would sooner have had no tail and no flies.

tempered 조절된, 완화된, ~한 성질의. worst tempered 가장 좋지 않은 성질의. cynical [sínikəl] 냉소적인, 비꼬는. for instance 예를 들면. would sooner ~ 차라리 ~하고 싶다.

말들 다음에 흰 염소 뮤리엘과 당나귀 벤자민이 왔다. 벤자민은 농장에서 가장 나이가 많은 동물이었고 성질이 가장 좋지 않았다. 그는 좀처럼 말을 하지 않았는데 말을 할 때면 그건 대개 어떤 냉소적인 비평을 하기 위한 것이었다. 예를 들면 그는 신이 자신에게 파리를 쫓아내라고 꼬리를 주었지만 자신은 차라리 꼬리도 없고 파리도 없었으면 좋겠다고 말하곤 했다.

Alone among the animals on the farm he never laughed. If asked why, he would say that he saw nothing to laugh at.

laugh [læf] 소리를 내어 웃다, 흥겨워하다, 웃음. laugh at ~을 보고 웃다, ~을 비웃다, ~을 일소에 부치다.

농장의 동물들 가운데 오직 그만이 절대로 웃지 않았다. 왜 그러냐고 질문을 받으면 그는 웃을 만한 게 없다고 말하곤 했다.

Nevertheless, without openly admitting it, he was devoted to Boxer; the two of them usually spent their Sundays together in the small paddock beyond the orchard, grazing side by side and never speaking.

devoted [divóutid] 충실한, 헌신적인. paddock [pǽdək] 마구간에 딸린 작은 방목장. grazing ~과 speaking 모두 부대상황을 나타내는 분사구문임.

그럼에도 불구하고 공개적으로 인정하지는 않았지만 그는 복서에게 헌신적이었다. 그들 둘은 일요일이면 대개 과수원 너머 작은 목장에서 말없이 함께 풀을 뜯으며 시간을 보냈다.

The two horses had just lain down when a brood of ducklings, which had lost their mother, filed into the barn, cheeping feebly and wandering from side to side to find some place where they would not be trodden on.

brood [bru:d] 한 배 병아리. file [fail] 서류철, 철한 서류, 파일, 철하여 보관하다, 종렬로 나아가다. cheeping~과 wandering~ 모두 부대상황을 나타내는 분사구문임. where they would ~에서 where는 관계부사임. tread [tred] 밟다, 짓밟다, 유린하다, 걷다.

　그 두 마리의 말이 자리를 잡자 이내 어미를 잃어버린 한 배 오리새끼들이 연약하게 삐악삐악 울며 밟히지 않을 장소를 찾아 이리저리 돌아다니며 헛간으로 줄지어 들어왔다.

　Clover made a sort of wall round them with her great foreleg, and the ducklings nestled down inside it, and promptly fell asleep. At the last moment Mollie, the foolish, pretty white mare who drew Mr Jones's trap, came mincing daintily in, chewing at a lump of sugar.

　foreleg 짐승의 앞다리. trap [træp] 올가미, 함정, 2륜 경마차, 덫으로 잡다. mince [mins] 다지다, 잘게 썰다, 맵시를 내며 걷다, 점잔빼며 말하다. daintily 우미하게, 섬세히, 풍미 있게. came mincing daintily in~에서 mincing은 주격보어로 볼 수 있음.

　클로버는 그녀의 커다란 앞발로 오리새끼들에게 일종의 울타리를 만들어주었다. 그러자 오리새끼들은 그 안에서 편안하게 몸을 가누고는 금세 잠이 들어버렸다. 마지막 순간에 존스 씨의 이륜마차를 끄는, 우둔하지만 예쁘장한 흰 암말 몰리가 각설탕을 씹으며 우아한 맵시로 들어왔다.

　She took a place near the front and began flirting her white mane, hoping to draw attention to the red ribbons it was plaited with.

　flirt [fləːrt] 남녀가 새롱거리다, 쫑긋쫑긋 움직이다. plait [pleit] 주름, ~에 주름잡다, 땋다, 엮다. hoping to ~는 이유를 나타내는 분사구문으로 볼 수 있음. it was ~에서 it는 mane을 가리킴.

　그녀는 앞쪽 가까이에 자리를 잡았다. 그리고 자신의 갈기에 달린 붉은 리본에 관심을 끌기를 바라면서 흰 갈기를 쫑긋쫑긋 움직이기 시작했다.

　Last of all came the cat, who looked round, as usual, for the warmest place, and finally squeezed herself in between Boxer and Clover: there she purred contentedly throughout Major's speech without listening to a word of what he was saying.

who look ~에서 who는 주격관계대명사임. squeeze [skwiːz] 죄다, 짜내다, 틀어박다, 무리하게 끼어들다. purr [pəːr] 목을 가르랑거리다.

마지막으로 고양이가 들어왔는데 그녀는 언제나 그랬듯이 제일 따뜻한 곳을 찾아 둘러보았다. 그리고 마침내 복서와 클로버 사이로 비집고 들어갔다. 그곳에서 그녀는 메이저의 연설 내내 그가 말하는 것을 한 마디도 경청하지 않으면서 만족스러운 듯이 목을 가르랑거렸다.

All the animals were now present except Moses, the tame raven, who slept on a perch behind the back door. When Major saw that they had all made themselves comfortable and were waiting attentively, he cleared his throat and began:

tame [teim] 길든, 길들인, 무기력한, 재미없는, 길들이다.
raven [réivən] 까마귀. who slept ~에서 who는 주격관계대명사임. perch [pəːrtʃ] 횃대, 높은 지위. attentively 주의 깊게, 경청하여, 정중하게.

뒷문 뒤쪽 횃대에서 잠을 자는, 길든 까마귀 모지즈를 제외하고는 이제 모든 동물들이 참석했다. 동물들이 모두 편안히 자리 잡고 관심 있게 기다리고 있는 것을 보자 메이저는 목청을 가다듬고 말을 시작했다:

'Comrades, you have heard already about the strange dream that I had last night. But I will come to the dream later. I have something else to say first. I do not think, comrades, that I shall be with you for many months longer, and before I die, I feel it my duty to pass on to you such wisdom as I have acquired.

comrade [kámræd] 동료, 동무. pass on 앞으로 나아가다, 옮기다, 전하다, 속이다. dream that I had ~에서 that은 목적격 관계대명사임. such wisdom as I have acquired ~에서 as는 의사 관계대명사임.

'동무들, 여러분은 전날 밤 내가 꾼 이상한 꿈에 대해서 이미 들었을 거요.

하지만 그 꿈은 나중에 말할 것이오. 먼저 해야 할 말이 있소. 동무들, 난 몇 개월 이상 여러분과 함께 지낼 수 있을 거라고는 생각하지 않아요. 그래서 내가 죽기 전에 내가 얻게 된 그런 지혜를 여러분에게 전하는 게 나의 의무라고 생각하오.

I have had a long life, I have had much time for thought as I lay alone in my stall, and I think I may say that I understand the nature of life on this earth as well as any animal now living. It is about this that I wish to speak to you.

nature [néitʃər] 자연, 천성, 성질, 본질, 특성, 본래의 모습. as well as ~마찬가지로 (잘). It is ~ that ~은 강조 용법임.

난 오래 살았소, 우리에 혼자 누워 생각할 시간이 많이 있었소, 그리고 내 생각엔 지금 살아 있는 어떤 동물 못지않게 이 땅에서의 삶이 어떠한 것인지 잘 알고 있다고 말할 수 있소. 이것이야 말로 내가 여러분에게 말하고 싶은 거요.

'Now, comrades, what is the nature of this life of ours? Let us face it: our lives are miserable, laborious, and short. We are born, we are given just so much food as will keep the breath in our bodies, and those of us who are capable of it are forced to work to the last atom of our strength;

face [feis] 얼굴, 표면, ~에 면하다, 용감하게 맞서다, 직시하다. miserable [mízərəbəl] 불쌍한, 비참한. so much food as will ~에서 as 는 의사 관계대명사임. atom [ǽtəm] 원자, 미분자, 극소량.

'자 동무들, 우리의 이러한 삶은 어떠한 것입니까? 그걸 바로 직시합시다. 우리의 삶은 비참하고 고되고 또한 짧아요. 우린 태어나서 우리의 몸에 숨이 붙어있게 할 만큼의 음식만을 제공받고 숨을 쉴 수 있는 우리 동물들은 우리의 마지막 힘을 다 할 때까지 일을 강요받고 있소.

---

and the very instant that our usefulness had come to an end we are slaughtered with hideous cruelty. No animal in England knows the meaning of happiness or leisure after he is a year old. No animal in England is free. The life of an animal is misery and slavery: that is the plain truth.

instant [ínstənt] 즉시의, 긴급한, 이달의, 순간, ~한 순간에. come to an end 끝나다, 마치다. slaughter [slɔ́:tər] 도살, 살인, 학살, 도살하다. hideous [hídiəs] 무시무시한, 가증한.
cruelty [krú:əlti] 잔인함, 잔인한 행위. leisure [lí:ʒər] 틈, 여가, 한가한 시간. misery [mízəri] 불행, 고통, 비참한 신세. slavery [sléivəri] 노예 상태, 굴종.

그리고 우리의 유용함이 끝나게 되는 바로 그 순간, 우리는 아주 참혹하게 도살되오. 영국의 어떤 동물도 한 살이 지나면 행복이나 여가의 의미를 알지 못하오. 영국의 어떤 동물도 자유롭지 못하오. 우리 동물들의 삶은 비참하고 노예와 같소. 그건 엄연한 사실이오.

'But is this simply part of the order of nature? Is it because this land of ours is so poor that it cannot afford a decent life to those who dwell upon it?

so poor that it cannot ~ 너무나 가난해서 그것은 ~할 수 없다. decent [dí:sənt] 버젓한, 점잖은, 호감이 가는, 품위 있는, 친절한. dwell upon ~을 곰곰이 생각하다, ~에 거주하다.

'하지만 이것이 자연 질서의 순전한 일부인가요? 우리가 살고 있는 이 땅이 너무 가난해서 이곳에 살고 있는 동물들에게 버젓한 삶을 제공할 수 없기 때문인가요?

No, comrades, a thousand times no! The soil of England is fertile, its climate is good, it is capable of affording food in abundance to an enormously greater number of animals than now inhabit it.

fertile [fə́:rtl] 비옥한, 풍부한. abundance [əbʌ́ndəns] 풍부, 다량.

inhabit [inhǽbit] ~에 살다, 거주하다, ~에 존재하다. than now inhabit it에서 than은 의사 관계대명사임.

아니오, 동무들, 천만번 아니오! 영국의 토양은 비옥하고 기후는 양호하오, 영국은 지금 살고 있는 동물보다도 훨씬 더 많은 동물들에게 충분히 음식을 제공할 수 있소.

This single farm of ours would support a dozen horses, twenty cows, hundreds of sheep — and all of them living in a comfort and a dignity that are now almost beyond our imagining. Why then do we continue in this miserable condition? Because nearly the whole of the produce of our labour is stolen from us by human beings.

support [səpɔ́:rt] 지탱하다, 지지하다, 원조하다, 버팀, 원조. all of them living ~은 독립 분사구문임. dignity [dígnəti] 존엄, 위풍. that are now ~에서 that은 주격 관계대명사임.

여기 우리의 농장 하나만으로도 열두 마리의 말과 스무 마리의 암소, 수백 마리의 양을 부양할 것이오. 그리고 그들 모두에게 지금 우리가 상상하는 것 이상으로 안락함과 품위 속에서 살게 하면서 말이오. 그런데 왜 우린 이런 비참한 상황 속에서 계속 살아야 하는 거요? 그건 우리 노동의 산물 거의 전부가 인간들에 의해 우리에게서 빼앗겨지기 때문이오.

There, comrades, is the answer to all our problems. It is summed up in a single word — Man. Man is the only real enemy we have. Remove Man from the scene, and the root cause of hunger and overwork is abolished for ever.

root [ru:t] 뿌리, 근원, 근본적인, 뿌리박다. 주둥이로 땅을 헤집다. real enemy we have ~에서 we have 앞에 목적격 관계대명사가 생략되었음. abolish [əbáliʃ] 폐지하다, 철폐하다.

동무들, 거기에 우리의 모든 문제에 대한 해답이 있소. 이는 한 단어 — 인간으로 요약되오. 인간은 우리가 가진 유일한 진짜 적이오. 이 땅에서 인간을 몰아내시오. 그러면 굶주림과 과로의 근본적인 원인이 영원히 제거될 것이오.

'Man is the only creature that consumes without producing. He does not give milk, he does not lay eggs, he is too weak to pull the plough, he cannot run fast enough to catch rabbits.

creature [krí:tʃər] 창조물, 생물, 동물. consume [kənsú:m] 다 써버리다, 소비하다. creature that consumes에서 that은 주격 관계대명사임. too ~ to ~ 너무나 ~해서 ~할 수 없다. plough [plau] 쟁기, 쟁기로 갈다, 주름을 짓다, 물결을 가르며 나아가다.

'인간은 생산 없이 소비하는 유일한 동물이오. 그는 젖을 생산하지 않고 계란을 낳지도 않소. 그는 너무나 약해서 쟁기를 끌 수도 없으며 토끼를 잡을 만큼 빠르지도 않소.

Yet he is lord of all the animals. He sets them to work, he gives back to them the bare minimum that will prevent them from starving, and the rest he keeps for himself.

lord [lɔ:rd] 지배자, 군주, 하느님, 주인. set [set] 두다, 배치하다, 향하다, 하게 하다, 정하다, 고정하다, 저물다, 종사하다, 출발하다, 일몰, 한 벌, 집합, 고정된, 결심한. bare [bɛər] 벌거벗은, 휑뎅그렁한, 그저 ~뿐인. minimum [mínəməm] 최소, 최소한도. prevent from ~ing ~을 막아 못하게 하다. minimum that will prevent에서 that 은 주격 관계대명사임.

하지만 그는 모든 동물들의 주인이오. 그는 동물들에게 일을 시키고는 굶어죽는 걸 막을 만큼 최소한의 양식을 그들에게 돌려줄 뿐이오. 그리고 나머지는 자신의 것으로 차지하오.

Our labour tills the soil, our dung fertilizes it, and yet there is not one of us that owns more than his bare skin. You cows that I see before me, how many thousands of gallons of milk have you given during this last year?

till [til] ~까지, ~할 때까지, 갈다, 경작하다. dung [dʌŋ] 똥, 거름, 비료

를 주다. fertilize [fə́:rtəlaiz] 기름지게 하다, 풍부하게 하다. one of us that owns ~에서 that은 주격 관계대명사임. you cows that I see에서 that은 목적격 관계대명사임.

우리의 노동은 토양을 경작하고 우리의 배설물은 토양을 기름지게 하오. 그런데 그저 자신의 가죽 이상의 것을 가지고 있는 자는 우리들 가운데 하나도 없소. 내가 앞에 보고 있는 암소 동무 여러분, 그대들이 작년에 생산한 우유가 도대체 몇 천 갤런이오?

And what has happened to that milk which should have been breeding up sturdy calves? Every drop of it has gone down the throats of our enemies. And you hens, how many eggs have you laid this last year, and how many of those eggs ever hatched into chickens?

that milk which should ~에서 which는 주격 관계대명사임. breed [bri:d] 기르다, 양육하다. sturdy [stə́:rdi] 억센, 튼튼한. hatch [hætʃ] 부화하다, 꾸미다.

그런데 튼튼한 송아지로 길러야 했을 그 우유가 어떻게 된 것이오? 모든 우유는 적들의 목으로 넘어가버리고 말았소. 그리고 암탉 여러분, 그대들은 작년에 얼마나 많은 달걀을 낳았소? 그런데 그런 달걀 중에서 몇 개나 병아리로 부화했소?

The rest have all gone to market to bring in money for Jones and his men. And you Clover, where are those four foals you bore, who should have been the support and pleasure of your old age?

foal [foul] 말 따위의 새끼, 새끼를 낳다. four foals you bore ~에서 you bore 앞에 목적격 관계대명사가 생략되었음. support [səpɔ́:rt] 지탱하다, 지지하다, 버팀, 지지자, 원조, 후원.

나머지 달걀들은 존스와 그의 일꾼들에게 돈을 벌어들이도록 모두 시장으로 나갔소. 그리고 클로버 동무, 당신의 노년에 당신의 버팀목이 되었어야 하

16

고 당신의 기쁨이 되었어야 할, 당신이 낳은 네 마리의 새끼들은 지금 어디에 있소?

Each was sold at a year old — you will never see one of them again. In return for your four confinements and all your labour in the field, what have you ever had except your bare rations and a stall?

in return 답례로, 보답으로. confinement 제한, 감금, 억류, 해산. ration [ræʃən] 정량, 배급, 할당, 식량, 배급하다, ~을 배급제로 하다.

각자는 한 살이 되자 팔려나갔고 당신은 다시는 그들 중 어느 누구도 만나지 못할 거요. 네 번의 해산과 들에서의 당신의 모든 노동에 대한 보답으로 고작 먹이와 마구간을 빼고 이제까지 당신은 무엇을 받았소?

'And even the miserable lives we lead are not allowed to reach their natural span. For myself I do not grumble, for I am one of the lucky ones. I am twelve years old and have had over four hundred children. Such is the natural life of a pig.

the miserable lives we lead ~에서 we lead 앞에 목적격 관계대명사가 생략되었음. span [spæn] 한 뼘, 약간의 짧은 거리, 지름, 지속 거리, 두 날짜 사이의 기간. grumble [grʌmbəl] 불평하다, 끙끙거리다, 불평스레 말하다.

'그리고 우리가 살아가는 비참한 삶조차 우리의 자연스런 수명에 이르도록 허락되지 않소. 나 자신에 대해서 난 불평하지 않소. 왜냐하면 난 행운아 가운데 하나이기 때문이오. 난 열 두 살이고 사백 명이 넘는 자식을 두었소. 그것은 돼지로서는 자연스러운 삶이오.

But no animal escapes the cruel knife in the end. You young porkers who are sitting in front of me, every one of you will scream your lives out at the block within a year. To that horror we all must come — cows, pigs, hens, sheep, everyone.

porker 식용돼지. scream [skriːm] 소리치다, 비명을 지르다, block [blɑk] 큰 덩이, 받침, 한 구획, 단두대, 장애, 막다. porkers who are sitting ~에서 who는 주격 관계대명사임.

하지만 어떤 동물도 결국엔 잔인한 칼을 피해갈 수 없소. 내 앞에 앉아 있는 젊은 식용 돼지 여러분, 여러분은 모두 일 년 안에 단두대에서 살려달라고 비명을 지르게 될 거요. 우린 모두 그러한 참사를 당할 거요, 암소들, 돼지들, 암탉들, 양들 모두 말이오.

Even the horses and the dogs have no better fate. You, Boxer, the very day that those great muscles of yours lose their power, Jones will sell you to the knacker, who will cut your throat and boil you down for the fox-hounds.

the very day that those ~에서 that은 관계부사로서 when 대신에 쓰였음. the knacker, who will ~에서 who는 주격 관계대명사임(계속적 용법).

말과 개들 또한 더 좋은 운명을 갖고 있지는 않소. 복서, 동무는 그대의 튼튼한 근육이 힘을 잃게 되는 바로 그날, 존스는 그대를 폐마 도살업자에게 팔아넘길 것이고 그 도살업자는 여우 사냥개들을 위해 그대의 목을 베어 뜨거운 물에 삶아버릴 거요.

As for the dogs, when they grow old and toothless, Jones ties a brick round their necks and drowns them in the nearest pond.

'Is it not crystal clear, then, comrades, that all the evils of this life of ours spring from the tyranny of human beings?

Is it not ~ that all the evil ~에서 it는 가주어, that절은 진주어임. tyranny [tírəni] 포학, 학대, 폭정.

개들에 대해서 말하면, 그들이 늙어서 이가 빠지게 되면 존스는 개들의 목에 벽돌을 달아 가장 가까운 연못에 빠뜨릴 거요.

'우리의 이런 삶의 모든 해악이 인간들의 포악으로부터 나온다는 게 너무나 분명하지 않소?

Only get rid of Man, and the produce of our labour would be our own. Almost overnight we could become rich and free. What then must we do? Why, work night and day, body and soul, for the overthrow of the human race!

get rid of ~을 벗어나다, ~을 제거하다. overnight 밤을 새는, 하룻밤 사이의, 일박의, 밤새도록, 하룻밤 사이에, 전날 밤. why 왜, ~하는 (이유), 아니, 저런, 물론, 어유, 뭐야?, 글쎄요. night and day 밤낮(없이). body and soul 몸과 마음을 다하여. overthrow 뒤집어엎다, 타도하다.

단지 인간을 제거하시오. 그렇게 되면 우리의 노동의 산물은 우리의 것이 될 것이오. 하룻밤만 지나면 우린 부유하고 자유롭게 될 거요. 그럼 우린 무엇을 해야 합니까? 물론 우린 인류의 타도를 위해 모든 힘을 다해야 하오!

That is my message to you, comrades: Rebellion! I do not know when that Rebellion will come, it might be in a week or in a hundred years, but I know, as surely as I see this straw beneath my feet, that sooner or later justice will be done.

rebellion [ribéljən] 모반, 반란, 폭동, 반항. as surely as ~ my feet는 삽입절임. sooner or later 머지않아, 조만간.

그게 여러분에게 보내는 나의 메시지요. 반란이오! 그 반란이 언제 올지 난 모르오. 그건 일주일 안에 올지 아니면 백년이 되어야 올지 모르오. 하지만 난 머지않아 정의가 이루어진다는 것을 내가 발밑의 이 지푸라기를 보는 것처럼 아주 분명하게 알고 있소.

Fix your eyes on that, comrades, throughout the short remainder of your lives! And above all, pass on this message of mine to those who come after you, so that future generations shall carry on the struggle until it is victorious.

fix [fiks] 고정시키다, 찬찬히 보다, 고치다. above all 다른 무엇보다도 특히. generation [dʒenəréiʃən] 세대, 한 세대의 사람들, 산출. carry on

계속하다, 진행시키다, 경영하다. struggle [strʌ́gəl] 버둥거리다, 노력하다, 분투하다, 버둥질, 노력. those who come ~에서 who는 주격 관계대명사임. so that ~은 ~하도록.

동무들, 여러분의 남아 있는 짧은 생애 동안 여러분의 눈을 거기에 고정시키시오! 그리고 무엇보다도, 승리를 이룰 때까지 미래의 세대가 투쟁을 계속할 수 있도록 나의 이런 메시지를 다음 후손에게 전해주시오.

'And remember, comrades, your resolution must never falter. No argument must lead you astray. Never listen when they tell you that Man and the animals have a common interest, that the prosperity of the one is the prosperity of the others.

resolution [rezəlúːʃən] 결심, 결의, 해결. falter [fɔ́ːltər] 비틀거리다, 머뭇거리다, 말을 더듬다. astray [əstréi] 길을 잃어, 정도에서 벗어나, 타락하여. interest [íntərəst] 관심, 흥미, 중요성, 이익.
prosperity [prɑspérəti] 번영, 번창, 부유.

'그리고 동무들, 여러분의 결심이 흔들리지 말아야 한다는 걸 기억하시오. 어떠한 논쟁도 여러분이 길을 잃게 하지 말아야 하오. 인간들이 여러분에게 인간과 동물은 공통의 이익을 갖고 있으며 한쪽의 번영은 다른 쪽의 번영이 된다고 말을 할 때 절대로 듣지 마시오.

It is all lies. Man serves the interests of no creature except himself. And among us animals let there be perfect unity, perfect comradeship in the struggle. All men are enemies. All animals are comrades.'

unity [júːnəti] 통일, 불변성, 일관성. comradeship 동지로서의 교제, 동료 관계, 우정. struggle [strʌ́gəl] 버둥거리다, 노력하다, 분투하다, 버둥질, 노력.

그것은 모두 거짓이오. 인간은 자기 자신을 제외하고는 어떠한 존재의 이익을 위해 일하지 않소. 그래서 우리 동물들에게는 투쟁을 하는데 있어서 완벽한 통일성과 완벽한 동료 의식이 있어야 하오. 모든 인간들은 적이오. 모든

동물들은 동료요.'

At this moment there was a tremendous uproar. While Major was speaking four large rats had crept out of their holes and were sitting on their hind-quarters listening to him.

tremendous [triméndəs] 무서운, 굉장한, 엄청난. uproar [ʌ́prɔːr] 소란, 소동. hind-quarters 짐승의 궁둥이와 뒷다리. ~ listening to him에서 listening은 주격보어로 쓰인 현재분사로 볼 수 있음.

바로 이 순간 엄청난 소란이 일어났다. 메이저가 말을 하고 있는 동안 네 마리의 커다란 쥐들이 구멍에서 나와 궁둥이를 깔고 앉아 그의 말을 듣고 있었다.

The dogs had suddenly caught sight of them, and it was only by a swift dash for their holes that the rats saved their lives. Major raised his trotter for silence.

catch sight of ~을 보다. it was only ~ that the rats saved ~는 it ~ that ~ 강조용법임. trotter [trátər] 속보의 말, 돼지 등의 족.

개들이 갑자기 쥐들을 발견했고 쥐들은 구멍으로의 재빠른 돌진으로 가까스로 목숨을 구했다. 메이저는 발을 들어서 조용히 시켰다.

"Comrades," he said, 'here is a point that must be settled. The wild creatures, such as rats and rabbits — are they our friends or our enemies? Let us put it to the vote. I propose this question to the meeting: Are rats comrades?'

a point that must ~에서 that은 주격 관계대명사임. put a thing to the vote 어떤 것을 표결에 부치다.

"동무들," 그가 말했다, '결정해야 할 것이 하나 있소. 쥐와 토끼 같은 야생동물들은 우리의 친구요, 아니면 적이요? 이것을 표결에 부칩시다. 여기 모임에 이 문제를 제안하고자 하오. 쥐는 우리의 동료입니까?'

The vote was taken at once, and it was agreed by an overwhelming majority that rats were comrades. There were only four dissentients, the three dogs and the cat, who was afterwards discovered to have voted on both sides. Major continued:

overwhelming 압도적인, 저항할 수 없는. majority [mədʒɔ́ːrəti] 대부분, 과반수, 득표차. dissentient [disénʃənt] 의견을 달리하는 (사람), 반대하는 (사람). it was agreed ~ that rats were ~에서 it는 가주어 that 이하하는 진주어임. ~and the cat, who was ~에서 who는 주격 관계대명사임.

투표는 즉시 행해졌고 압도적인 다수로 쥐들도 동료라는 것이 동의되었다. 단지 네 명의 반대자가 나왔는데, 세 마리의 개와 고양이였다. 그런데 고양이는 양쪽에 모두 투표한 것으로 나중에 밝혀졌다. 메이저는 계속했다.

'I have little more to say. I merely repeat, remember always your duty of enmity towards Man and all his ways. Whatever goes upon two legs, is an enemy. Whatever goes upon four legs, or has wings, is a friend.

I have little more to say에서 to say는 more를 수식함으로써 부정사의 형용사적 용법으로 쓰였음. whatever goes upon ~에서 whatever는 선행사를 포함한 복합관계대명사임.

난 더 할 말이 별로 없소. 난 단순히 반복하지만, 인간과 인간의 방식에 대한 여러분의 의무적인 적개심을 언제나 기억하시오. 두 발로 가는 것은 무엇이든 적이오. 네 발로 가거나 날개를 가진 것은 무엇이든 우리의 친구요.

And remember also that in fighting against Man, we must not come to resemble him. Even when you have conquered him, do not adopt his vices. No animal must ever live in a house, or sleep in a bed, or wear clothes, or drink alcohol, or smoke tobacco, or touch money, or engage in trade.

resemble [rizémbəl] ~와 닮다. adopt [ədápt] 양자로 삼다, 채택하다, 채용하다. vice [vais] 악덕, 악습, 결함. engage in ~에 종사하다, ~을 착

수하다. trade [treid] 매매, 직업, 장사하다, 거래하다, 매매하다, 서로 교환
하다.

그리고 또한 인간과 투쟁을 하는데 있어서 우린 그를 닮지 말아야 하오.
여러분이 인간을 정복했을 때에도 그의 해악을 채택하지 마시오. 어떤 동물도
집에서 살거나, 침대에서 자거나, 옷을 입거나, 술을 마시거나, 담배를 피우거
나, 돈을 만지거나, 거래를 하지 말아야 하오.

All the habits of Man are evil. And, above all, no animal must
ever tyrannize over his own kind. Weak or strong, clever or simple,
we are all brothers. No animal must ever kill any other animal. All
animals are equal.

evil [í:vəl] 나쁜, 사악한, 불길한, 해악. tyrannize [tírənaiz] 학정을 행하
다, 학대하다, 압제하다. simple [símpəl] 단일의, 단순한, 간소한, 순진한, 어
리석은, 무지한, 순연한, 무조건의, 하찮은.

인간의 모든 습관은 사악하오. 그리고 무엇보다도, 어떤 동물도 그 자신의
종족에 학대를 하지 말아야 하오. 약하든 강하든, 영리하든 어리석든, 우린
모두 형제요. 어떤 동물도 다른 동물을 죽이면 안 되오. 모든 동물은 평등하
오.

'And now, comrades, I will tell you about my dream of last night.
I cannot describe that dream to you. It was a dream of the earth
as it will be when Man has vanished. But it reminded me of
something that I had long forgotten.

describe [diskráib] 묘사하다, 설명하다, 언급하다. vanish [vǽniʃ] 사라
지다, 희미해지다, 자취를 감추다. something that I had ~에서 that은 목
적격 관계대명사임.

'그리고 이제, 동무들, 난 전날 밤의 내 꿈에 대해 말하겠소. 난 그 꿈을
여러분에게 잘 설명할 수 없소. 그건 인간이 사라졌을 때 있게 될 이 땅에
대한 꿈이었소. 하지만 그건 내게 내가 오랫동안 잊었던 어떤 것을 생각나게
해주었소.

Many years ago, when I was a little pig, my mother and the other sows used to sing an old song of which they knew only the tune and the three first words. I had known that tune in my infancy, but it had long since passed out of my mind.

tune [tjuːn] 곡, 곡조, 올바른 가락, 장단. words는 여기에서 가사를 말함. infancy [ínfənsi] 유소, 초기, 요람기.

오래 전 내가 어린 돼지였을 때 나의 어머니와 다른 암퇘지들이 단지 곡조와 세 마디의 가사만 알고 있는 옛날 노래 하나를 부르곤 했소. 어렸을 때난 그 곡조를 알고 있었지만 오래 전 내 생각에서 사라졌소.

Last night, however, it came back to me in my dream. And what is more, the words of the song also came back — words, I am certain, which were sung by the animals of long ago and have been lost to memory for generations.

what is more 그 위에, 더군다나. words, I am certain, which were ~에서 which는 주격 관계대명사이고 선행사는 words이며 I am certain은 삽입절임.

그런데 지난 밤, 내 꿈속에서 그것이 돌아왔소. 더욱이 그 노래의 가사 또한 생각이 난 것이오. 분명해요, 오래 전 동물들이 불렀고 여러 세대에 걸쳐 기억에서 사라졌던 바로 그 가사 말이오.

I will sing you that song now, comrades. I am old and my voice is hoarse, but when I have taught you the tune, you can sing it better for yourselves. It is called "Beasts of England".'

hoarse [hɔːrs] 목쉰, 쉰 목소리의, 귀에 거슬리는.

난 그 노래를 지금 여러분에게 불러주겠소. 내가 나이가 들어 목소리가 쉬었지만 여러분에게 그 곡조를 가르치면, 여러분은 여러분 스스로 더 잘 부를 수 있을 거요. 그 노래 제목은 "잉글랜드의 짐승들'이오."

Old Major cleared his throat and began to sing. As he had said, his voice was hoarse, but he sang well enough, and it was a stirring tune, something between 'Clementine' and 'La Cucuracha'. The words ran:

clear one's throat (말을 하기 전에) 헛기침을 하다. stirring 마음을 동요시키는, 감동시키는, 고무하는, 활동적인.

메이저는 헛기침을 한번 하고는 노래를 부르기 시작했다. 그가 말했던 것처럼 그의 목소리는 쉬었다. 하지만 노래는 아주 잘 불렀다. 그리고 그 노래는 감동을 주는 곡조였는데 '클라멘타인'과 '라 쿠카라차' 중간쯤 되는 그런 노래였다. 가사는 이렇게 나갔다.

Beasts of England, beasts of Ireland,
Beasts of every land and clime,
Hearken to my joyful tidings,
Of the golden future time.

clime [klaim] 나라, 지방, 풍토. hearken [há:rkən] 귀를 기울이다, 경청하다. tidings [táidiɲz] 통지, 기별.

잉글랜드의 짐승들이여, 아일랜드의 짐승들이여
모든 나라의 짐승들이여
미래의 황금시대에 관한
나의 즐거운 소식에 귀를 기울이라.

Soon or late the day is coming,
Tyrant Man shall be o'erthrown,
And the fruitful fields of England
Shall be trod by beasts alone.

soon or late 조만간. overthrow [ouvərəróu] 뒤집어엎다, 타도하다.

tread [tred] 밟다, 걷다, 유린하다, 억누르다.

곧 그날이 올 것이니,
폭군인 인간은 타도될 것이고
잉글랜드의 비옥한 들판은
오직 짐승들에 의해서만 밟히게 되리라.

Rings shall vanish from our noses,
And the harness from our back,
Bit and spur shall rust forever,
Cruel whips no more shall crack.

ring [riŋ] 고리, 반지, 코뚜레. vanish [vǽniʃ] 사라지다, 자취를 감추다, 희미해지다. harness [háːrnis] 마차용 마구, 장치, 평소의 일, 마구를 채우다, 동력화하다. bit 작은 조각, 소량, 재갈. spur [spəːr] 박차, 자극, 박차를 가하다, 몰아대다.

우리의 코에서 코뚜레가 사라지고
우리의 등에서는 마구가 사라지고
재갈과 박차는 영원히 녹이 슬며
잔인한 채찍은 더 이상 휘둘려지지 않으리.

Riches more than mind can picture,
Wheat and barley, oats and hay,
Clover, beans, and mangel-wurzels,
Shall be ours upon that day.

picture [píktʃər] 그림, 사진, 그리다, 묘사하다. barley [báːrli] 보리, 대맥. mangel-wurzel [mǽŋɡəlwəːrzəl] 근대의 일종.

26

마음이 그릴 수 있는 것 이상의 부유함,
밀과 보리, 귀리와 건초,
크로버, 콩, 그리고 근대는
그날에 우리의 것이 되리니.

Bright will shine the fields of England,
Purer shall its waters be,
Sweeter yet shall blow its breezes
On the day that sets us free.

bright 밝은, 밝게. on the day that sets ~에서 that은 주격 관계대명사임.

잉글랜드의 들판은 밝게 빛나고
강물은 더 맑아지고
바람은 더 달콤하게 불지니
우리를 자유롭게 하는 바로 그날에.

For that day we all must labour,
Though we die before it break;
Cows and horses, geese and turkeys,
All must toil for freedom's sake.

break [breik] 깨뜨리다, 부수다, 어기다, 범하다, 해독하다, 관계를 끊다, 돌발하다, 날이 새다, 갈라진 틈, 중단, 실패. toil [tɔil] 힘든 일, 수고, 수고하다, 고생하다. for ~'s sake ~을 위해, ~을 봐서.

그날을 위해 우리 모두는 일해야 하네,
우리가 비록 그날이 오기 전에 죽는다 해도;
암소와 말들, 거위와 칠면조들,

모두가 자유를 위해 일해야 하네.

Beasts of England, beasts of Ireland,
Beasts of every land and clime,
Hearken well and spread my tidings
Of the golden future time.

clime [klaim] 나라, 지방, 풍토. hearken [háːrkən] 귀를 기울이다, 경청
하다. tidings [táidiŋz] 통지, 기별.

잉글랜드의 짐승들이여, 아일랜드의 짐승들이여
모든 나라의 짐승들이여
미래의 황금시대에 관한
나의 즐거운 소식에 귀를 기울이라.

The singing of this song threw the animals into the wildest
excitement. Almost before Major had reached the end, they had
begun singing it for themselves.

excitement [iksáitmənt] 흥분, 소동. for themselves 그들 스스로.

이런 노래는 동물들을 열광적인 흥분의 도가니로 몰아넣었다. 거의 메이저
가 끝까지 부르기도 전에 그들은 스스로 노래를 따라 부르기 시작했다.

Even the stupidest of them had already picked up the tune and
a few of the words, and as for the clever ones, such as the pigs
and dogs, they had the entire song by heart within a few minutes.

pick up 집어 들다, 태우다, 회복하다, 귀동냥으로 익히다, 손에 넣다. as
for ~에 관해서. by heart 외워서, 암기하여.

그들 가운데 가장 어리석은 동물도 이미 곡조와 몇 마디의 가사를 익혔다.
그리고 돼지와 개처럼 영리한 동물들에 관해선, 그들은 몇 분 되지 않아서
노래 전체를 암기하였다.

And then, after a few preliminary tries, the whole farm burst out into 'Beasts of England' in tremendous unison. The cows lowed it, the dogs whined it, the sheep bleated it, the horses whinnied it, the ducks quacked it.

preliminary 예비의, 서문의, 준비 행동. burst out into 갑자기 큰 소리로 ~하기 시작하다. tremendous 무서운, 엄청난, 대단한. unison 조화, 일치, 화합, 제창. in unison 제창으로, 일제히,

그리고 몇 번의 연습이 있고 나자 농장 전체는 '잉글랜드의 짐승들'을 갑자기 큰 목소리로 제창을 하기 시작했다. 암소는 음매, 개들은 낑낑, 양들은 매애, 말들은 히힝, 오리들은 꽥꽥 노래했다.

They were so delighted with the song that they sang it right through five times in succession, and might have continued singing it all night if they had not been interrupted.

in succession 연달아, 계속하여. interrupt [intərʌ́pt] 가로막다, 저지하다, 훼방 놓다, 방해하다.

그들은 그 노래로 너무나 기뻐서 다섯 번이나 연속하여 노래를 불렀다. 그리고 방해를 받지 않았더라면 밤새도록 노래를 불렀을 것이다.

Unfortunately, the uproar awoke Mr Jones, who sprang out of bed, feeling sure that there was a fox in the yard. He seized the gun which always stood in a corner of his bedroom, and let fly a charge of number 6 shot into the darkness.

uproar [ʌ́prɔːr] 소란, 소동. feeling sure that ~은 이유를 나타내는 분사구문이라고 볼 수 있음. charge [tʃɑ́ːrdʒ] 충전하다, 장전하다, ~에 담다, 비난하다, 부담시키다, 짐, 화물, 책임, 장전, 비난, 부담. shot [ʃɑt] 발포, 발사, 탄환, 조준, 추측.

불행하게도 그 소동은 존스 씨를 깨웠고 그는 뜰에 여우가 나타났다고 확신하며 침대에서 일어났다. 그는 침실 구석에 항상 세워 두었던 총을 집어

들고는, 어둠속을 향해 장전된 여섯 발을 쐈다.

The pellets buried themselves in the wall of the barn and the meeting broke up hurriedly. Everyone fled to his own sleeping place. The birds jumped on to their perches, the animals settled down in the straw, and the whole farm was asleep in a moment.

pellet [pélit] 종이나 빵 등을 둥글게 뭉친 것, 총알, 산탄. flee-fled-fled 도망하다, 달아나다. in a moment 순식간에. settle down 편히 앉다, 안정하다.

몇몇 총알이 헛간 벽에 박혔고 집회는 서둘러 중단되었다. 모두가 자신의 잠자리로 달아났다. 새들은 자신의 횃대로 뛰어올랐고, 동물들은 짚에 편히 누웠다. 그리고 농장 전체는 곧 잠에 빠졌다.

CHAPTER II

Three nights later old Major died peacefully in his sleep. His body was buried at the foot of the orchard.

This was early in March. During the next three months there was much secret activity. Major's speech had given to the more intelligent animals on the farm a completely new outlook on life.

bury [béri] 묻다, 덮어서 감추다. foot 발, 아래, 기슭, 피드(약 30센티미터). outlook 조망, 예측, 견해. outlook은 이 문장에서 목적어로 쓰였음.

삼일 후 늙은 메이저는 잠을 자면서 평화스럽게 죽었다. 그의 시신은 과수원 기슭에 묻혔다. 이때가 삼월 초순이었다. 다음 3개월 간 많은 비밀 활동이 있었다. 메이저의 연설은 농장의 보다 영리한 동물들에게 삶에 관해 완전히 새로운 관점을 부여했다.

They did not know when the Rebellion predicted by Major would take place, they had no reason for thinking that it would be within their own lifetime, but they saw cleary that it was their duty to prepare for it.

take place 일어나다, 발생하다. reason [rí:zn] 이유, 도리, 이성, 분별. it was their duty to prepare ~에서 it는 가주어이고 to 이하는 진주어임.

그들은 메이저가 예언한 반란이 언제 일어날 것인지 알지 못했다. 그들은 그 반란이 그들의 생전에 일어날 것이라고 생각할 근거는 갖고 있지 않았다. 하지만 그것을 준비하는 것이 그들 자신의 의무라는 걸 분명히 알고 있었다.

The work of teaching and organizing the others fell naturally upon the pigs, who were generally recognized as being the cleverest of the animals. Pre-eminent among the pigs were two young boars named Snowball and Napoleon, whom Mr Jones was

31

breeding up for sale.

pre-eminent 우수한, 발군의, 탁월한. breed up 기르다. the pigs, who were ~에서 who는 주격 관계대명사임. Napoleon, whom Mr Jones ~에서 whom은 목적격 관계대명사임.

다른 동물들을 가르치고 조직하는 일은 자연스럽게 돼지들에게 돌아갔다. 돼지들은 대체로 동물들 가운데 가장 영리한 것으로 인식되어졌다. 돼지들 가운데서도 가장 뛰어난 것은 존스 씨가 나중에 팔기 위해 기르고 있는 스노볼과 나폴레옹이라고 불리는 두 마리의 젊은 수돼지였다.

Napoleon was a large, rather fierce-looking Berkshire boar, the only Berkshire on the farm, not much of a talker, but with a reputation for getting his own way.

fierce-looking 사납게 보이는. not much of a ~ 대단한 ~은 아니다. get one's own way 하고 싶은 대로 하다.

나폴레옹은 크고 좀 사납게 보이는 버크셔 수돼지였다. 그는 농장에서 유일한 버크셔로서 대단한 담론가는 아니었지만 자신의 고집대로 한다는 평판이 있었다.

Snowball was a more vivacious pig than Napoleon, quicker in speech and more inventive, but was not considered to have the same depth of character.

vivacious [vivéiʃəs] 쾌활한, 활기찬. inventive [invéntiv] 발명의, 창의적인.

스노볼은 나폴레옹보다 쾌활하고 말이 빠르며 보다 창의적이었지만 나폴레옹만큼의 깊은 성품을 갖고 있는 것으로 여겨지지는 않았다.

All the other male pigs on the farm were porkers. The best known among them was a small fat pig named Squealer, with very round cheeks, twinkling eyes, nimble movements, and a shrill voice.

porker 식용돼지. twinkle [twíŋkəl] 반짝반짝 빛나다, 경쾌히 움직이다,

눈을 깜박이다. nimble [nímbəl] 재빠른, 민첩한, 영리한. shrill [ʃril] 날카로운, 새된, 강렬한, 푸념하는.

농장의 다른 수퇘지들은 모두 식용돼지였다. 그들 가운데 가장 잘 알려진 건 스퀼러라는 작고 통통한 돼지였다. 그는 매우 동그란 뺨에 반짝이는 눈, 민첩한 동작, 그리고 날카로운 목소리를 갖고 있었다.

He was a brilliant talker, and when he was arguing some difficult point he had a way of skipping from side to side and whisking his tail which was somehow very persuasive. The others said of Squealer that he could turn black into white.

whisk [hwisk] 작은 비, 휙 텖, 휙 달림, 텖다, 휘두르다, 흔들다. way [wei] 길, 도로, 진행, 방향, 방식, 습관. ~his tail which was ~에서 which 는 주격 관계대명사이고 선행사는 a way임.
persuasive [pərswéisiv] 설득을 잘하는, 설득력 있는.

그는 훌륭한 이야기꾼이었고 그가 어떤 어려운 문제를 논할 때에는 이리 저리 뛰면서 꼬리를 흔드는 습관이 있었는데 이는 상당히 설득력이 있었다. 다른 동물들은 스퀼러가 검은 것도 희게 만들 수 있다고 말했다.

These three had elaborated old Major's teachings into a complete system of thought, to which they gave the name of Animalism. Several nights a week, after Mr Jones was asleep, they held secret meetings in the barn and expounded the principles of Animalism to the others.

elaborate [ilǽbəreit] 정성들여 만들다, 상세히 설명하다, 잘 다듬다, 공들인. expound [ikspáund] 상술하다, 해설하다. to which 는 전치사 +관계대명사로서 선행사는 a system of thought.

이들 셋은 늙은 메이저의 가르침을 완벽한 사상 체계로 만들었고 그 사상 체계에 동물주의라는 이름을 붙였다. 일주일에 몇 번씩, 존스 씨가 잠든 이후 그들은 헛간에서 비밀회의를 가졌고 동물주의의 원리들을 다른 동물들에게 설명해주었다.

At the beginning they met with such stupidity and apathy. Some of the animals talked of the duty of loyalty to Mr Jones, whom they referred to as 'Master', or made elementary remarks such as 'Mr Jones feeds us. If he were gone, we should starve to death.'

stupidity [stjuːpídəti] 어리석음. apathy [金pəθi] 냉담, 무감동. whom they ~에서 whom은 목적격 관계대명사임. elementary [eləméntəri] 기본의, 초보적인.

처음에 그들 셋은 우둔하고 냉담한 반응을 겪었다. 몇몇 동물들은 그들이 주인이라고 부르는 존스 씨에 대한 충성의 의무를 언급했고 '존스 씨가 우리를 먹여 살리고 있다. 그가 없으면 우린 굶어죽을 것이다.'같은 초보적인 발언을 했다.

Others asked such questions as 'Why should we care what happens after we are dead?' or 'If this rebellion is to happen anyway, what difference does it make whether we work for it or not?', and the pigs had great difficulty in making them see that this was contrary to the spirit of animalism.

what happens ~에서 what은 선행사를 포함한 관계대명사임. If this rebellion is to happen ~에서 is to는 부정사로서 예정을 나타내는 'be+to' 용법임. contrary [kántreri] 반대의, 적합지 않은, 고집 센, 반대, 모순.

어떤 동물들은 '우리가 죽은 뒤에 일어나는 것을 우리가 왜 걱정해야 하는가?' 또는 '만일 이 반란이 일어나기로 되어 있다면 우리가 그걸 위해 일하든 그렇지 않든 무슨 차이가 있는 것인가?'같은 질문을 했다. 그리고 돼지들은 이런 것이 동물주의의 정신에 위배된다는 것을 그들이 알게 하는데 대단한 어려움이 있었다.

The stupidest questions of all were asked by Mollie, the white mare. The very first question she asked Snowball was: 'Will there still be sugar after the Rebellion?'

mare [mɛər] 암말. sugar [ʃúgər] 설탕, 당질.

질문들 가운데 가장 어리석은 질문은 흰 암말 몰리에 의해 질문되었다. 그가 스노볼에게 한 첫 번째 질문은 '반란 이후에도 여전히 설탕이 있을까요?' 였다.

'No,' said Snowball firmly. 'We have no means of making sugar on this farm. Besides, you do not need sugar. You will have all the oats and hay you want.'

'And shall I still be allowed to wear ribbons in my mane?' asked Mollie.

all the oats and hay 다음에 목적격 관계대명사가 생략되어 있음. mane [mein] 갈기, 갈기 같은 머리털.

'아니오,' 스노볼이 단호하게 말했다. '우린 이 농장에서 설탕을 만들 방법이 없소. 그뿐 아니라, 당신은 설탕이 필요하지 않소. 당신은 원하는 만큼의 귀리와 건초를 먹을 수 있소.'

몰리가 물었다. '그리고 내가 여전히 내 갈기에 리본을 다는 것이 허락될까요?'

'Comrade', said Snowball, 'those ribbons that you are so devoted to are the badge of slavery. Can you not understand that liberty is worth more than ribbons?'

Mollie agreed, but she did not sound very convinced.

those ribbons that에서 that은 목적격 관계대명사임. devoted to 헌신하고 있는, 애정이 깊은. sound [saund] 소리, 소리가 나다, ~하게 들리다, ~하게 생각되다. convinced는 여기에서 주격 보어로 쓰였음.

'동무', 스노볼이 말했다, '당신이 그렇게 애정을 갖고 있는 그 리본들은 노예의 상징이오. 자유가 리본보다 더 가치가 있다는 것을 이해할 수 없소?' 몰리는 동의했지만 매우 확신하고 있는 것 같지 않았다.

The pigs had an even harder struggle to counteract the lies put about by Moses, the tame raven. Moses, who was Mr Jones's especial pet, was a spy and a tale-bearer, but he was also a clever talker.

counteract [kauntərǽkt] ~와 반대로 행동하다, 반작용하다. tame [teim] 길든, 길들인, 재배된, 무기력한, 길들이다. raven [réivən] 까마귀. put about ~ 배의 항로를 바꾸게 하다, 퍼뜨리다. the lie put about ~에서 put은 과거분사로서 lie를 수식하고 있음. tale-bearer 고자쟁이.

돼지들은 길든 까마귀 모지즈에 의해 퍼뜨려진 거짓말을 수습하는데 한층 더 어려운 싸움을 했다. 모지즈는 존스 씨의 특별한 애완동물로서 스파이였고 고자질쟁이였지만 그 또한 영리한 이야기꾼이었다.

He claimed to know of the existence of a mysterious country called Sugarcandy Mountain, to which all animals went when they died. It was situated somewhere up in the sky, a little distance beyond the clouds, Moses said.

country called ~에서 called는 과거분사로서 country를 수식하고 있음. situate [sítʃueit] 놓다, ~의 위치를 정하다.

그는 동물들이 죽으면 모두가 가게 되는, 슈가캔디 마운틴이라고 불리는 신비한 나라의 존재에 대해 알고 있다고 주장했다. 그곳은 구름 너머 조금 멀리 하늘 어딘가에 있다고 모지즈는 말했다.

In Sugarcandy Mountain it was Sunday seven days a week, clover was in season all the year round, and lump sugar and linseed cake grew on the hedges.

in season 때맞춘, 마침 좋은 때의, 한창인. linseed 아마의 씨. hedge [hedʒ] 산울타리, 장벽.

슈가캔디 마운틴에서는 일주일 일곱 날이 일요일이고 크로버는 일 년 내내 한창이며 각설탕과 아마 씨 캔디는 산울타리에서 자란다고 했다.

The animals hated Moses because he told tales and did not work, but some of them believed in Sugarcandy Mountain, and the pigs had to argue very hard to persuade them that there was no such place.

argue [ɑ́:rgju] 논하다, 주장하다, 설복시키다. persuade [pə:rswéid] 설득하다, 납득시키다, ~을 믿게 하다. to persuade는 부정사의 부사적 용법 중 목적으로 쓰였음.

동물들은 모지즈를 증오했다, 왜냐하면 그는 말만 하고 일을 하지 않았기 때문이었다. 하지만 그들 중 몇몇은 슈가캔디 마운틴을 믿고 있었다. 그래서 돼지들은 그런 곳은 없다고 그들을 설득시키기 위해 아주 힘들게 설명해야 했다.

Their most faithful disciples were the two cart-horses, Boxer and Clover. These two had great difficulty in thinking anything out for themselves, but having once accepted the pigs as their teachers, they absorbed everything that they were told, and passed it on to the other animals by simple arguments.

disciple [disáipəl] 제자, 문하생. cart-horse 짐마차 말. having once accepted the pigs ~는 이유를 나타내는 완료분사구문을 이룸. argument [ɑ́:rgjəmənt] 논의, 논거, 주장, 논쟁, 주제의 요지.

그들의 가장 충성스러운 제자들은 짐마차를 끄는 말들인 복서와 클로버였다. 이들 둘은 그들 스스로 어떤 것을 생각해내는 것에 많은 어려움을 갖고 있었지만 일단 돼지들을 그들의 선생으로 인정했기 때문에 그들은 지시받은 모든 것을 받아들이고 그것을 단순한 요지로 다른 동물들에게 전달했다.

They were unfailing in their attendance at the secret meetings in the barn, and led the singing of 'Beasts of England', with which the meetings always ended.

unfailing 다함이 없는, 무한한, 끊임없는, 확실한. with which the meetings always ended 에서 with which는 전치사+관계대명사임(계속적

용법).

그들은 헛간에서의 비밀회의에 참석하는데 끊임이 없었고 '잉글랜드의 짐승들' 노래를 이끌었는데 회의는 언제나 그 노래로 끝났다.

Now, as it turned out, the Rebellion was achieved much earlier and more easily than anyone had expected. In past years Mr Jones, although a hard master, had been a capable farmer, but of late he had fallen on evil days.

as it turned out 결국엔. of late 요즘, 최근. evil 나쁜, 사악한, 불길한. fall on evil days 불운을 당하다.

이제, 결국, 반란은 누구나 예측했던 것보다는 훨씬 빨리, 훨씬 쉽게 달성되었다. 지난 몇 년 동안 존스 씨는 비록 무정한 주인이었지만 능력 있는 농부였는데 최근에 들어서 불운을 당했다.

He had become much disheartened after losing money in a lawsuit, and had taken to drinking more than was good for him. For whole days at a time he would lounge in his Windsor chair in the kitchen, reading the newspapers, drinking, and occasionally feeding Moses on crusts of bread soaked in beer.

dishearten 낙담시키다, 용기를 잃게 하다. take to ~ 이 좋아지다, ~에 따르다, ~에 가다, ~에 의지하다. ~ more than was good ~에서 than은 의사 관계대명사로 봄. lounge 빈둥거리다, 어슬렁거림. reading ~ drinking ~ feeding ~은 모두 부대상황을 나타내는 분사구문임.

그는 소송에서 돈을 잃은 후 상당히 낙담해 있었고 자신의 몸에 과한 음주 습관에 빠졌다. 그는 며칠 씩 부엌에 있는 윈저 의자에 앉아서 신문을 읽거나, 술을 마시거나, 가끔은 맥주에 적신 빵 조각을 모지즈에게 먹이면서 빈둥거리곤 했다.

His men were idle and dishonest, the fields were full of weeds, the buildings wanted roofing, the hedges were neglected, and the animals were underfed.

roofing 지붕이기, 지붕을 이는 재료. neglect [niglékt] 게을리 하다, 무시하다, 소홀히 하다, 태만, 무시. underfeed 충분히 음식을 주지 않다.

그의 일꾼들은 게으르고 부정직했다. 들판은 잡초로 가득했고, 건물들은 지붕이기가 필요했고, 산울타리는 소홀히 되었으며 동물들은 음식을 충분히 받지 못했다.

June came and the hay was almost ready for cutting. On Midsummer's Eve, which was a Saturday, Mr Jones went into Willingdon and got so drunk at the Red Lion that he did not come back till midday on Sunday.

Midsummer's Eve 세례 요한 축일 전날 밤. midday 정오, 한낮, 정오의, 한낮의.

유월이 왔고 건초용 풀을 베어들일 때가 거의 되었다. 토요일인 미드서머 이브 날 존스 씨는 윌링던에 갔다가 레드 라이언 술집에서 너무나 취해버려서 일요일 한낮 까지도 집으로 돌아오지 않았다.

The men had milked the cows in the early morning and then had gone out rabbiting, without bothering to feed the animals. When Mr Jones got back he immediately went to sleep on the drawing-room sofa with the *News of the World* over his face, so that when evening came, the animals were still unfed.

rabbit [rǽbit] 토끼, 토끼 사냥을 하다. bother [báðər] ~을 괴롭히다, 폐를 끼치다, 심히 걱정하다. feed [fi:d] 먹이를 주다, 부양하다, 사육, 부양.

일꾼들은 아침 일찍 암소들에게서 젖을 짜내고는 동물들에게 먹이를 주는 수고도 하지 않고 토끼 사냥을 나갔다. 존스 씨는 집으로 돌아오자 바로 응접실 소파로 가서 얼굴에 <월드 뉴스>를 얹고는 잠이 들었다. 그래서 저녁에 될 때까지 동물들은 여전히 먹이를 얻지 못했다.

At last they could stand it no longer. One of the cows broke in the door of the store-shed with her horns and all the animals began to help themselves from the bins.

stand [stænd] 서다, 위치하다, 오래 가다, 견디다, 참다. store-shed 곳간. bin [bin] 궤, 저장소, 저장통.

마침내 동물들은 더 이상 그것을 참을 수 없었다. 암소 한 마리가 뿔로 곳간 문을 부수고 들어갔고 모든 동물들이 통에 들어 있는 먹이를 먹기 시작했다.

It was just then that Mr Jones woke up. The next moment he and his four men were in the store-shed with whips in their hands, lashing out in all directions. This was more than the hungry animals could bear.

It was just then that Mr Jones wake up은 then을 강조하는 It ~ that ~ 강조용법임. lash [læʃ] 챗열, 채찍질하다. lashing out ~은 부대상황을 나타내는 분사구문임.

존스 씨가 잠에서 깨어난 건 바로 그때였다. 다음 순간 그와 그의 일꾼 네 명은 그들의 손에 채찍을 들고 모든 방향으로 채찍을 휘두르며 곳간으로 들어왔다. 이것은 배고픈 동물들이 참을 수 없는 것이었다.

With one accord, though nothing of the kind had been planned beforehand, they flung themselves upon their tormentors. Jones and his men suddenly found themselves being butted and kicked from all sides.

accord [əkɔ́ːrd] 일치하다, 일치, 조화, with one accord 마음을 합하여, 함께, 일제히. tormentor 괴롭히는 사람. butt [bʌt] 도구 등의 굵은 쪽의 끝, 그루터기, 피다 남은 담배, 궁둥이, 표적, 목적, 뿔 따위로 받다, 부딪치다. kick [kik] 차다, 걷어차다, 갑자기 속도를 올리다, 거스르다.

일제히, 비록 그 어떠한 것도 미리 계획되지 않았지만, 그들은 그들을 괴롭혔던 인간들에게 달려들었다. 존스와 그의 일꾼들은 자신들이 갑자기 사방에서 받히고 걷어차이고 있다는 걸 깨달았다.

The situation was quite out of their control. They had never seen animals behave like this before, and this sudden uprising of creatures whom they were used to thrashing and maltreating just as they chose, frightened them almost out of their wits.

uprising [ˈʌpraizin] 일어남, 기상, 반란. thrash [θræʃ] 때리다, 채찍질하다, 몸부림치다, 때리기, 탈곡. maltreat 학대하다, 혹사하다. creature whom they were ~에서 whom은 목적격 관계대명사. out of one's wit 정신을 잃고.

상황은 그들의 통제를 완전히 벗어난 것이었다. 그들은 이전에는 동물들이 이렇게 행동하는 것을 본 적이 없었고 그들이 마음대로 때리고 학대했던 동물들의 이러한 갑작스런 폭동은 그들을 놀라게 하여서 거의 정신을 잃게 할 지경이었다.

After only a moment or two they gave up trying to defend themselves and took to their heels. A minute later all five of them were in full flight down the cart-track that led to the main road, with the animals pursuing them in triumph.

give up 포기하다, 단념하다, 양도하다. take to one's heels 부리나케 달아나다. cart-track 마찻길. cart-track that led to ~에서 that은 주격 관계대명사임. with the animals pursuing them ~은 독립 분사구문에 with를 붙여 묘사적인 효과를 나타내고 있음.

잠시 후 그들은 자신들을 방어하려 했던 것을 포기하고 부리나케 달아났다. 그들 다섯은 곧 큰길로 이어져 있는 마찻길로 도망쳤고 동물들은 의기양양하게 그들을 추격했다.

Mrs Jones looked out of the bedroom window, saw what was happening, hurriedly flung a few possessions into a carpet bag, and slipped out of the farm by another way. Moses sprang off his perch and flapped after her, croaking loudly.

fling [fliŋ] 내던지다, fling-flung-flung. flap [flæp] 날개를 퍼덕거리다, 펄럭임. ,croaking loudly는 부대상황을 나타내는 분사구문임.

존스 부인은 침실 창문으로 밖을 내다보며 일어나고 있는 사태를 깨닫고는 급하게 소지품들을 융단 손가방에 챙겨서 다른 길로 농장을 빠져나왔다. 모지즈도 횃대를 박차고 큰 소리로 깍깍 울면서 부인을 따라 퍼덕거리며 날아갔다.

Meanwhile the animals had chased Jones and his men out on to the road and slammed the five-barred gate behind them. And so, almost before they knew what was happening, the Rebellion had been successfully carried through: Jones was expelled, and the Manor Farm was theirs.

chase [tʃeis] 쫓다, 추적하다, 추적. slam [slæm] 탕 닫다, 털썩 놓다, 혹평하다. carry through 완성하다, 성취하다, 지탱해 내다, 일관하다. expel [ikspél] 쫓아내다, 추방하다.

그동안 동물들은 존스와 그의 일꾼들을 도로까지 쫓아내고 빗장이 다섯 개 되는 문을 쾅 닫고 돌아왔다. 그리고 무엇이 일어난 것인지 그들이 거의 깨닫기도 전에 반란은 그렇게 성공적으로 성취 되었다. 존스는 추방되고 장원 농장은 그들의 것이 된 것이다.

For the first few minutes the animals could hardly believe in their good fortune. Their first act was to gallop in a body right round the boundaries of the farm, as though to make quite sure that no human being was hiding anywhere upon it;

believe in ~을 믿다. gallop [gǽləp] 갤럽(말 따위의 최대 속도의 구보), 전속력으로 달리다, 급히 말하다. in a body 일단이 되어. boundary [báundəri] 경계(선), 한계, 범위. as though ~ 마치 ~처럼. make sure that ~을 확인하다.

처음 몇 분간 동물들은 그들의 행운을 거의 믿을 수 없었다. 그들의 첫 번째 행동은 어떤 인간도 농장 어딘가에 숨어 있지 않다는 것을 확인하기 위한 것처럼 한 무리가 되어 농장 경계선을 따라 한 바퀴 질주하는 것이었다.

---

then they raced back to the farm buildings to wipe out the last traces of Jones's hated reign. The harness-room at the end of the stables was broken open;

wipe out 닦아내다, 죽이다, 일소하다. reign 통치, 지배. harness 마구, 장치, 마구를 채우다. stable [stéibəl] 안정된, 견실한, 마구간, 축사, 가축우리.

그 다음에 그들은 존스의 혐오스러운 지배의 마지막 흔적을 지우기 위해 농장의 건물들로 되돌아왔다. 축사들 끝에 각종 마구가 있는 방의 문은 부서져 열렸다.

---

the bits, the nose-rings, the dog-chains, the cruel knives with which Mr Jones had been used to castrate the pigs and lambs, were all flung down the well. The reins, the halters, the blinkers, the degrading nosebags, were thrown on to the rubbish fire which was burning in the yard.

bit [bit] 작은 조각, 소량, 재갈, 구속. nose-ring 코뚜레. castrate [kǽstreit] 거세하다. rein [rein] 고삐, 구속, 고삐로 제어하다. halter [hɔ́:ltər] 고삐, 굴레, 굴레를 씌우다. blinkers 깜짝이는 사람, 힐끔 보는 사람, 눈가리개. nosebag 말목에 거는 꼴 자루.

재갈, 코뚜레, 개 사슬, 존스 씨가 돼지와 양들을 거세하는데 쓰였던 잔인한 칼들은 모두 우물에 던져 버려졌다. 고삐, 굴레, 눈가리개, 불명예스런 꼴 자루들은 뜰에서 불타고 있는 쓰레기 불덩이에 던져졌다.

So were the whips. All the animals capered with joy when they saw the whips going up in flames. Snowball also threw on to the fire the ribbons with which the horses' manes and tails had usually been decorated on market days.

caper [kéipər] 뛰어다니다, 뛰어 돌아다님. go up 오르다, 폭발하다, 불타오르다. on to the fire 불길 위로. on market day 장날.

채찍도 그렇게 되었다. 동물들은 모두 채찍들이 불길에 불타오르는 것을 보자 기뻐하며 뛰어다녔다. 스노볼 또한 장날이면 대개 말들의 갈기와 꼬리에 장식이 되었던 리본들을 불덩이에 던져버렸다.

'Ribbons,' he said, 'should be considered as clothes, which are the mark of a human beings. All animals should go naked.'

~which are the mark ~에서 which는 주격 관계대명사임.

'리본은,' 그가 말했다, '옷으로 간주되어야 하며 그것은 인간들의 표식이오. 모든 동물들은 벌거벗고 다녀야 합니다.'

When Boxer heard this he fetched the small straw hat which he wore in summer to keep the flies out of his ears, and flung it on to the fire with the rest.

fetch [fetʃ] 가져오다, 눈물 등을 자아내다, ~hat which he wore ~에서 which는 목적격 관계대명사임.

복서는 이 말을 듣자 여름철에 귀에 붙는 파리들을 막기 위해 썼던 밀짚모자를 가져와서는 나머지와 함께 불길로 던져 넣었다.

In a very little while the animals had destroyed everything that reminded them of Mr Jones. Napoleon then led them back to the store-shed and served out a double ration of corn to everybody, with two biscuits for each dog.

everything that reminded them ~에서 that은 주격 관계대명사임. remind ~of ~에게 ~을 생각나게 하다. ration [ræʃən] 정량, 배급, 식량, 배급하다.

아주 짧은 시간 동안에 동물들은 존스 씨를 생각나게 하는 모든 것들을 파괴해버렸다. 그리고 나폴레옹은 그들을 곳간으로 데려가서 모두에게 정량 두 배의 옥수수를 나누어주었고 개들에게는 비스킷을 두 개씩 주었다.

Then they sang 'Beasts of England' from end to end seven times running, and after that they settled down for the night and slept as they had never slept before.

running 달리는, 흐르는, 연속적인, 널리 퍼져 있는, 계속해서, 달리기, 유출, 운전, 경영. settle down 편히 앉다, 정주하다, 몰두하다.

그들은 '잉글랜드의 짐승들'을 끝에서 끝까지 일곱 번을 연달아 불렀다. 그리고 그들은 잠자리에 들었는데 전에는 결코 잔 적이 없는 편안한 잠을 잤다.

But they awake at dawn as usual, and suddenly remembering the glorious thing that had happened, they all raced out into the pasture together. A little way down the pasture there was a knoll that commanded a view of most of the farm.

as usual 여느 때처럼, 평소와 같이. suddenly remembering the glorious thing ~은 시간을 나타내는 분사구문임. ~that had happened ~에서 that은 주격 관계대명사임. knoll [noul] 작은 산, 둥그런 언덕.

하지만 그들은 평상시처럼 새벽에 잠이 깨었다. 그리고는 일어났던 영광스러운 일을 갑자기 기억해 내고는 모두들 목초지로 달려 나갔다. 목초지를 조금 쭉 가면 그곳에 농장의 대부분이 내려다보이는 조그마한 언덕이 있었다.

The animals rushed to the top of it and gazed round them in the clear morning light. Yes, it was theirs — everything that they could see was theirs!

rush [rʌʃ] 돌진하다, 달려들다, 갑자기 떠오르다, 몰아대다, 돌진, 쇄도, 몹시 바쁨, 쇄도하는, 급한.

동물들은 그 언덕 꼭대기로 달려가서 맑은 아침 햇살 속에 주변을 바라보았다. 그랬다, 그것은 그들의 것이었다. 그들이 볼 수 있는 모든 것이 그들의 소유였다!

In the ecstasy of that thought they gambolled round and round, they hurled themselves into the air in great leaps of excitement. They rolled in the dew, they cropped mouthfuls of the sweet summer grass, they kicked up clods of the black earth and snuffed its rich scent.

ecstasy [ékstəsi] 무아경, 황홀. gambol [gǽmbəl] 뛰놀기, 뛰놀다. round and round 주위를 빙글빙글. leap [liːp] 껑충 뛰다, 뛰어 넘다, 도약. crop [krɑp] 수확, 농작물, 곡식, 수확하다, 풀을 뜯어먹다, 작물을 심다. clod [klɑd] 흙덩어리, 시골뜨기.

그러한 황홀한 생각에 그들은 주위를 빙글빙글 뛰놀고, 흥분한 나머지 허공으로 뛰어올랐다. 그들은 이슬에 몸을 뒹굴고 여름날의 달콤한 풀을 한입씩 뜯어먹고, 검은 대지의 흙덩어리를 발로 차서 그윽한 흙냄새를 맡아보았다.

Then they made a tour of inspection of the whole farm and surveyed with speechless admiration the ploughland, the hayfield, the orchard, the pool, the spinney. It was as though they had never seen these things before, and even now they could hardly believe that it was all their own.

make a tour 순회하다. survey [sərvéi] 내려다보다, 조사하다, 측량하다. ploughland 경작지, 논밭. hayfield 건초용 풀밭. spinney [spíni] 덤불, 잡목 숲.

그리고 그들은 농장 전체를 순회하며 말로 형용할 수 없는 감탄 속에 경작지, 건초용 풀밭, 과수원, 물웅덩이, 잡목 숲 등을 둘러보았다. 그들은 마치 전에는 이런 것들을 결코 본적이 없는 것 같았고 지금조차도 그들은 그 농장이 그들의 것이라는 것을 거의 믿을 수 없었다.

Then they filed back to the farm buildings and halted in silence outside the door of the farmhouse. That was theirs too, but they were frightened to go inside.

file [fail] 서류꽂이, 서류철, 종렬, 철하여 보관하다, 종대로 나아가게 하다. halt [hɔːlt] 멈춰서다, 정지하다, 멈추어 섬, 정지.

그리고 그들은 다시 농장 건물들로 줄지어 가서는 농장의 주택 문밖에 말 없이 멈추어 섰다. 그 주택 또한 그들의 것이었다. 하지만 그들은 안으로 들어가기가 두려웠다.

After a moment, however, Snowball and Napoleon butted the door open with their shoulders and the animals entered in single file, walking with the utmost care for fear of disturbing anything.

butt [bʌt] 굵은 쪽의 끝, 담배꽁초, 과녁, 큰 술통, 머리로 받다, 밀치다. in single file 일렬종대로. walking with the utmost care ~는 부대상황을 나타내는 분사구문임. disturb [distə́:rb] 방해하다, 저해하다, 휘저어 놓다, 어지럽히다.

그러나 잠시 후 스노볼과 나폴레옹은 그들의 어깨로 문을 밀쳐 열었고 동물들은 어떤 것이라도 어지럽힐까봐 걱정을 하며 아주 조심스럽게 일렬종대로 걸어서 들어갔다.

They tiptoed from room to room, afraid to speak above a whisper and gazing with a kind of awe at the unbelievable luxury, at the beds with their feather mattresses, the looking-glasses, the horsehair sofa, the Brussels carpet, the lithograph of Queen Victoria over the drawing-room mantelpiece.

afraid to speak ~에서 afraid는 서술적으로 쓰였음, ~말하는 것을 두려워하고. gazing with a kind of awe at ~은 부대상황을 나타내는 분사구문으로 볼 수 있음. awe [ɔ:] 경외, 두려움. looking glass 거울. horsehair 말총, 마미단. lithograph [líθəgræf] 석판 인쇄, 석판화.

그들은 이 방 저 방을 발끝으로 걸으며 속삭임 이상으로 말하기를 두려워했고, 깃털 매트리스를 깐 침대, 거울, 말총소파, 브뤼셀 카펫, 거실의 벽로 선반 위에 있는 빅토리아 여왕 석판화 등 믿을 수 없는 호사에 일종의 경외심을 갖고 바라보았다.

They were just coming down the stairs when Mollie was

discovered to be missing. Going back, the others found that she had remained behind in the best bedroom. She had taken a piece of blue ribbon from Mrs Jones's dressing-table, and was holding it against her shoulder and admiring herself in the glass in a very foolish manner.

Going back ~은 시간을 나타내는 분사구문임. dressing-table 화장대. glass 유리, 안경, 거울. in a very foolish manner 아주 우스꽝스러운 모습으로.

그들은 계단을 내려오면서 몰리가 사라진 것을 알게 되었다. 그들은 되돌아가서 그녀가 뒤에 남아 제일 좋은 침실에 머물러 있는 것을 발견했다. 그녀는 존스 부인의 경대에서 푸른 리본을 꺼내어 자신의 어깨에 대어보며 우스꽝스러운 모습으로 거울 속의 자신에게 감탄하고 있었다.

The others reproached her sharply, and they went outside. Some hams hanging in the kitchen were taken out for burial, and the barrel of beer in the scullery was stove in with a kick from Boxer' hoof, otherwise nothing in the house was touched.

reproach [ripróutʃ] 비난하다, 비난, 비난의 대상. burial [bérial 매장, 매장식. barrel [bǽrəl] 통, 1배럴(31.5갤런). scullery [skʌ́ləri] 부엌의 싱크대. stave-stove-stove 통널을 붙이다, 구멍을 뚫다, 통널, 막대기. hoof [huf] 발굽. otherwise 다른 방법으로, 그렇지 않으며, 다른 점에서.

동물들은 그녀를 맹렬히 비난하고 밖으로 나왔다. 부엌에 걸려 있는 몇몇 햄은 꺼내어 땅에 묻어버렸고 싱크대에 있던 맥주통은 복서의 발굽에 채여서 구멍이 났다. 그 밖의 다른 것들은 건드려지지 않았다.

A unanimous resolution was passed on the spot that the farmhouse should be preserved as a museum. All were agreed that no animal must ever live there.

The animals had their breakfast, and then Snowball and Napoleon called them together again.

unanimous [juːnǽnəməs] 만장일치의.. on the spot 현장에서, 그 자리에서. that the farmhouse should be ~에서 that은 동격 명사절을 이끄는 접속사임. all were agreed 모두 찬성이었다. call together 소집하다.

농장의 주택은 박물관으로 보존되어야 한다는 만장일치의 결의가 즉석에서 통과되었다. 어떤 동물도 그곳에서 살아서는 안 된다는 것에 모두 찬성이었다.

동물들이 아침 식사를 한 후 스노볼과 나폴레옹은 그들을 다시 소집했다.

'Comrades,' said Snowball, 'it is half past six and we have a long day before us. Today we begin the hay harvest. But there is another matter that must be attended to first.'

harvest [hάːrvist] 수확(기), 추수, 수확하다. another matter that must be ~에서 that은 주격 관계대명사임. attend [əténd] 출석하다, ~을 수반하다, 보살피다.

'동무들,' 스노볼이 말했다. '이제 여섯시 반인데 우리 앞에 긴 하루가 있소. 오늘은 건초 수확을 시작합시다. 하지만 먼저 살펴보아야 할 다른 일이 있소.'

The pigs now revealed that during the past three months they had taught themselves to read and write from an old spelling book which had belonged to Mr Jones's children and which had been thrown on the rubbish heap.

reveal [riviːl] 드러내다, 보이다, 나타내다, 묵시, 계시. which had belonged to ~, which had been thrown ~에서 which는 모두 주격 관계대명사임. spelling book 철자 교본. rubbish [rʌ́biʃ] 쓰레기, 폐물. heap [hiːp] 쌓아 올린 것, 더미, 많음, 쌓아올리다, 듬뿍 주다.

돼지들은 지난 3개월 동안 존스 씨 자녀들의 것이었는데 쓰레기 더미에 던져졌던 낡은 철자 교본을 가지고 읽고 쓰는 것을 스스로 배웠다는 것을 이제 밝혔다.

Napoleon sent for pots of black and white paint and led the way down to the five-barred gate that gave on to the main road. Then Snowball (for it was Snowball who was best at writing) took a brush between the two knuckles of his trotter, painted out **Manor Farm** from the top bar of the gate and in its place painted **Animal Farm**.

send for ~ 을 가지러 (누구를) 보내다. lead the way 이끌다, 안내하다, 맨 앞을 가다. give on ~을 향하다, ~로 통하다. it was Snowball who was best ~는 강조 용법임. knuckle [nʌkəl] 손가락 관절, 돌쩌귀. trotter [trɑ́tər] 속보의 말, 정력적인 활동가, 양이나 돼지의 족.

나폴레옹은 검은 색과 흰 색 페인트 통들을 가져오게 하고는 큰길로 통해 있는 다섯 개의 빗장이 있는 정문을 향해 맨 앞에 서서 갔다. 그러자 스노볼은 (왜냐하면 쓰기에 가장 뛰어난 동물은 바로 스노볼이었기 때문이었다.) 자신의 발의 두 관절 마디 사이에 붓을 끼우고는 정문 꼭대기 빗장에 씌어 있는 장원 농장을 지우고 그 자리에 동물 농장이라고 썼다.

This was to be the name of the farm from now onwards. After this they went back to the farm buildings, where Snowball and Napoleon sent for a ladder which they caused to be set against the end wall of the big barn.

from now onwards 지금 이후로. where Snowball and Napoleon sent for ~에서 where는 관계부사임. a ladder which they caused ~에서 which는 목적격 관계대명사임. cause [kɔ:z] 원인, 주장, ~일으키다, 하게 하다.

이것은 지금 이후로 그 농장의 이름이 되는 것이었다. 그 다음에 그들은 농장 건물들로 되돌아갔고 그곳에서 스노볼과 나폴레옹은 사다리를 가져오게 하여 그것을 커다란 헛간 벽 끝에 세워 놓도록 했다.

They explained that by their studies of the past three months the pigs had succeeded in reducing the principles of Animalism to

Seven Commandments.

succeed in ~에 성공하다. succeed to ~을 계승하다. commandment
율법, 계율, 계명.

그들은 지난 3개월 동안의 연구로 동물주의의 원리들을 일곱 계명으로 줄
이는데 성공했다고 설명했다.

These Seven Commandments would now be inscribed on the
wall; they would form an unalterable law by which all the animals
on Animal Farm must live for ever after.

inscribe [inskráib] (문자 따위를 금속판이나 종이에) 적다, 새기다, 파다.
unalterable 변경할 수 없는, 불변의. by which all the animals ~에서 by
which는 전치사+관계대명사임.

이들 일곱 계명들은 이제 그 벽에 써 넣어질 것이다; 이들 계명은 앞으로
영원히 동물 농장에 살고 있는 모든 동물들이 지키며 살아야 할 불변의 계율
이 될 것이다.

With some difficulty (for it is not easy for a pig to balance
himself on a ladder) Snowball climbed up and set to work, with
Squealer a few rungs below him holding the paint-pot.

set to work 일에 착수하다. rung [rʌŋ] 사다리의 가로장, 가로대. with
Squealer a few rungs below him holding the paint-pot은 독립 분사
구문에 전치사 with를 붙여 묘사적인 효과를 나타낸 것임.

상당한 어려움을 갖고 (왜냐하면 돼지가 사다리 위에서 균형을 잡는 것은
쉽지 않은 것이기 때문이다.) 스노볼은 사다리에 올라가서 일을 착수했다. 그
때 스퀼러가 사다리 가로대 몇 개 아래에서 페인트 통을 들어주었다.

The Commandments were written on the tarred wall in great
white letters that could be read thirty yards away. They ran thus:

THE SEVEN COMMANDMENTS

1. *Whatever goes upon two legs is an enemy.*
2. *Whatever goes upon four legs, or has wings, is a friend.*
3. *No animal shall wear clothes.*
4. *No animal shall sleep in a bed.*
5. *No animal shall drink alcohol.*
6. *No animal shall kill any other animal.*
7. *All animals are equal.*

tar [tɑːr] 타르, 타르를 칠하다. letters that could be read ~에서 that 은 주격 관계대명사임. run [rʌn] 달리다, 달아나다, 움직이다, 계속하다, ~라고 씌어 있다, 달리게 하다, 부딪다, 빠져나가다, 경영하다. shall은 여기에서 명령이나 금지를 나타냄.

계명들은 타르를 바른 벽에 삼십 야드 떨어진 곳에서도 읽힐 수 있는 커다란 흰 글씨로 씌어졌다. 계명들은 이러했다:

일곱 계명

1. 두 발로 걷는 것은 무엇이든 적이다.
2, 네 다리로 걷거나 날개를 가진 것은 무엇이든 친구다.
3. 어떤 동물도 옷을 입으면 안 된다.
4. 어떤 동물도 침대에서 자면 안 된다.
5. 어떤 동물도 술을 마시면 안 된다.
6. 어떤 동물도 다른 동물을 죽이면 안 된다.
7. 모든 동물은 평등하다.

It was very neatly written, and except that 'friend' was written 'freind' and one of the 'S's' was the wrong way round, the spelling was correct all the way through.

neatly 산뜻하게, 깨끗하게. the wrong way round 역으로, 반대로. all the way 내내, 여러 가지로.

글씨는 아주 깨끗하게 씌어졌다. 그리고 'friend'가 'freind'로 씌어졌고 'S' 자 하나가 좌우로 뒤집어져 있는 것을 제외하고는 철자가 모두 정확했다.

Snowball read it aloud for the benefit of the others. All the animals nodded in complete agreement, and the cleverer ones at once began to learn the Commandments by heart.

for the benefit of a person ~아무를 위해서. nod [nɑd] 고개를 끄덕이다, 졸다, 끄덕임. learn by heart 외우다, 암기하다.

스노볼은 다른 동물들을 위해 계명을 크게 읽어주었다. 모든 동물들은 완전한 동의로 고개를 끄덕였다. 그리고 영리한 것들은 즉시 계명들을 외우기 시작했다.

'Now, comrades,' said Snowball, throwing down the paint-brush, 'to the hayfield! Let us make it a point of honour to get in the harvest more quickly than Jones and his men could do.'

throwing down the paint-brush는 부대상황을 나타내는 분사구문임. make it a point of honour to get in ~에서 it는 가목적어, to get in ~ 을 진목적어로 봄, ~을 거둬들이는 것을 명예로 삼다. get in ~에 들어가다, 거둬들이다.

'자, 동무들,' 스노볼이 페인트 붓을 내려놓으며 말했다, '건초용 풀밭으로! 존스와 그의 일꾼들이 할 수 있는 것보다 더 빠르게 수확을 거둬들이는 것을 명예로 삼읍시다.'

But at this moment the three cows, who had seemed uneasy for some time past, set up a loud lowing. They had not been milked for twenty-four hours, and their udders were almost bursting.

set up 개업하다, 주장하다, 설치하다, 소리를 지르다. lowing [lóuiŋ] 소의 울음소리. milk [milk] 젖, 젖을 짜다. udder [ʌ́dər] 소나 염소의 젖통. burst [bəːrst] 파열하다, 터지다, 갑자기 ~한 상태가 되다, 파열시키다.

하지만 이 순간 그동안에 불편해 보였던 암소 세 마리가 큰 소리로 음매

하고 울었다. 그들은 스물 네 시간 동안 젖을 짜지 못했다. 그래서 그들의 젖통은 거의 터질 지경이었다.

After a little thought, the pigs sent for buckets and milked the cows fairly successfully, their trotters being well adapted to this task. Soon there were five buckets of frothing creamy milk at which many of the animals looked with considerable interest.

their trotters being well adapted to ~는 이유를 나타내는 독립 분사구문임. froth [frɔːθ] 거품, 거품이 일다. creamy [kríːmi] 크림 같은, 매끄럽고 부드러운.

잠시 생각을 한 뒤에 돼지들은 양동이를 가져오게 하였고 상당히 성공적으로 암소들의 젖을 짰다. 그들의 발은 이 임무에 아주 적합했기 때문이었다. 곧 거품이 이는 크림 같은 젖이 다섯 통이나 나왔는데 이 통들을 많은 동물들이 상당한 흥미를 갖고 바라보았다.

'What is going to happen to all that milk?' said someone.

'Jones used sometimes to mix some of it in our mash,' said one of the hens.

used to do ~하는 것이 예사였다. mash [mæʃ] 짓이긴 것, 밀기울 등을 물에 갠 가축의 사료.

'그 우유는 모두 어떻게 되는 거야?' 누군가가 말했다.

'존스 씨는 우리 사료에 가끔 그것을 섞어주곤 했는데.' 암탉 한 마리가 말했다.

'Never mind the milk, comrades!' cried Napoleon, placing himself in front of the buckets. 'That will be attended to. The harvest is more importance. Comrade Snowball will lead the way. I shall follow in a few minutes. Forward, comrades! The hay is waiting.'

placing himself in front of ~은 부대상황을 나타내는 분사구문임. in front of ~의 앞에. attend [əténd] 출석하다, 시중들다, 보살피다.

'우유는 걱정 말아요, 동무들!' 나폴레옹이 통들 앞으로 나오면서 소리쳤다. '우유는 잘 간수될 거요. 수확이 더 중요한 것이오. 스노볼 동무가 길을 안내 할 거요. 난 잠시 후 따라가겠소. 동무들 앞으로! 건초용 풀이 우릴 기다리고 있소.'

So the animals trooped down to the hayfield to begin the harvest, and when they came back in the evening it was noticed that the milk had disappeared.

troop [tru:p] 떼, 무리, 군대, 병력, 떼를 지어 나아가다.

그래서 동물들은 떼를 지어 건초용 풀밭으로 몰려가서 수확을 시작했다. 저녁에 그들이 돌아왔을 때 그 우유는 사라졌다는 것을 알게 되었다.

CHAPTER III

How they toiled and sweated to get the hay in! But their efforts were rewarded, for the harvest was an even bigger success than they had hoped.

toil [tɔil] 힘든 일, 수고, 수고하다. reward [riwɔ́ːrd] 보수, 포상, 보답하다.

그들은 건초용 풀을 거둬들이기 위해 얼마나 수고하고 땀을 흘렸던가! 하지만 그들의 노력은 보상받았다. 왜냐하면 수확은 그들이 희망했던 것보다 훨씬 큰 성공이었기 때문이었다.

Sometimes the work was hard; the implements had been designed for human beings and not for animals, and it was a great drawback that no animal was able to use any tool that involved standing on his hind legs.

implement [ímpləmənt] 도구, 수단, 도구를 주다, 이행하다. it was a great drawback that no animals ~에서 it는 가주어, that 이하는 진주어임. drawback 결점, 장애, 고장. involve [inválv] 말아 넣다, 연루시키다, 몰두시키다, 수반하다. any tool that involved ~에서 that은 주격 관계대명사임.

때때로 작업은 힘들었다. 도구들은 인간을 위해 고안된 것이었지 동물을 위한 것이 아니었다. 어떠한 동물도 뒷다리로 서는 것을 수반하는 농기구를 사용할 수 없다는 것은 커다란 단점이었다.

But the pigs were so clever that they could think of a way round every difficulty. As for the horses, they knew every inch of the field, and in fact understood the business of mowing and raking far better than Jones and his men had ever done.

so clever that they could think of ~ 너무나 영리해서 그들은 ~을 생각해 낼 수 있었다. round 둥근, 한 바퀴 도는, 상당한, 원, 한 바퀴, 돌아서, ~의 둘레에, ~의 부근에, ~에 대해서, 둥글게 하다, 완성하다, 둘러싸다. as for ~에 관해서는, ~은 어떠냐 하면. in fact 사실. mow [mou] 풀을 베다. rake [reik] 갈키, 갈키로 긁다, 긁어모으다, 샅샅이 찾다.

하지만 돼지들은 너무나 영리해서 그들은 모든 어려움에 대해 하나하나의 방법을 생각해 낼 수 있었다. 말들에 대해서 말한다면, 그들은 들판의 구석구석을 알고 있었고 사실 풀을 베고 갈퀴질 하는 일을 존스와 그의 일꾼들 보다 훨씬 더 잘 알고 있었다.

The pigs did not actually work, but directed and supervised the others. With their superior knowledge it was natural that they should assume the leadership.

direct [dirékt] 주의 등을 돌리다, ~에 길을 가르쳐주다, 겉봉을 쓰다, 관리하다. supervise [súːpərvaiz] 감독하다. assume [əsúːm] 추정하다, 떠맡다. it was natural that they should assume ~에서 it는 가주어 that 이하는 진주어이며 필요나 당연을 나타내는 주절에 이은 명사절에서 should를 사용하였음.

돼지들은 사실상 일을 하지 않고 다른 동물들을 관리하고 감독했다. 그들의 뛰어난 지식으로 그들이 지도자 지위를 떠맡는 것은 자연스러운 것이었다.

Boxer and Clover would harness themselves to the cutter or the horse-rake (no bits or reins were needed in these days, of course) and tramp steadily round and round the field with a pig walking behind and calling out 'Gee up, comrade!' or 'Whoa back, comrade!' as the case might be.

harness [háːrnis] 마구, 장비, 마구를 채우다, 동력화하다. cutter 자르는 사람, 절단기, horse-rake 말이 끄는 써레. bit [bit] 작은 조각, 소량, 재갈. rein [rein] 고삐, 고삐로 제어하다. gee [ʤiː] 우측으로, 이러 (마소를 부릴 때). whoa [hwou] 워(말을 멈추게 할 때). as the case may be 사정에

57

따라서. with a pig walking ~은 부대상황을 나타내는 독립 분사구문에 with를 붙여 묘사적인 효과를 나타내고 있음.

  복서와 클로버는 스스로 절단기나 써레를 몸에 부착하고 (물론 요즘은 재 갈이나 고삐가 필요치 않았다.) 풀밭을 꾸준하게 빙빙 돌아 다녔으며 돼지 한 마리가 그 뒤를 따라다니며 그때그때 사정에 따라서 '이러 위로, 동무!' 아니 면 '워 뒤로, 동무!' 라고 소리를 질렀다.

And every animal down to the humblest worked at turning the hay and gathering it. Even the ducks and hens toiled to and fro all day in the sun, carrying tiny wisps of hay in their beaks.

  humble [hʌ́mbəl] 비천한, 시시한, 겸손한. work at ~에 종사하다, ~을 연구하다. turn [təːrn] 돌리다, 켜다, 잠그다, 걷어 올리다, 뒤엎다. to and fro 이리 저리, 앞뒤로. carrying tiny wisps ~는 부대상황을 나타내는 분사 구문으로 볼 수 있음. [wisp] 작은 단, 작은 다발, 작은 물건.

  가장 작은 동물에 이르기까지 모든 동물들이 건초를 걷어 올리고 모으는 일에 종사했다. 오리나 암탉까지도 그들의 부리로 풀잎 가닥들을 나르며 땡볕 아래 하루 종일 왔다갔다 수고를 했다.

In the end they finished the harvest in two days' less time than it had usually taken Jones and his men. Moreover, it was the biggest harvest that the farm had ever seen.

  in the end 마침내, 결국은. biggest harvest that the farm ~에서 that 은 목적격 관계대명사임.

  마침내 그들은 존스 씨와 그의 일꾼들이 걸렸던 것보다 이틀이나 더 적은 시일에 수확을 마쳤다. 더욱이 그것은 이제까지 농장에서 보아왔던 가장 큰 수확이었다.

There was no wastage whatever; the hens and ducks with their sharp eyes had gathered up the very last stalk. And not an animal on the farm had stolen so much as a mouthful.

wastage [wéistidʒ] 소모, 낭비. whatever는 여기에서 전혀, 조금도 ~이 없는. not so much as ~조차 않다, ~정도는 아니다. mouthful 한 입, 소량.

낭비는 전혀 없었다. 암탉과 오리들은 그들의 예리한 눈으로 마지막 줄기까지 끌어 모았다. 그리고 농장의 어떤 동물도 한 입조차 도둑질하지 않았다.

All through that summer the work of the farm went like clockwork. The animals were happy as they had never conceived it possible to be. Every mouthful of food was an acute positive pleasure, now that it was truly their own food, produced by themselves and for themselves, not doled out to them by a grudging master.

clockwork 시계장치, 태엽장치. conceive [kənsíːv] 마음에 품다, 상상하다. acute [əkjúːt] 날카로운, 민감한, 격심한. positive [pázətiv] 확신하는, 단정적인, 긍정적인, 완전한. now that ~ 이므로. by oneself 스스로, 혼자서. for oneself 혼자 힘으로, 자신을 위해서. dole out (조금씩) 베풀어주다, 시주하다. grudging [grʌ́dʒiŋ] 인색한, 싫어하는, 앙심을 품은.

그해 여름 내내 농장에서의 작업은 시계장치처럼 돌아갔다. 동물들은 예전 같으면 결코 가능할 것이라고 상상하지 못했던 행복을 누렸다. 음식 한 입 한 입이 아주 완벽한 기쁨이었다. 그 음식은 그들 스스로, 자신들을 위해 생산한, 바로 그들 자신의 음식이었지 인색한 주인에게서 조금씩 분배받는 것이 아니었기 때문이었다.

With the worthless parasitical human beings gone, there was more for everyone to eat. There was more leisure too, inexperienced though the animals were.

parasitical [pærəsítikəl] 기생하는, 기생적인. with the worthless ~ gone, 은 with가 붙어 있는 독립분사구문임.

쓸모없는 기생적인 인간들이 가버렸기 때문에 모두에게 더 많은 먹을 것이 있었다. 또한 비록 동물들은 익숙하지는 않았지만 더 많은 여가가 있었다.

They met with many difficulties — for instance, later in the year, when they harvested the corn, they had to tread it out in the ancient style and blow away the chaff with their breath, since the farm possessed no threshing machine — but the pigs with their cleverness and Boxer with his tremendous muscles always pulled them through.

tread out 밟아 끄다, 밟아서 탈곡하다. chaff [tʃæf] 왕겨, 폐물, 악의 없는 놀림. threshing machine 탈곡기. pull through 난관을 헤쳐 나가게 하다.

그들은 많은 어려움도 겪었다. 예를 들면 그해 늦게 그들이 옥수수를 수확할 때 그들은 옛날 방식으로 발로 밟아 낟알을 떨어뜨리고 입으로 불어서 껍질을 날려버려야 했다. 왜냐하면 그 농장에선 탈곡기가 없었기 때문이었다. 하지만 영리한 돼지들과 어마어마한 근육질의 복서는 언제나 동물들이 난관을 헤쳐 나가게 했다.

Boxer was the admiration of everybody. He had been a hard worker even in Jones's time, but now he seemed more like three horses than one; there were days when the entire work of the farm seemed to rest upon his mighty shoulders.

admiration [ædməréiʃən] 감탄, 감탄의 대상. more like ~에 가까운. there were days when the entire ~에서 when은 관계 부사임. rest upon ~에 의지하다, ~에 달려 있다.

복서는 모든 동물의 감탄의 대상이었다. 그는 존스의 시절에도 열심히 하는 일꾼이었지만 지금 그는 한 마리의 말보다는 세 마리의 말에 가까운 것 같았다. 농장의 전체 작업이 그의 강대한 어깨에 달려 있는 것 같은 때도 있었다.

From morning to night he was pushing and pulling, always at the spot where the work was hardest. He had made an arrangement with one of the cockerels to call him in the mornings half an hour earlier than anyone else, and would put in some volunteer labour at whatever seemed to be most needed, before the regular day's work began.

spot [spɑt] 반점, 현장, 장소. make arrangements with ~와 사전 협의를 하다. cockerel [kɑ́kərəl] 수평아리. put in 넣다, 설치하다, 일을 하다. at whatever seemed to be ~에서 whatever는 선행사를 포함한 복합 관계대명사임.

아침부터 저녁까지 그는 밀고 당겼으며 가장 힘든 일이 있는 현장엔 언제나 그가 있었다. 그는 한 수평아리와 사전 협의를 해서 다른 동물보다 아침에 삼 십분 일찍 깨워달라고 했다. 그리고 정상적인 하루의 일이 시작되기 전에 가장 필요한 것처럼 보이는 어떠한 일에도 그는 상당한 자발적인 노동을 하곤 했다.

His answer to every problem, every setback, was 'I will work harder!' — which he had adopted as his personal motto.

setback 방해, 저지, 좌절. which he had ~에서 which는 목적격 관계대명사이며 선행사는 'I will work harder!'임. adopt [ədɑ́pt] 양자로 삼다, 채택하다. motto [mɑ́tou] 표어, 좌우명.

모든 문제, 모든 방해에 대한 그의 대답은 '난 더 열심히 일한다.'였다. 그는 그 말을 자신의 개인적인 좌우명으로 삼았다.

But everyone worked according to his capacity. The hens and ducks, for instance, saved five bushels of corn at the harvest by gathering up the stray grains.

according to ~에 따라서. capacity [kəpǽsəti] 능력, 자격. for instance 예를 들면. bushel [búʃəl] 부셸 (약 36리터). stray [strei] 옆길로 빗나가다, 쳐진, 뿔뿔이 흩어진. grain [grein] 낟알, 곡식.

하지만 모두들 자신의 능력에 따라 일을 했다. 예를 들어 암탉과 오리들은 수확을 할 때 떨어진 낟알을 주은 것으로만 옥수수 다섯 부셸을 더 모았다.

Nobody stole, nobody grumbled over his rations, the quarrelling and biting and jealousy which had been normal features of life in the old days had almost disappeared.

grumble [grʌ́mbəl] 불평하다, 불평. ration [rǽʃən] 정량, 할당, 배급하다. quarrel [kwɔ́ːrəl] 싸움, 말다툼, 싸우다. jealousy [ʤéləsi] 질투, 시기. which had been normal feature ~에서 which는 주격 관계대명사임. had almost disappeared 의 주어는 quarreling and biting and jealous 임.

아무도 훔치지 않았고 아무도 자신의 몫에 불평하지 않았다. 지난날 삶의 일반적인 특징이었던 싸움과 물어뜯기, 질투 등은 거의 사라졌다.

Nobody shirked — or almost nobody. Mollie, it was true, was not good at getting up in the morning, and had a way of leaving work early on the ground that there was a stone in her hoof.

shirk [ʃəːrk] 회피하다, 게으름부리다. it was true는 삽입절임. way [wei] 길, 진행, 방향, 버릇. leave [liːv] 남기고 가다, 떠나다, 그만두다, 방치하다, 허가, 휴가. ground [graund] 지면, 운동장, 기초, 근거. on the ground of ~의 이유로.

아무도 게으름을 피우지 않았다. 아니, 거의 아무도. 몰리는 사실 아침에 잘 일어나지 못했다. 그리고 그녀는 발굽에 돌이 끼었다는 구실로 일찍 작업을 그만두는 버릇이 있었다.

And the behaviour of the cat was somewhat peculiar. It was soon noticed that when there was work to be done the cat could never be found.

behaviour [bihéivjər] 행동, 행실, 반응. peculiar [pikjúːljər] 독특한, 고유의, 기묘한. it was soon noticed that ~라는 것이 곧 밝혀졌다.

그리고 고양이의 행동은 좀 특이했다. 해야 할 일이 있을 때 그는 결코 보이지 않는다는 사실이 곧 밝혀졌다.

She would vanish for hours on end, and then reappear at meal-times, or in the evening after work was over, as though nothing had happened. But she always made such excellent excuses, and purred so affectionately, that it was impossible not to believe in her good intentions.

vanish [vǽniʃ] 사라지다, 희미해지다. on end 똑바로 서서, 계속하여. as though 마치 ~처럼. excuse [ikskjúːz] 용서하다, 변명하다, 변명, 구실. purr [pəːr] (고양이가) 목을 가르랑거리다. affectionately 애정 깊게, 다정하게. intention [inténʃən] 의도, 목적. such ~ that ~ 너무나 ~해서 ~하다.

그녀는 몇 시간이고 계속해서 사라졌다가 식사 시간이나 일이 끝난 후 저녁에 아무 일도 없었다는 듯이 다시 나타나곤 했다. 하지만 그녀는 언제나 너무나 훌륭한 구실을 대고 너무나 다정하게 목을 가르랑거렸기 때문에 그녀의 선한 의도를 믿지 않는다는 건 불가능했다.

Old Benjamin, the donkey, seemed quite unchanged since the Rebellion. He did his work in the same slow obstinate way as he had done it in Jones's time, never shirking, and never volunteering for extra work either.

obstinate [ɑ́bstənət] 완고한, 억지 센. volunteer [vɑləntíər] 지원자, 지원하다. extra [ékstrə] 여분의, 임시의, 특별한.

늙은 당나귀 벤자민은 반란 이후 전혀 변하지 않았다. 그는 존스 시절에 했던 것처럼 똑같이 느리고 완고한 방식으로 자신의 일을 했다. 결코 게으름 피우지 않았고 또한 자진하여 여분의 일을 하지도 않았다.

About the Rebellion and its results he would express no opinion. When asked whether he was not happier now that Jones was gone, he would say only 'Donkeys live a long time. None of you has ever seen a dead donkey.' and the others had to be content with this cryptic answer.

now that ~이므로. content with ~에 만족하는. cryptic [kríptik] 숨은, 신비의.

반란과 그것의 결과에 대해서 그는 어떠한 의견도 내지 않았다. 존스가 가 버렸기 때문에 더 행복하지 않느냐는 질문을 받으면 그는 단지 '당나귀는 오 래 산다네. 당신들 중 어느 누구도 이제까지 죽은 당나귀를 본 적이 없네.'라 고 말하곤 했고 다른 동물들은 이러한 알 수 없는 대답에 만족해야 했다.

On Sundays there was no work. Breakfast was an hour later than usual, and after breakfast there was a ceremony which was observed every week without fail.

ceremony [sérəmouni] 의식, 의전, 예법. a ceremony which was observed ~에서 which는 주격 관계대명사임. without fail 틀림없이, 반드 시.

일요일엔 작업이 없었다. 아침 식사는 평상시보다 한 시간 늦게 했다. 그리 고 식사 후엔 매주 반드시 지켜지는 의식이 있었다.

First came the hoisting of the flag. Snowball had found in the harness-room an old green tablecloth of Mrs Jones's and had painted on it a hoof and a horn in white.

hoist [hɔist] 내걸다, 올리다, 끌어올리기. tablecloth 식탁보. hoof [huf] 발굽.

첫 번째로 깃발을 올리는 것이었다. 스노볼은 존스 부인의 낡은 녹색 식탁 보를 각종 마구가 있는 방에서 찾아내어 그 위에 발굽과 뿔을 흰 색으로 그 려 넣었었다.

This was run up the flagstaff in the farmhouse garden every Sunday morning. The flag was green, Snowball explained, to represent the green fields of England, while the hoof and horn signified the future Republic of the Animals which would arise when the human race had been finally overthrown.

run up 뛰어오르다, 올리다. flagstaff 깃대. represent [reprizént] 묘사하다, 기술하다, 대표하다, 상징하다. signify [sígnəfai] 의미하다, 나타내다. overthrow [ouvərəróu] 뒤집어엎다, 타도하다.

이것은 일요일 아침마다 농장의 주택 뜰에 있는 깃대에 올려졌다. 스노볼이 설명하건대 그 깃발은 녹색으로서 영국의 푸른 들판을 상징하고 발굽과 뿔은 인류가 마침내 타도되었을 때 일어나게 될 미래의 동물 공화국을 나타낸다고 했다.

After the hoisting of the flag all the animals trooped into the big barn for a general assembly which was known as the Meeting. Here the work of the coming week was planned out and resolutions were put forward and debated.

troop [tru:p] 떼, 군대, 병력, 무리가 되어 나아가다.
assembly [əsémbli] 집회, 회합. resolution [rezəlú:ʃən] 결심, 결의, 결의안, 해결, 분석. put forward 제안하다, 앞으로 나아가게 하다. assembly which was known ~에서 which는 주격 관계대명사임.

깃발을 내걸고 나서 모든 동물들은 회의로 알려진 집회를 열기 위해 커다란 헛간으로 몰려갔다. 여기에서 다음 주에 있을 작업이 계획되고 결의안이 제안되고 토론되었다.

It was always the pigs who put forward the resolutions. The other animals understood how to vote, but could never think of any resolutions of their own.

It was always the pigs who put forward ~은 강조 구문임.

결의안을 제안하는 것은 언제나 돼지들이었다. 다른 동물들은 어떻게 투표하는지 이해를 했지만 그들 자신만의 결의안은 결코 생각할 수 없었다.

Snowball and Napoleon were by far the most active in the debates. But it was noticed that these two were never in agreement: whatever suggestion either of them made, the other could be counted on to oppose it.

by far 훨씬, 매우. suggestion 암시, 연상, 제안. whatever suggestion either of them made,에서 whatever는 관계형용사로서 부사절을 이끎. count on 의지하다, 기대하다.

스노볼과 나폴레옹은 토론에서 단연코 가장 활동적이었다. 하지만 이들 둘은 결코 합의가 되지 않는다는 것이 곧 밝혀졌다. 그들 중 하나가 어떠한 제안을 했다고 해도 다른 하나는 그것에 반대할 것으로 기대될 수 있었다.

Even when it was resolved — a thing no one could object to in itself — to set aside a small paddock behind the orchard as a home of rest for animals who were past work, there was a stormy debate over the correct retiring age for each class of animal.

it was ~to set ~에서 it는 가주어, to set ~이하는 진주어임. resolve [rizálv] 용해하다, 분해하다, 해결하다, 결의하다. object [ábʤikt] 물건, 대상, 목적, 목적어, [əbʤékt] 반대하다, 불평을 품다, 비난하다. set aside 곁에 두다, 챙겨두다, 거절하다. paddock [pǽdək] 작은 방목장. past [pæst] 지나간, 과거의, 과거, ~을 지나서, ~의 범위를 넘어. retiring age 퇴직 연령, 정년.

일을 할 나이가 지난 동물들을 위한 휴양처로 과수원 뒤에 있는 작은 목장을 떼어두는 것이 결의되었을 때 (그 자체로는 아무도 반대 할 수 없는 안건이었다.) 동물 각각의 부류에 대한 합당한 은퇴 연령에 대해서 격렬한 토론이 있었다.

The Meeting always ended with the singing of 'Beasts of England', and the afternoon was given up to recreation.

recreation [rekriéiʃən] 휴양, 기분 전환, 오락. give up 포기하다, 양보하다.

회의는 언제나 '잉글랜드의 짐승들'을 노래하는 것으로 끝났고 오후에는 휴식이 주어졌다.

The pigs had set aside the harness-room as a head-quarters for themselves. Here, in the evening, they studied blacksmithing, carpentering, and other necessary arts from books which they had brought out of the farmhouse.

set aside 제쳐놓다, 따로 떼어 두다, 그만두다. head-quarters 본부, 사령부. blacksmithing 대장장이 일. carpentering 목수 일. ~books which they had brought ~에서 which는 목적격 관계대명사임.

돼지들은 각종 마구가 있는 방을 그들의 본부로 따로 사용하였다. 저녁이 되면 그들은 그곳에서 농장의 주택에서 가져온 책으로 대장장이 일, 목수 일, 다른 필요한 기술을 연구했다.

Snowball also busied himself with organizing the other animals into what he called Animal Committees. He was indefatigable at this.

what he called 이른바, 소위. indefatigable [indifǽtigəbəl] 지칠 줄 모르는.

스노볼 또한 이른바 동물 위원회라고 하는 것들에 동물들을 편성하느라 바빴다. 그는 이 일에 지칠 줄 몰랐다.

He formed the Egg Production Committee for the hens, the Clean Tails League for the cows, the Wild Comrades' Re-education Committee (the object of this to tame the rats and rabbits), the Whiter Wool Movement for the sheep, and various others, besides instituting classes in reading and writhing.

league [li:g] 연맹, 동맹, 그룹. wool [wul] 양털, 털실, 모직물. institute [ínstətjù:t] 만들다, 설치하다, 연구소, 대학.

그는 암탉을 위해 계란 생산 위원회, 암소들을 위해 깨끗한 꼬리 연맹, 야생 동물들의 재교육 위원회 (이것의 목적은 쥐와 토끼들을 길들이는 것이다), 양들을 위해 더 흰 양털 운동 등과 그밖에 다양한 것들을 만들었다. 뿐만 아니라 읽기와 쓰기 학습반도 만들었다.

On the whole, these projects were a failure. The attempt to tame the wild creatures, for instance, broke down almost immediately. They continued to behave very much as before, and when treated with generosity, simply took advantage of it.

project [prədʒékt] 입안하다, 계획하다, 발사하다, [prάdʒekt] 계획, 설계. break down 부숴버리다, 압도하다, 극복하다, 분석하다. generosity [dʒenərάsəti] 활수, 관대, 아량. take advantage of ~을 이용하다, 속이다.

대체로 그러한 계획들은 실패로 끝났다. 예를 들어 야생 동물을 길들이려는 시도는 거의 시작하자마자 바로 좌절되었다. 야생 동물들은 계속해서 전처럼 행동했고 관대하게 대해주면 순전히 그걸 이용했다.

The cat joined the Reeducation Committee and was very active in it for some days. She was seen one day sitting on a roof and talking to some sparrows who were just out of her reach.

sitting과 talking은 모두 주격보어로 쓰인 현재분사임. out of one's reach 누구의 손이 닿지 않는 곳에.

고양이는 재교육 위원회에 가입을 했고 며칠 동안 활발하게 활동을 했다. 그녀는 어느 날 지붕 위에 앉아서 그녀가 닿을 수 없는 곳에 있는 몇몇 참새들과 이야기를 나누고 있는 것이 목격되었다.

She was telling them that all animals were now comrades and that any sparrow who chose could come and perch on her paw; but the sparrows kept their distance.

choose [tʃuːz] 고르다, 선택하다, 원하다. perch [pəːrtʃ] 횃대, 높은 지위, 횃대에 앉다.

그녀는 이제 모든 동물들이 동료가 되었으며 원하는 어떠한 참새들도 그녀의 발등에 와서 앉을 수 있다고 말하고 있었다. 하지만 참새들은 자신들의 일정한 거리를 유지했다.

The reading and writing classes, however, were a great success. By the autumn almost every animal on the farm was literate in some degree.

As for the pigs, they could already read and write perfectly.

success [səksés] 성공. literate [lítərət] 읽고 쓸 수 있는, 학식 있는. in some degree 다소, 얼마간.

하지만 읽기와 쓰기 학습반은 대단한 성공이었다. 가을까지 농장의 거의 모든 동물들이 어느 정도는 읽고 쓸 수 있었다.

돼지들에 관해서 말하자면, 그들은 이미 완벽하게 읽고 쓸 수 있었다.

The dogs learned to read fairly well, but were not interested in reading anything except the Seven Commandments. Muriel, the goat, could read somewhat better than the dogs, and sometimes used to read to the others in the evenings from scraps of newspaper which she found on the rubbish heap.

fairly 공평히, 올바르게, 똑똑히, 상당히. used to ~에 익숙한, ~하곤 했다. scrap [skræp] 작은 조각, 남은 것들, 지스러기, 폐물. which she found ~에서 which는 목적격 관계대명사임. heap [hi:p] 쌓아 올린 것, 더미, 많음, 다수, 쌓아 올리다.

개들은 읽기를 상당히 잘 배웠지만 일곱 계명을 제외하고는 어떤 것을 읽는 것에는 관심이 없었다. 염소 뮤리엘은 개들보다도 좀 더 잘 읽을 수 있었고 쓰레기 더미에서 발견한 신문 스크랩을 저녁 때 가끔 다른 동물들에게 읽어주곤 했다.

Benjamin could read as well as any pig, but never exercised his faculty. So far as he knew, he said, there was nothing worth reading. Clover learnt the whole alphabet, but could not put words together.

as well as ~와 마찬가지로. exercise [éksəsaiz] 운동, 연습, 행사, 활동

시키다, 훈련하다, 발휘하다. faculty [fǽkəlti] 능력, 기능, 재능, 교수단. so far as ~하는 한에서는. worth ~ing ~할 만한 가치 있는 put together 모으다, 조립하다.

　벤자민은 여느 돼지와 마찬가지로 읽을 수 있었지만 자신의 재능을 발휘하지 않았다. 그는 그가 알고 있는 한 읽을 만한 가치 있는 게 아무 것도 없다고 했다. 클로버는 알파벳 전부를 배웠지만 단어들을 결합할 수 없었다.

Boxer could not get beyond the letter D. He would trace out A, B, C, D, in the dust with his great hoof, and then would stand staring at the letters with his ears back, sometimes shaking his forelock, trying with all his might to remember what came next and never succeeding.

trace [treis] 자국을 밟다, 선을 그리다, 자취. dust [dʌst] 먼지, 흙, 지면, 먼지를 떨다. forelock 앞머리, 이마 갈기. staring ~, shaking ~, trying ~, succeeding ~은 모두 주격보어로 쓰인 현재분사로 볼 수 있음. with all his might 는 삽입구임, 그의 모든 힘을 다해.

　복서는 D자 이상을 넘어갈 수 없었다. 그는 그의 커다란 발굽으로 땅에 A, B, C, D를 써 놓고 우두커니 서서 귀를 쫑긋하고 글자를 바라보면서 이따금 이마 갈기를 흔들며 다음에 무슨 글자가 나오는지 있는 힘을 다해 생각해내려고 노력했지만 결코 성공하지 못했다.

On several occasions, indeed, he did learn E, F, G, H, but by the time he knew them, it was always discovered that he had forgotten A, B, C, and D. Finally he decided to be content with the first four letters, and used to write them out once or twice every day to refresh his memory.

occasion [əkéiʒən] 경우, 때, 이유. refresh [rifréʃ] 상쾌하게 하다, 새롭게 하다. be content with ~에 만족하다.

　사실 몇몇 경우에 그는 E, F, G, H를 배웠다. 하지만 그 글자들을 알게 될 때면 A, B, C, D를 언제나 까먹게 된다는 것을 알게 되었다. 마침내 그는 처음 네 글자에 만족하기로 마음먹고 기억을 새롭게 하기 위해 매일 한두 번씩 네 글자를 써 보곤 했다.

Mollie refused to learn any but the six letters which spelt her own name. She would form these very neatly out of pieces of twig, and would then decorate them with a flower or two and walk round them admiring them.

refuse [réfuːʤ] 피난, 은신처. which spelt ~에서 which는 주격 관계대명사임. admiring them에서 admiring은 주격보어로 쓰인 현재분사임.

몰리는 그녀 자신의 이름을 철자하는 여섯 글자를 제외하고는 어떤 것도 배우기를 거절했다. 그녀는 나무 가지로 이들 글자를 예쁘게 만들어 놓고 거기에 꽃 한두 송이로 장식하고 나서 그것에 감탄하면서 그 글자들 둘레를 빙 돌아다니곤 했다.

None of the other animals on the farm could get further than the letter A. It was also found that the stupider animals, such as, the sheep, hens, and ducks, were unable to learn the Seven Commandments by heart.

stupid [stjúːpid] 어리석은, 바보 같은. learn ~ by heart 외우다.

농장의 다른 동물들은 어느 누구도 A 글자에서 더 나갈 수 없었다. 그리고 양, 암탉, 오리 같이 보다 우둔한 동물들은 일곱 계명을 외울 수 없다는 게 밝혀졌다.

After much thought Snowball declared that the Seven Commandments could in effect be reduced to a single maxim, namely: 'Four legs good, two legs bad.'

declare [dikléər] 선언하다. in effect 사실상, 요컨대.

maxim [mǽksim] 격언. namely 즉, 다시 말하자면.

많은 생각을 한 후 스노볼은 일곱 계명은 사실상 하나의 격언 즉 '네 발은 좋고 두 발은 나쁘다'로 줄일 수 있음을 선언했다.

This, he said, contained the essential principle of Animalism. Whoever had thoroughly grasped it would be safe from human influences. The birds at first objected, since it seemed to them that they also had two legs, but Snowball proved to them that this was not so.

essential [isénʃəl] 근본적인, 필수적인, 본질적인. grasp [græsp] 붙잡다, 파악하다, 이해하다, 붙잡음, 권력, 이해력. whoever had thoroughly ~ 에서 whoever는 명사절을 인도하는 복합관계대명사임, 그것을 철저히 이해한 누구든지~.

그는 이것은 동물주의의 필수적인 원리를 포함하고 있으며 그것을 철저히 이해하는 누구든지 인간의 영향으로부터 안전할 것이라고 말했다. 새들은 처음에 자신들 또한 두 발을 갖고 있는 것 같다고 해서 반대했다. 하지만 스노볼은 그렇지 않다는 것을 그들에게 증명했다.

'A bird's wing, comrades,' he said, 'is an organ of propulsion and not of manipulation. It should therefore be regarded as a leg. The distinguishing mark of Man is the hand, the instrument with which he does all his mischief.'

organ [ɔ́:rgən] 오르간, 기관, 장기. propulsion [prəpʌ́lʃən] 추진(력). manipulation 교묘히 다루기, 조작, 속임. instrument [ínstrəmənt] 기계, 기구, 악기, 수단. mischief [místʃif] 해악, 곤란한 점, 장난. with which he does ~는 전치사+관계대명사임.

그가 말했다. '동무들, 새의 날개는 추진 기관이지 조작 기관이 아니오. 그래서 그것은 다리로 간주되어야 하오. 인간의 특징적인 표시는 그가 모든 해악을 저지르는 도구, 즉 손이오.'

The birds did not understand Snowball's long words, but they accepted his explanation, and all the humbler animals set to work to learn the new maxim by heart. FOUR LEGS GOOD, TWO LEGS

BAD, was inscribed on the end wall of the barn, above the Seven Commandments and in bigger letters.

set to work 일에 착수하다. inscribe [inskráib] 새기다, 적다, 명심하다.

새들은 스노볼의 장황한 말을 이해하지 못했지만 그의 설명을 받아들였고 모든 변변치 않은 동물들은 새로운 격언을 외우기 시작했다. 헛간 벽 끝 일곱 계명 위에 좀 더 큰 글씨로 '네 발은 좋고 두 발은 나쁘다'라고 씌어졌다.

When they had once got it by heart, the sheep developed a great liking for this maxim, and often as they lay in the field they would all start bleating 'Four legs good, two legs bad! Four legs good, two legs bad!' and keep it up for hours on end, never growing tired of it.

by heart 외워서. liking [láikiŋ] 좋아함, 기호. keep it up 꾸준히 계속하다. grow tired of 피로하게 되다. on end 연달아, 계속하여.

양들은 그 격언을 한번 외우게 되자 그 격언에 대해 대단한 호감을 갖게 되었다. 그래서 그들은 종종 풀밭에 누울 때면 모두들 '네 발은 좋고, 두 발은 나쁘다! 네 발은 좋고 두 발은 나쁘다!'를 몇 시간이고 지치는 법도 없이 연달아 소리치곤 했다.

Napoleon took no interest in Snowball's committees. He said that the education of the young was more important than anything that could be done for those who were already grown up.

that could be done ~에서 that과 who were already ~에서 who는 모두 주격 관계대명사임.

나폴레옹은 스노볼의 위원회들에 관심이 없었다. 그는 어린 동물들에 대한 교육이 이미 성장한 동물들을 위해 할 수 있는 어떠한 것보다 더 중요하다고 말했다.

It happened that Jessie and Bluebell had both whelped soon after the hay harvest, giving birth between them to nine sturdy puppies. As soon as they were weaned, Napoleon took them away from their mothers, saying that he would make himself responsible for their education.

whelp [hwelp] 강아지, 개구쟁이, 새끼를 낳다. give birth to ~을 낳다. wean [wíːn] 젖을 떼다. saying that he would ~은 부대상황을 나타내는 분사구문임. make oneself responsible for ~의 책임을 맡다.

마침 제시와 블루벨은 둘 다 건초 수확이 끝나고 바로 출산을 했는데 모두 아홉 마리의 튼튼한 강아지들을 낳았다. 강아지들이 젖을 떼자마자 나폴레옹은 강아지들의 교육을 책임지겠다고 말하며 강아지들을 어미에게서 떼어갔다.

He took them up into a loft which could only be reached by a ladder from the harness-room, and there kept them in such seclusion that the rest of the farm soon forgot their existence.

loft [lɔːft] 고미다락, 위층의 관람석, 비둘기장. ladder [lǽdər] 사닥다리. seclusion [siklúːʒən] 격리, 은퇴, 은둔. such ~ that the rest of the farm~ 그렇게 ~해서 농장의 나머지들은 ~.

그는 강아지들을 각종 마구가 있는 방에서 사닥다리를 통해서만 올라갈 수 있는 고미다락으로 데려갔고 그렇게 강아지들을 격리시켜 놓아서 농장의 나머지 동물들은 그들의 존재를 곧 잊어버렸다.

The mystery of where the milk went to was soon cleared up. It was mixed every day into the pigs' mash. The early apples were now ripening, and the grass of the orchard was littered with windfalls.

clear up 깨끗이 하다, 의문이나 오해 등을 풀다. ripen [ráipən] 익다, 완숙하다. litter [lítər] 들것, 깔짚, 난잡, 짚을 깔다, 흩뜨리다. windfall 바람에 떨어진 과실, 뜻밖의 습득물.

우유가 어디로 갔을까 하는 의문은 곧 풀렸다. 우유는 매일 돼지들의 사료에 섞여졌다. 이른 과일들은 이제 익어가고 있었고 과수원의 풀밭은 떨어진 과실로 어지럽게 흩뜨려져 있었다.

The animals had assumed as a matter of course that these would be shared out equally; one day, however, the order went forth that all the windfalls were to be collected and brought to the harness-room for the use of the pigs.

assume [əsúːm] 당연하다고 생각하다, 떠맡다, 취하다, 추정하다. go forth 발표되다, 소문이 퍼지다.

동물들은 이 떨어진 과실들이 공평하게 나누어지는 것을 당연한 것으로 여겼다. 하지만 어느 날 모든 떨어진 과실들은 돼지들의 소비를 위해 수집되어 각종 마구가 있는 방으로 갖다 놓아야 한다는 명령이 내려졌다.

At this some of the other animals murmured, but it was no use. All the pigs were in full agreement on this point, even Snowball and Napoleon. Squealer was sent to make the necessary explanation to the others.

murmur [məˊːrmər] 중얼거림, 불평, 졸졸 소리를 내다, 불평하다.

이것에 대해 몇몇 다른 동물들이 불평을 했지만 소용이 없었다. 모든 돼지들은, 심지어 스노볼과 나폴레옹까지도 이점에 있어서 완전한 동의에 이르렀다. 다른 동물들에게 필요한 설명을 하기 위해 스퀼러가 보내졌다.

'Comrades!' he cried. 'You do not imagine, I hope, that we pigs are doing this in a spirit of selfish-ness and privilege? Many of us actually dislike milk and apples. I dislike them myself.

selfish-ness [sélfiʃnis] 이기적임, 이기주의. privilege [prívəlidʒ] 특권, 특별한 은혜.

'동무들!' 그는 소리쳤다. '바라건대 당신들은 우리 돼지들이 이기주의와 특권 의식에서 이런 일을 하고 있다고 상상하는 것은 아니지요? 사실 우리 돼지들 중 상당수가 우유와 사과를 싫어합니다. 나 자신도 그것들은 싫어하죠.

Our sole object in taking these things is to preserve our health.

Milk and apples (this has been proved by Science, comrades) contain substances absolutely necessary to the well-being of a pig. We pigs are brain-workers.

sole [soul] 오직 하나의, 유일한, 독점적인, 발바닥. object [ɑ́bʤikt] 물건, 물체, 대상, 목적. [əbʤékt] 반대하다, 불평을 품다.
substance [sʌ́bstəns] 물질, 실질, 내용, 요지. brain-worker 정신노동자.

이런 것들을 가져가는데 있어서 우리의 유일한 목적은 우리의 건강을 보존하기 위해서요. 우유와 사과는 (동무들, 이것은 과학에 의해 증명된 것이오) 돼지의 복지에 절대적으로 필요한 물질을 포함하고 있어요. 우리 돼지들은 정신노동자들입니다.

The whole management and organization of this farm depend on us. Day and night we are watching over your welfare. It is for *your* sake that we drink that milk and eat those apples. Do you know what would happen if we pigs failed in our duty?

management [mǽniʤmənt] 취급, 관리, 경영, 술책. depend on ~에 의존하다. watch over 지켜보다, 돌보아주다. welfare [wélfɛər] 복지, 후생, 복지사업. It is for ~ that we drink ~은 강조용법임.

이 농장의 전체 관리와 조직은 우리에게 달려 있습니다. 낮과 밤으로 우리는 당신들의 복지를 돌보아주고 있어요. 우리가 우유를 마시고 사과를 먹는 것은 바로 당신들을 위해서입니다. 만일 우리가 우리의 의무를 다하지 못하면 어떤 일이 일어날지 알고 있습니까?

Jones would come back! Yes, Jones would come back! Surely, comrades,' cried Squealer almost pleadingly, skipping from side to side and whisking his tail, 'surely there is no one among you who wants to see Jones come back?'

pleadingly 탄원적으로. whisk [hwisk] 작은 비, 총채, 먼지 등을 털다, 홱 채가다, 흔들다. skipping ~, whisking ~은 모두 부대상황을 나타내는 분사구문임. who wants ~에서 who는 주격 관계대명사임.

존스가 돌아올 것이오! 존스가 돌아올 것이오! 분명합니다, 동무들.' 스퀼러는 좌우로 껑충껑충 뛰고 꼬리를 흔들면서 거의 탄원하듯 소리쳤다. '분명히 여러분 가운데에 존스가 돌아오는 것을 보길 원하는 분은 아무도 없지요?'

Now if there was one thing that the animals were completely certain of, it was that they did not want Jones back. When it was put to them in this light, they had no more to say.

in this light 이러한 관점에서.

이제 동물들이 완전히 확신하는 것 하나가 있다면 그것은 그들은 존스가 돌아오는 걸 원치 않는다는 것이었다. 이러한 관점에서 그것이 그들에게 제시되었을 때 그들은 더 이상 할 말이 없었다.

The importance of keeping the pigs in good health was all too obvious. So it was agreed without further argument that the milk and the windfall apples (and also the main crop of apples when they ripened) should be reserved for the pigs alone.

all 모든, 전부, 전혀, 아주, 완전히. all too obvious 아주 너무나 명백한. reserve [rizə́:rv] 떼어 두다, 마련해 두다, 비축, 예비.

돼지들을 좋은 건강 상태로 유지하는 것의 중요성은 아주 너무나 명백했다. 그래서 더 이상의 논쟁 없이 우유와 바람에 떨어진 사과는 (그리고 익었을 때의 주된 사과 수확물 또한) 오직 돼지들만을 위해 따로 떼어두어야 한다는 것이 합의되었다.

CHAPTER IV

By the late summer the news of what had happened on Animal Farm had spread across half the county. Every day Snowball and Napoleon sent out flights of pigeons whose instructions were to mingle with the animals on neighbouring farms, tell them the story of the Rebellion, and teach them the tune of 'Beasts of England'.

county [káunti] 군(郡), 주(州), 군민, 주민. flight [flait] 날기, 비행, 이륙, 도주. instruction [instrʌ́kʃən] 훈련, 교수, 교훈, 지시, 지령. to mingle ~, tell ~, teach 등은 모두 부정사의 명사적인 용법(보어)으로 쓰였음, 비둘기들의 지령은 ~와 어울리고, ~에게 말하고, ~에게 가르치는 것이었다.

늦은 여름까지 동물 농장에서 일어난 소식은 그 지방 절반 정도 퍼져나갔다. 매일 같이 스노볼과 나폴레옹은 비둘기들을 내보냈는데 그들의 지령은 이웃하고 있는 농장들의 동물들과 함께 어울리고 그들에게 반란에 관한 이야기를 전해주고 또한 '잉글랜드의 짐승들' 노래를 가르치는 것이었다.

Most of this time Mr Jones had spent sitting in the taproom of the Red Lion at Willingdon, complaining to anyone who would listen of the monstrous injustice he had suffered in being turned out of his property by a pack of good-for-nothing animals.

taproom 호텔 등의 바(barroom). sitting in the taproom에서 sitting은 주격보어로 쓰인 현재분사임. complaining ~은 동시상황을 나타내는 분사구문으로 볼 수 있음. monstrous [mánstrəs] 괴물 같은, 거대한, 소름끼치는. out of ~에서, ~이 부족하여, ~을 벗어나. property [prápərti] 재산, 소유권, 특성. pack [pæk] 꾸러미, 일당. good-for-nothing 쓸모없는.

존스 씨는 이 시기의 대부분을 윌링던에 있는 레드 라이언 바에 앉아서, 변변치 않은 일단의 동물들에 의해 자신의 재산을 잃고 쫓겨나면서 자신이 겪은 엄청난 불의를 들어주고자 하는 누구에게나 불평을 늘어놓으며 시간을 보냈다.

The other farmers sympathized in principle, but they did not at first give him much help. At heart, each of them was secretly wondering whether he could not somehow turn Jones's misfortune to his own advantage.

in principle 원칙적으로. wonder [wʌ́ndər] 불가사의, 경이, 놀라다, 의심하다, ~이 아닐까 생각하다.

다른 농부들은 원칙적으로 공감을 했지만 처음에는 그에게 많은 도움을 주지 않았다. 그들 각자의 마음속으로는 은근히 어떻게든 존스의 불행을 자신의 이익으로 돌릴 수 있지 않을까 생각했다.

It was lucky that the owners of the two farms which adjoined Animal Farm were on permanently bad terms. One of them, which was named Foxwood, was a large, neglected, old-fashioned farm, much overgrown by woodland, with all its pastures worn out and its hedges in a disgraceful condition.

adjoin [ədʒɔ́in] 접하다, 인접하다. term [tə:rm] 기간, 조건, 사이, 말투. on good terms 친근한 사이로. neglect [niglékt] 게을리 하다, 무시하다, 태만, 무시. disgraceful 면목 없는, 수치스러운.

동물 농장과 인접해 있는 두 농장의 소유자들이 영원히 사이가 나쁜 것은 행운이었다. 둘 중에 하나 폭스우드라고 하는 농장은 크지만 제대로 관리되지 않는 구식 농장이었다. 산림이 농장 안으로까지 무성했고 목초지는 피폐해졌고 울타리는 형편없는 상태였다.

It's owner, Mr Pilkington, was an easygoing gentleman farmer who spent most of his time in fishing or hunting according to the season. The other farm, which was called Pinchfield, was smaller and better kept.

easygoing 태평한, 게으른, 느린 걸음의. farmer who spent ~에서 who

는 주격 관계대명사임.

그 농장의 주인 필킹턴 씨는 게으른 신사 농부였는데 대부분의 시간을 계절에 따라 낚시와 사냥에 썼다. 다른 농장은 핀치필드라고 불리었는데 작지만 보다 잘 관리되는 농장이었다.

Its owner was a Mr Frederick, a tough, shrewd man, perpetually involved in lawsuits and with a name for driving hard bargains. These two disliked each other so much that it was difficult for them to come to any agreement, even in defence of their own interests.

a Mr Frederick 프레더릭이라고 하는 사람. shrewd [ʃruːd] 예민한, 날카로운, 빈틈없는. lawsuit 소송, 고소. drive a hard bargain ~와 유리한 조건으로 거래하다. defence [diféns] 방위, 방어(물).

그 농장의 소유자는 프레더릭이라고 하는 강인하고 빈틈없는 남자였는데 그는 언제나 소송에 연루되어 있으며 유리한 조건으로 거래하는 것으로 이름이 나 있었다. 이들 둘은 서로를 너무나 싫어했기 때문에 그들 자신의 이익을 지키는데 있어서조차 어떠한 합의에 이르는 것은 어려운 일이었다.

Nevertheless, they were both thoroughly frightened by the rebellion on Animal Farm, and very anxious to prevent their own animals from learning too much about it. At first they pretended to laugh to scorn the idea of animals managing a farm for themselves.

anxious [ǽŋkʃəs] 걱정스러운, 불안한, 열망하는, ~을 몹시 하고 싶어 하는. prevent ~ from learning ~ 아무가 ~을 배우는 것을 막다. scorn [skɔːrn] 경멸, 멸시, 경멸하다, 모욕하다.

그럼에도 불구하고 그들은 둘 다 동물 농장에서의 반란에 완전히 겁을 먹었고 자기네 동물들이 그것에 관해 너무 많이 아는 것을 몹시 막고 싶어 했다. 처음에 그들은 동물들이 스스로 농장을 관리한다는 개념을 경멸하기 위해서 비웃는 체 했다.

The whole thing would be over in a fortnight, they said. They put it about that the animals on the Manor Farm (they insisted on calling it the Manor Farm; they would not tolerate the name 'Animal Farm') were perpetually fighting among themselves and were also rapidly starving to death.

fortnight [fɔ́:rtnait] 2주일간. put about 항로를 바꾸게 하다, 소문을 퍼뜨리다. tolerate [tɑ́ləreit] 관대히 다루다, 참다. starve to death 굶어죽다.

모든 것은 2주일 안에 끝장날 것이라고 그들은 말했다. 그들은 장원 농장 동물들은 (그들은 그 농장을 장원 농장이라고 부르길 고집했다. 그들은 동물 농장이라는 이름을 용인하려 하지 않았다.) 서로 계속해서 싸우고 있으며 그래서 머지않아 굶어죽게 될 것이라는 소문을 퍼뜨렸다.

When time passed and the animals had evidently not starved to death, Frederick and Pilkington changed their tune and began to talk of the terrible wickedness that now flourished on Animal Farm.

tune [tju:n] 곡, 올바른 장단, 조화, 어조. change one's tune 가락이나 태도 등을 바꾸다. wickedness 사악함. 심술궂음.

시간이 흘러도 결국 동물들이 굶어죽지 않게 되자 프레더릭과 필킹턴은 태도를 바꾸어 지금 동물 농장에서 성행하고 있는 끔찍한 사악함에 대해 말하기 시작했다.

It was given out that the animals there practised cannibalism, tortured one another with red-hot horseshoes, and had their females in common. This was what came of rebelling against the laws of Nature, Frederick and Pilkington said.

give out 배포하다, 공표하다, 빛이나 소리 등을 발하다. cannibalism 서로 잡아먹기, 만행. what came of ~에서 what은 선행사를 포함한 관계대명사임.

그곳의 동물들은 서로 잡아먹는 만행을 저지르고 빨갛게 달군 편자로 서로

를 고문하며 자신의 암컷들을 공유한다는 것이었다. 이것은 자연의 순리에 어긋난 반란에서 비롯된 것이라고 프레더릭과 필킹턴은 말했다.

However, these stories were never fully believed. Rumours of a wonderful farm, where the human beings had been turned out and the animals managed their own affairs, continued to circulate in vague and distorted forms, and throughout that year a wave of rebelliousness ran through the countryside.

turn out 잠그다, 비우다, 쫓아내다, 나오다, 출동하다, ~임이 판명되다. continued의 주어는 Rumours임. circulate [sə́ːrkjəleit] 순환하다, 퍼지다. run through 통독하다, 대충 훑어보다, 꿰뚫어 흐르다.

하지만 그런 이야기들은 결코 완전히 믿어지지 않았다. 인간들이 쫓겨나고 동물들이 자신의 일을 관리하고 있다는 농장에 대한 놀라운 소문들은 막연하고 왜곡된 형태로 계속해서 퍼지고 있었다. 그리고 그해 내내 반항적인 물결은 그 지방을 휩쓸었다.

Bulls which had always been tractable suddenly turned savage, sheep broke down hedges and devoured the clover, cows kicked the pail over, hunters refused their fences and shot their riders on to the other side.

bull [bul] 황소, 수컷, 허풍. tractable [træktəbəl] 유순한, 온순한. savage [sǽvidʒ] 야만의, 미개한. pail [peil] 들통, 버킷. hunter 사냥꾼, 사냥개, 사냥말. refuse one's fence 위험을 회피하다.

언제나 유순했던 황소들은 갑자기 야만적으로 변했고 양들은 울타리를 망가뜨리고 클로버를 마구 먹어댔으며 암소들은 들통을 걷어찼다. 또한 사냥말들은 위험한 것을 회피하고 등에 탄 사람들을 다른 쪽으로 내동댕이쳤다.

Above all, the tune and even the words of 'Beasts of England' were known everywhere. It had spread with astonishing speed. The human beings could not contain their rage when they heard this song, though they pretended to think it merely ridiculous.

above all 특히, 우선 첫째로. contain [kəntéin] 담고 있다, 내포하다, 안으로 억누르다, 억제하다. ridiculous [ridíkjələs] 우스운, 어리석은.

무엇보다도 '잉글랜드의 짐승들' 곡조와 심지어 가사까지도 도처에 알려졌다. 그것은 놀랄만한 속도로 퍼져나갔다. 인간들은 이 노래를 들었을 때 비록 그것을 단지 웃기는 것으로 여기는 체 했지만 속으로는 분노를 억누를 수 없었다.

They could not understand, they said, how even animals could bring themselves to sing such contemptible rubbish. Any animal caught singing it was given a flogging on the spot. And yet the song was irrepressible.

contemptible [kəntémptəbəl] 멸시할 만한, 경멸할 만한. rubbish [rʌ́biʃ] 쓰레기, 폐물. Any animal caught singing it 그것을 부르다가 잡힌 어떠한 동물도. flogging 매질, 태형. irrepressible 억누를 수 없는.

인간들은 어떻게 동물들조차 그런 경멸할 만한 쓰레기를 노래할 수 있게 되었는지 이해할 수 없다고 말했다. 그 노래를 부르다가 잡힌 어떠한 동물이라도 현장에서 매질을 당했다. 그러나 그 노래는 억누를 수 없는 것이었다.

The blackbirds whistled it in the hedges, the pigeons cooed it in the elms, it got into the din of the smithies and the tune of the church bells. And when the human beings listened to it, they secretly trembled, hearing in it a prophecy of their future doom.

whistle [hwísəl] 휘파람, 호각, 휘파람을 불다, 새가 지저귀다. blackbird 지빠귀, 찌르레기. coo [ku:] 비둘기가 꾸꾸 울다. elm [elm] 느릅나무. din [din] 떠듬, 소음, 시끄럽게 하다. smithy [smíði] 대장장이의 일터. hearing in it ~은 부대상황을 나타내는 분사구문임. prophecy [prάfəsi] 예언. doom [du:m] 운명, 운명을 정하다.

지빠귀들은 울타리에 앉아 그 노래를 불렀고 비둘기들은 느릅나무에서 꾸

꾸 그 노래를 불렀으며 그 노래는 대장간의 소음과 교회 종소리에도 파묻혀 들어갔다. 그리고 인간들은 그 노래를 들을 때 그 노래 속에서 자신들의 미래 운명에 관한 예언을 들으며 몰래 떨었다.

Early in October, when the corn was cut and stacked and some of it was already threshed, a flight of pigeons came whirling through the air and alighted in the yard of Animal Farm in the wildest excitement.

stack [stæk] 더미, 볏가리, 쌓아올리다. thresh [θreʃ] 도리깨질하다, 탈곡하다. whirl [hwəːrl] 빙빙 돌다, 회전하다, 맴돌며 날다, 회전, 선회. alight [əláit] 내리다, 착륙하다.

10월 초순, 옥수수가 베어져 쌓아올려졌고 그중 상당수는 이미 도리깨질하여졌을 때 일단의 비둘기들이 상공에서 날아와서는 극도의 흥분된 상태로 동물 농장 뜰에 내려앉았다.

Jones and all his men, with half a dozen others from Foxwood and Pinchfield, had entered the five-barred gate and were coming up the cart-track that led to the farm.

cart-track 좁고 울퉁불퉁한 시골길. cart-track that led to the farm 농장으로 이르는 마찻길.

존스와 그의 일꾼들, 그리고 폭스우드와 핀치필드에서 나온 다른 여섯 명이 합세해서 다섯 개 빗장이 달린 정문을 지나 농장으로 이르는 마찻길을 따라 올라오고 있었다.

They were all carrying sticks, except Jones, who was marching ahead with a gun in his hands. Obviously they were going to attempt the recapture of the farm.

stick [stik] 막대기, 곤봉, 찌르다, 찔러 끼우다. attempt [ətémpt] 시도하다, 노리다. recapture 탈환, 회복, 되찾다, 탈환하다.

손에 총을 들고 선두에서 당당하게 걷고 있는 존스를 제외하고는 모두가 곤봉을 가지고 있었다. 명백히 그들은 농장의 탈환을 시도할 작정이었다.

This had long been expected, and all preparations had been made. Snowball, who had studied an old book of Julius Caesar's campaigns which he had found in the farmhouse, was in charge of the defensive operations.

preparation [prepəréiʃən] 준비, 마음의 태세, 각오. campaign [kæmpéin] 군사행동, 선거운동, operation [ɑpəréiʃən] 가동, 약 등의 효력, 조작, 운영, 수술, 작전. be in charge of 지휘하고 있다, 책임을 지고 있다.

이것은 오랫동안 예상되었던 것이고 모든 준비는 이루어진 상태였다. 농장의 주택에서 발견한 줄리어스 시저의 군사행동에 관한 낡은 책을 연구했던 스노볼은 방어 작전의 책임을 맡고 있었다.

He gave his orders quickly, and in a couple of minutes every animal was at his post.

As the human beings approached the farm buildings, Snowball launched his first attack.

post [poust] 기둥, 말뚝, 지위, 부서, 초소, 우편. 우체국. at one's post 임지에서. launch [lɔ:ntʃ] 진수시키다, 발진시키다, 내보내다.

그는 재빨리 명령을 내렸고 2분 만에 모든 동물들이 자신의 맡은 자리로 갔다. 인간들이 농장 건물들에 접근하자 스노볼은 첫 번째 공격을 개시했다.

All the pigeons, to the number of thirty-five, flew to and fro over the men's heads and muted upon them from mid-air; and while the men were dealing with this, the geese, who had been hiding behind the hedge, rushed out and pecked viciously at the calves of their legs.

to and fro 이리저리로, 앞뒤로. mute [mju:t] 무언의, 벙어리의, 새가 똥을 누다. deal with ~을 다루다. viciously 부정하게, 심술궂게, 몹시. calf [kɑːf] 송아지, 장딴지, 종아리.

서른다섯에 이르는 비둘기들 모두가 인간들 머리 위로 이리저리로 날아다니며 공중에서 인간들에게 똥을 쌌다. 그리고 인간들이 이 똥을 처리하는 동안 울타리 뒤에 숨어 있던 거위들이 뛰쳐나와 인간들의 종아리를 마구 쪼아 댔다.

However, this was only a light skirmishing manoeuvre, intended to create a little disorder, and the men easily drove the geese off with their sticks. Snowball now launched his second line of attack.

skirmish [skə́ːrmiʃ] 전초전, 작은 충돌, 승강이, 승강이를 하다. manoeuvre [mənúːvər] 기동 작전, 책략, 연습하다.

하지만 이것은 단지 가벼운 전초전과 같은 작전에 불과한 것으로서 약간의 혼란을 일으키는 데에 의도가 있었고 인간들은 방망이로 거위들을 쉽게 물리쳤다. 스노볼은 이제 그의 두 번째 공격을 내보냈다.

Muriel, Benjamin, and all the sheep, with Snowball at the head of them, rushed forward and prodded and butted the men from every side, while Benjamin turned round and lashed at them with his small hoofs.

prod [prɑd] 찌르는 바늘, 찌르다, 자극하다. butt [bʌt] 굵은 쪽의 끝, 담배꽁초, 과녁, 뿔 따위로 받다, 부딪치다, 큰 술통. lash [læʃ] 챗열, 채찍질하다, 때려뉘다.

뮤리엘, 벤자민, 그리고 모든 양들이 그들의 선두에 선 스노볼과 함께 앞으로 돌진해서 인간들을 사방에서 찌르고 머리로 받았다. 그 동안 벤자민은 돌아서서 자신의 작은 발굽으로 인간들을 때려뉘었다.

But once again the men, with their sticks and their hobnailed boots, were too strong for them; and suddenly, at a squeal from Snowball, which was the signal for retreat, all the animals turned and fled through the gateway into the yard.

hobnail 징을 박다, 시골뜨기. squeal [skwi:l] 끽끽 울다, 불평하다. retreat [ritríːt] 퇴각, 은퇴, 물러가다, 후퇴하다. which was the signal ~에서 which는 주격 관계대명사임. gateway 문, 출입구.

하지만 방망이를 들고 징이 박힌 부츠를 신은 인간들은 또다시 동물들에게 너무나 강한 상대였다. 그런데 갑자기 퇴각을 위한 신호인 스노볼의 끽 하는 소리에 모든 동물들이 문을 통해 뜰 안쪽으로 달아났다.

The men gave a shout of triumph. They saw, as they imagined, their enemies in flight, and they rushed after them in disorder. This was just what Snowball had intended.

triumph [tráiəmf] 승리, 대성공, 승리를 거두다. flight [flait] 날기, 비상, 한 번 오르기, 도주. be in disorder 혼란스럽다. what Snowball had intended에서 what은 선행사를 포함한 관계대명사임.

인간들은 승리의 함성을 질렀다. 그들은 예상했던 대로 그들의 적들이 도주하는 것을 보고 어지럽게 적들을 쫓아갔다. 이것은 바로 스노볼이 의도한 것이었다.

As soon as they were well inside the yard, the three horses, the three cows, and the rest of the pigs, who had been lying in a ambush in the cowshed, suddenly emerged in their rear, cutting them off.

ambush [ǽmbuʃ] 잠복, 숨어서 기다리다. cowshed 우사, 외양간. cut off 떼어내다, 중단하다, 고립시키다. cutting them off.는 부대상황을 나타내는 분사구문임.

인간들이 뜰 안쪽으로 들어오자마자 외양간에서 잠복해 있던 세 마리의 말과 세 마리의 암소, 그리고 나머지 돼지들이 갑자기 인간들 뒤로 나타나서 그들을 고립시켜버렸다.

Snowball now gave the signal for the charge. He himself dashed straight for Jones. Jones saw him coming, raised his gun, and fired. The pellets scored bloody streaks along Snowball's back, and a sheep dropped dead.

charge [tʃɑːrʤ] 충전하다, 담다, 책임을 지우다, 부담시키다, 비난하다, 짐, 책임, 비난, 부담, 돌격. pellet [pélit] 둥글게 뭉친 것, 탄알, 알약. score [skɔːr] 20, 다수, 새김눈, 득점, 기록하다, 득점하다, 새김눈을 내다.

스노볼은 이제 돌격을 위한 신호를 보냈다. 그 자신은 존스 앞으로 돌진했다. 존스는 그가 다가오는 것을 보고 총을 들어 발사했다. 탄알이 스노볼의 등에 몇 줄기 핏자국을 내었고 양 한 마리가 쓰러지며 죽었다.

Without halting for an instant Snowball flung his fifteen stone against Jones's legs. Jones was hurled into a pile of dung and his gun flew out of his hands.

halt [hɔːlt] 멈춰서다, 정지, 망설이다, 주저하다. stone 돌, 1스톤은 약 14파운드(6.35kg). 15스톤은 약 95kg. hurl [həːrl] 집어던지다, 덤벼들다. pile [pail] 쌓아올린 것, 겹쳐 쌓다, 말뚝, 파일. dung [dʌŋ] 똥, 거름, 비료, 비료를 주다.

잠시 지체도 없이 스노볼은 95kg 무게의 자신의 몸뚱이로 존스의 정강이를 들이받았다. 존스는 똥거름 더미 위로 나동그라졌고 그의 총이 손에서 떨어져나갔다.

But the most terrifying spectacle of all was Boxer, rearing up on his hind legs and striking out with his great iron-shod hoofs like a stallion. His very first blow took a stable-lad from Foxwood on the skull and stretched him lifeless in the mud.

spectacle [spéktəkəl] 광경. rear up 뒷다리로 서다. iron-shod hoof 징을 박은 발굽. blow [blou] 바람이 불다, 바람에 날리다, 한 번 불기, 강타. stretch [stretʃ] 뻗치다, 늘이다, 때려눕히다, 뻗기, 한 연속.

그중에서 가장 무시무시한 광경은 복서가 종마처럼 뒷다리로 서서 그의 커다란 징 박힌 발굽으로 후려치는 것이었다. 그의 첫 번째 강타는 폭스우드의 마구간 지기 젊은이의 머리통에 가했고 그를 진창 속에 뻗어버리게 하였다.

At the sight, several men dropped their sticks and tried to run. Panic overtook them, and the next moment all the animals together were chasing them round and round the yard.

panic [pǽnik] 돌연한 공포, 공황. overtake [ouvərtéik] 따라잡다, 추월하다, 압도하다, 유혹하다. chase [tʃeis] 쫓다, 추적하다, 사냥하다, 추적, 사냥.

그 광경에 몇몇 인간들은 방망이를 떨어뜨리고 달아나려 했다. 공포감이 그들을 압도했고 다음 순간 모든 동물들이 일제히 그들을 추격하며 뜰을 돌았다.

They were gored, kicked, bitten, trampled on. There was not an animal on the farm that did not take vengeance on them after his own fashion.

gore [gɔːr] 엉긴 피, 찌르다, 들이받다. trample [trǽmpəl] 짓밟다, 유린하다. that did not take에서 that은 주격 관계대명사임. vengeance [véndʒəns] 복수, 앙갚음. after one'own fashion 자신의 방식으로.

인간들은 들이받히고, 차이고, 물리고 짓밟혔다. 그 농장에서 자신의 방식으로 인간들에게 복수를 하지 않은 동물은 하나도 없었다.

Even the cat suddenly leapt off a roof on to a cowman's shoulders and sank her claws in his neck, at which he yelled horribly. At a moment when the opening was clear, the men were glad enough to rush out of the yard and make a bolt for the main road.

at which he yelled horribly에서 전치사+관계대명사 which의 선행사는 앞 문장 전체임. yell [jel] 고함치다. opening [óupəniŋ] 열기, 열린 구멍, 시작, 취직자리. clear [kliər] 맑은, 분명한, 명석한, 거칠 것이 없는, 방해받지 않는, 결점 없는, 확신을 가진, 분명히, 깨끗이 치우다, 해제하다, 밝히다. bolt [boult] 빗장, 볼트, 전광, 도주, 달아나다, 급히 먹다, 걸쇠로 감기다,

내쫓다, 탈퇴하다.

고양이조차 지붕에서 소 기르는 사람의 어깨로 뛰어 내려와서 발톱으로 그의 목덜미를 찍었고 그것에 그는 비명을 질렀다. 통로가 열리는 순간 인간들은 기뻐하며 뜰을 재빨리 벗어나 큰 길로 달아났다.

And so within five minutes of their invasion they were in ignominious retreat by the same way as they had come, with a flock of geese hissing after them and pecking at their claves all the way.

invasion [invéiʒən] 침입, 침략. ignominious [ignəmíniəs] 수치스러운, 굴욕적인. as they had come에서 as는 의사관계대명사로 볼 수 있음. hiss [his] 쉿 소리를 내다, 쉿 하고 야유하다. peck [pek] 부리로 쪼다. with a flock of geese hissing ~ pecking ~은 독립분사구문에 with를 붙여 묘사적인 효과를 나타내고 있음.

인간들은 침입한지 5분도 안되어 그들이 왔던 길로 수치스러운 퇴각을 하였다. 그때 일단의 거위들이 그들을 쫓아 쉿 소리를 내며 내내 그들의 종아리를 쪼았다.

All the men were gone except one. Back in the yard Boxer was pawing with his hoof at the stable-lad who lay face down in the mud, trying to turn him over. The boy did not stir.

paw [pɔ:] 발톱 있는 동물의 발, 앞발로 차다, 만지작거리다. who lay face down에서 who는 주격 관계대명사임. trying to turn him over는 부대상황을 나타내는 분사구문임.

한 명만 제외하고 인간들은 모두 달아났다. 뜰에 남아 있던 복서는 진흙에 머리를 박고 누워있는 마구간 지기 젊은이를 뒤집어 보려고 말굽으로 툭툭 밀치고 있었다. 소년은 움직임이 없었다.

'He is dead,' said Boxer sorrowfully. 'I had no intention of doing that. I forgot that I was wearing iron shoes. Who will believe that I did not do this on purpose?'

intention [inténʃən] 의향, 의도, 목적. on purpose 의도하여, 고의로.

'그는 죽었어,' 복서가 슬퍼하며 말했다. '난 그럴 의도가 없었어, 난 내가 발굽에 징을 박고 있다는 사실을 잊고 있었어. 내가 고의로 이렇게 하지 않았다는 걸 누가 믿어줄까?'

'No sentimentality, comrade!' cried Snowball, from whose wounds the blood was still dripping. 'War is war. The only good human being is a dead one.'

sentimentality [sentəmentǽləti] 감상적임, 감상벽. good 좋은, 훌륭한, 유효한, 자격 있는.

'감상은 안 되오, 동무!' 스노볼이 외쳤다. 그의 상처에선 아직도 피가 뚝뚝 떨어지고 있었다. '전쟁은 전쟁이오. 유일하게 선량한 인간은 죽은 인간이오.'

'I have no wish to take life, not even human life,' repeated Boxer, and his eyes were full of tears.

'Where is Mollie?' exclaimed somebody.

Mollie was in fact missing. For a moment there was great alarm;

take life 생명을 빼앗다. in fact 실제로는, 사실상, 사실.

alarm [əlάːrm] 경보, 놀람, 불안, 경보기.

'난 생명을 빼앗을 의도가 없었어, 인간의 생명조차도.' 복서가 되풀이해 말했다. 그리고 그의 눈에는 눈물이 가득했다.

'몰리는 어디에 있나요?' 누군가 소리쳤다.

사실 몰리가 보이질 않았다. 잠시 극심한 불안감이 감돌았다.

---

it was feared that the men might have harmed her in some way, or even carried her off with them. In the end, however, she was found hiding in her stall with her head buried among the hay in the manger.

harm [hάːrm] 해, 해악, 상해, 손상. carry off 빼앗아 가다, 획득하다, 성

공시키다. manger [méinʤər] 여물통, 구유.

인간들이 어떻게든 해서 그녀에게 해를 끼치거나 그녀를 데리고 가버렸을지도 모른다는 걱정이 되었다. 하지만 결국 그녀는 그녀의 마구간에서 구유 속 건초에 머리를 박고 숨어 있는 것이 발견되었다.

She had taken to flight as soon as the gun went off. And when the others came back from looking for her, it was to find that the stable-lad, who in fact was only stunned, had already recovered and made off.

take to flight 도망치다. go off 일이 행해지다, 떠나다, 끊기다, 상하다, 잠들다, 발사되다. stun [stʌn] 기절시키다. make off 도망치다.

총이 발사되자마자 그녀는 도망쳤던 것이다. 그리고 다른 동물들이 그녀를 찾다가 돌아왔을 때 실제로는 단지 기절하기만 했던 마구간 젊은이가 이미 의식을 회복해서 도망간 것이 밝혀졌다.

The animals had now reassembled in the wildest excitement, each recounting his own exploits in the battle at the top of his voice. An impromptu celebration of the victory was held immediately.

recount [rikáunt] 자세히 얘기하다, 하나씩 열거하다. each recounting ~은 독립분사구문임. exploit [éksplɔit] 공훈, 공적.
impromptu [imprámptjuː] 즉석에서, 즉석의, 즉흥적인 연설.

동물들은 극도로 흥분하여 이제 다시 모이며 모두들 목청을 높여 전투에서의 자신의 공적에 대해 자세히 설명했다. 승리에 대한 즉흥적인 기념식이 즉시 열렸다.

The flag was run up and 'Beasts of England' was sung a number of times, then the sheep who had been killed was given a solemn funeral, a hawthorn bush being planted on her grave. At the graveside Snowball made a little speech, emphasizing the need for all animals to be ready to die for Animal Farm if need be.

solemn [sάləm] 엄숙한, 장엄한. funeral [fjú:nərəl] 장례식, 장례 행렬. hawthorn [hɔ́:θɔ:rn] 산사나무. emphasizing ~은 부대상황을 나타내는 분사구문임. if need be 필요하다면.

깃발이 올려지고 '잉글랜드의 짐승들' 노래가 수차례 불리었다. 그리고 죽은 양에게는 근엄한 장례식이 치러졌고 산사나무가 그녀의 묘지 위에 심어졌다. 묘지 옆에서 스노볼은 간략한 연설을 했는데 모든 동물들은 필요하다면 동물 농장을 위해서 죽을 준비가 될 필요성을 강조했다.

The animals decided unanimously to create a military decoration, 'Animal Hero, First Class', which was conferred there and then on Snowball and Boxer. It consisted of a brass medal (they were really some old horse-brasses which had been found in the harness-room), to be worn on Sundays and holidays.

unanimously 만장일치로. decoration [dekəréiʃən] 장식, 장식물, 훈장. confer [kənfɔ́:r] 수여하다, 베풀다, 의논하다. there and then 즉석에서. brass [bæs] 놋쇠, 황동.

동물들은 군사 훈장 '동물 영웅 일등훈장'을 만드는 걸 만장일치로 결정했고 그 훈장은 즉석에서 스노볼과 복서에게 수여되었다. 그것은 황동 메달로 된 것으로서 일요일이나 공휴일에 착용하기로 하였다. (그것들은 실제로는 각종 마구가 있는 방에서 발견된 어떤 낡은 황동 말 장식이었다.)

There was also 'Animal Hero, Second Class', which was conferred posthumously on the dead sheep.

There was much discussion as to what the battle should be called.

posthumously 사후에, 유작으로서. as to ~에 관해서.

또한 '동물 영웅 이등훈장'이 있었는데 그것은 죽은 양에게 사후 수여되었다.

그 전투가 무엇으로 불리어야 하는지에 관해 많은 토론이 있었다.

In the end, it was named the Battle of the Cowshed, since that was where the ambush had been sprung. Mr Jones's gun had been found lying in the mud, and it was known that there was a supply of cartridges in the farmhouse.

cowshed 우사, 외양간. ambush [ǽmbuʃ] 잠복, 매복, 숨어서 기다리다. that was where ~에서 where는 선행사를 포함하는 관계부사임. supply [səplái] 공급하다, 공급, 재고품.
cartridge [kάːrtridʒ] 탄약통, 카트리지.

결국, 외양간 전투라고 이름지어졌다. 왜냐하면 그곳은 잠복 작전이 수행된 곳이기 때문이었다. 존스 씨의 총이 진흙에 처박혀 있는 것이 발견되었고 농장의 주택에 상당 분량의 탄약통이 있다는 것이 알려졌다.

It was decided to set the gun up at the foot of the flagstaff, like a piece of artillery, and to fire it twice a year — once on October the twelfth, the anniversary of the Battle of the Cowshed, and once on Midsummer Day, the anniversary of the Rebellion.

flagstaff 깃대. foot [fut] 발, 발 부분, 밑 부분, 피트. artillery [ɑːrtíləri] 포, 대포. Midsummer Day 세례 요한 축일(6월 24일).

존스 씨 총을 깃대 밑 부분에 대포처럼 세워놓고 일 년에 두 번 — 외양간 전투 기념일인 10월 12일과 반란 기념일인 미드섬머 데이에 발사하기로 결정되었다.

CHAPTER V

As winter drew on, Mollie became more and more troublesome. She was late for work every morning and excused herself by saying that she had overslept, and she complained of mysterious pains, although her appetite was excellent.

draw on 끼다, 신다, ~을 꾀어 들이다, ~에 가까워지다, ~에 의존하다.
troublesome [trʌ́bəlsəm] 골치 아픈, 귀찮은.
excuse [ikskjúːz] 용서하다, 변명하다. [ikskjúːs] 변명, 사과, 용서.
appetite [ǽpətait] 식욕, 욕구.

겨울이 가까워지자 몰리는 점점 더 골치 아픈 존재가 되었다. 그녀는 매일 아침 일터에 늦었고 늦잠을 잤다고 하면서 자신을 변명했다. 또한 그녀는 식욕이 왕성했음에도 불구하고 알 수 없는 통증을 불평했다.

On every kind of pretext she would run away from work and go to the drinking pool, where she would stand foolishly gazing at her own reflection in the water.

pretext [príːtekst] 구실, 핑계. run away 달아나다, 도망치다, 일이 어쩔 수 없게 되다. reflection [riflékʃən] 반사, 반영, 숙고, 비난. where she would ~에서 where는 관계부사임(계속적 용법).

그녀는 온갖 종류의 구실을 대고 일터를 빠져나와서는 식수 웅덩이로 가서 물에 비친 자신의 모습을 바라보며 바보처럼 서 있곤 했다.

But there were also rumours of something more serious. One day as Mollie strolled blithely into the yard, flirting her long tail and chewing at a stalk of hay, Clover took her aside.

stroll [stroul] 어슬렁어슬렁 거닐기, 산책, 산책하다. blithely 즐겁게, 유쾌하게. flirt [fləːrt] 남녀가 시시덕거리다, 홱 던지다, 꼬리를 활발히 움직이다. take a person aside 아무를 옆으로 데리고 가다.

하지만 보다 더 심각한 소문 또한 돌았다. 어느 날 몰리가 그녀의 긴 꼬리를 흔들고 건초 한 줄기를 씹으며 쾌활하게 뜰로 들어서자 클로버가 그녀를 한 쪽으로 데리고 갔다.

'Mollie,' she said, 'I have something very serious to say to you. This morning I saw you looking over the hedge that divides Animal Farm from Foxwood.

look over 멀리 바라보다, ~너머로 보다, 조사하다. hedge [hedʒ] 산울타리, 장벽. divide [diváid] 나누다.

'몰리' 그녀가 말했다. '너한테 진지하게 할 말이 있어. 오늘 아침 난 네가 동물 농장과 폭스우드를 나누는 울타리 너머로 바라보는 걸 봤어.

One of Mr Pilkington's men was standing on the other side of the hedge. And — I was a long way away, but I am almost certain I saw this — he was talking to you and you were allowing him to stroke your nose. What does that mean, Mollie?'

a long way away 멀리 떨어져서. stroke [strouk] 한 번 치기, 쓰다듬다.

필킹턴 일꾼 중 하나가 울타리 건너편에 서 있었어. 난 멀리 떨어져 있었지만 내가 본 것은 거의 확실해. 그는 네게 말을 하고 있었고 넌 그가 너의 코를 어루만지는 것을 허용하고 있었지. 그게 무얼 의미하는 거야, 몰리?'

'He didn't! I wasn't! It isn't true!' cried Mollie, beginning to prance about and paw the ground.

'Mollie! Look at me in the face. Do you give me your word of honour that the man was not stroking your nose?'

prance [præns] 뒷발을 껑충거리며 뛰어다니다. paw [pɔ:] 동물의 발, 앞발로 할퀴다. give a person one's (word of) honor 아무에게 맹세하다. honour [ánər] 명예, 경의, 고관, 존경하다, 명예를 주다.

96

'그 사람 그러지 않았어. 나도 그러지 않았고! 그건 사실이 아냐!' 몰리는 펄쩍 뛰고 앞발로 땅을 파기 시작하며 소리쳤다.

'몰리, 내 얼굴을 봐. 그 남자가 너의 코를 만지지 않았다고 맹세하는 거야?'

'It isn't true!' repeated Mollie, but she could not look Clover in the face, and the next moment she took to her heels and galloped away into the field.

take to one's heels 부리나케 달아나다.

'그건 사실이 아냐!' 몰리는 반복하여 말했지만 그녀는 클로버의 얼굴을 쳐다볼 수 없었고 그 다음 순간 부리나케 달아나 들판 쪽으로 사라졌다.

A thought struck Clover. Without saying anything to the others, she went to Mollie's stall and turned over the straw with her hoof. Hidden under the straw was a little pile of lump sugar and several bunches of ribbon of different colours.

a little pile of lump sugar ~는 주어임.

어떤 생각 하나가 클로버의 뇌리를 스쳐 지나갔다. 다른 동물들에게 어떤 말도 하지 않고 그녀는 몰리의 우리로 가서 발굽으로 짚을 뒤집어 보았다. 짚 밑에는 각설탕 덩어리들과 다양한 색깔들의 몇몇 리본 뭉치가 숨겨져 있었다.

Three days later Mollie disappeared. For some weeks nothing was known of her whereabouts, then the pigeons reported that they had seen her on the other side of Willingdon.

disappear [disəpíər] 사라지다, 소멸되다. whereabouts 어디쯤에, 있는 곳, 소재, 행방. on the other side of ~의 고개를 넘어.

3일 후 몰리는 사라졌다. 몇 주 동안 그녀의 행방에 대해 아무 것도 알려지지 않았는데 비둘기들이 월링던 너머에서 그녀를 보았다는 보고를 했다.

She was between the shafts of a smart dogcart painted red and black, which was standing outside a public-house. A fat red-faced man in check breeches and gaiters, who looked like a publican, was stroking her nose and feeding her with sugar.

shaft [sæft] 자루, 한 줄기 광선, 굴대, 끌채. dogcart 2륜 마차, 개수레. which was standing에서 which는 주격 관계대명사임. public-house 술집, 대폿집. breeches [brítʃiz] 승마용 바지. gaiter [géitər] 각반. publican [pʌ́blikən] 선술집(여인숙)의 주인.

그녀는 붉고 검게 칠을 한 날렵한 2륜 마차의 두 끌채 사이에 있었다. 마차는 선술집 바깥에 서 있었다. 체크무늬의 승마바지에 각반을 찬, 뚱뚱하고 얼굴이 불콰한 남자는 선술집 주인으로 보였는데 그녀의 코를 쓰다듬으면서 그녀에게 각설탕을 먹이고 있었다.

Her coat was newly clipped and she wore a scarlet ribbon round her forelock. She appeared to be enjoying herself, so the pigeons said. None of the animals ever mentioned Mollie again.

clip [klip] 자르다, 깎다, 오려내다, 클립, 꽉 죄다.
scarlet [skɑ́ːrlit] 주홍, 진홍색, 주홍의. forelock 앞머리, 이마 갈기. enjoy oneself 즐기다, 즐겁게 지내다.

그녀는 털을 새로 깎았고 이마 갈기엔 주홍빛 리본을 달았다. 그녀는 즐겁게 지내고 있는 것처럼 보였고 비둘기들이 그렇게 말했다. 이제 동물들 중 어느 누구도 몰리에 관한 말을 다시는 하지 않았다.

In January there came bitterly hard weather. The earth was like iron, and nothing could be done in the fields. Many meetings were held in the big barn, and the pigs occupied themselves with planning out the work of the coming season.

occupy oneself with ~에 전념하다.

일월이 되자 혹독한 날씨가 계속되었다. 대지는 무쇠처럼 단단해서 들에서는 아무 일도 할 수 없었다. 커다란 헛간에서 많은 모임이 열렸다. 그리고 돼지들은 다가오는 계절에 할 일을 계획하는데 전념했다.

It had come to be accepted that the pigs, who were manifestly cleverer than the other animals, should decide all questions of farm policy, though their decisions had to be ratified by a majority vote.

manifestly 명백하게. policy [pάləsi] 정책, 방침. ratify [rǽtəfai] 비준하다, 재가하다. majority [mədzɔ́ːrəti] 대부분, 과반수, 득표차.

분명 다른 동물들보다 영리한 돼지들이, 비록 그들의 결정이 다수결 투표에 의해 재가를 받아야 하지만, 농장 정책에 관한 모든 문제들을 결정해야 한다는 것이 받아들여지게 되었다.

This arrangement would have worked well enough if it had not been for the disputes between Snowball and Napoleon. These two disagreed at every point where disagreement was possible.

arrangement [əréindʒmənt] 배열, 배치, 채비, 정리, 정돈, 준비, 조정, 제도. dispute [dispjúːt] 논쟁하다, 논의하다. where disagreement ~에서 where는 관계부사로 쓰였음.

스노볼과 나폴레옹 사이에 논쟁이 없었더라면 이런 제도는 충분히 잘 작동되었을 것이다. 이들 둘은 불일치가 가능한 모든 부문에서 의견을 달리 했다.

If one of them suggested sowing a bigger acreage with barley, the other was certain to demand a bigger acreage of oats, and if one of them said that such and such a field was just right for cabbages, the other would declare that it was useless for anything except roots.

sow [sou] 씨를 뿌리다. [sau] 암퇘지. be certain to do 반드시 ~을 하다. acreage [éikəridʒ] 에이커 수, 면적. barley [bάːrli] 보리. oat [out] 귀리, 메귀리. cabbage [kǽbidʒ] 양배추. declare [diklέər] 선언하다, 과세품이나 소득액을 신고하다. root [ruːt] 뿌리, 근채류, 주둥이로 땅을 헤집다,

코로 파다, 뿌리박다.

그들 중 하나가 보다 큰 에이커에 보리를 심자고 제안하면 다른 쪽은 반드시 보다 큰 에이커의 귀리를 주장했다. 그리고 만일 그들 중 하나가 이러이러한 들에는 양배추가 바로 적합하다고 말하면 다른 쪽은 그곳은 근채류 이외에는 어떤 것도 쓸모없다고 선언하곤 했다.

Each had his own following, and there were some violent debates. At the Meetings Snowball often won over the majority by his brilliant speeches, but Napoleon was better at canvassing support for himself in between times.

following [fálouiŋ] 다음의, 추종자. debate [dibéit] 토론, 논쟁, 토론하다. win over 설득하다. canvass [kǽnvəs] 즈크, 범포, 화포, 간청하다, 의뢰하다, 점검하다. in between times 일과 일의 사이에.

각자는 자신의 추종자들이 있었고 상당히 격렬한 논쟁도 있었다. 회의에서 스노볼은 종종 자신의 뛰어난 연설로 다수를 설득했지만 나폴레옹은 막간에서 자신에 대한 지지를 이끌어내는데 능숙했다.

He was especially successful with the sheep. Of late the sheep had taken to bleating 'Four legs good, two legs bad' both in and out of season, and they often interrupted the Meeting with this.

successful 성공적인, 좋은 결과의, 번창하다, 출세한. take to ~이 좋아지다, ~을 따르다, ~의 습관이 붙다. bleat [bli:t] 소나 양 등이 매애 울다. in season and out of season 철을 가리지 않고 언제나.

그는 특별히 양들과 관계가 좋았다. 최근에 양들은 시도 때도 없이 '네발은 좋고 두 발은 나쁘다'를 외쳐대는 습관이 붙었고 이것으로 종종 회의를 방해했다.

It was noticed that they were especially liable to break into 'Four legs good, two legs bad' at the crucial moments in Snowball's speeches. Snowball had made a close study of some back numbers of the *farmer and Stock-breeder* which he had found in the farmhouse, and was full of plans for innovations and improvements.

liable [láiəbəl] 책임을 져야 할, 자칫하면 ~하는, 빠지기 쉬운. break into 망그러져 ~이 되다, ~에 뛰어들다, ~을 훼방 놓다, 갑자기 ~하기 시작하다. stock-breeder 목축업자. back number 묵은 호의 잡지. which he had found에서 which는 목적격 관계대명사임. innovation [inəvéiʃən] 기술 혁신, 혁신 된 것, 쇄신. improvement [imprúːvmənt] 개량, 향상, 시간 따위의 활용.

그들은 특히 스노볼의 연설에서 중요한 순간에 '네발은 좋고 두발은 나쁘다'를 갑자기 외쳐대는 것으로 알려졌다. 스노볼은 농장의 주택에서 발견한 <농부와 목축업자>라는 묵은 호 잡지 몇 권을 자세히 연구하였고 혁신과 개량을 위한 계획들로 충만해 있었다.

He talked learnedly about field-drains, silage, and basic slag, and had worked out a complicated scheme for all the animals to drop their dung directly in the fields at a different spot every day, to save the labour of cartage.

learnedly 학식 있게, 박식하게. field-drain 배수용 토관. silage [sáilidʒ] 사일로에 저장한 꼴. slag [slæg] 광석의 용재, 슬래그, 화산암재. dung [dʌn] 똥, 거름, 비료. cartage [kάtidʒ] 짐수레 운송, 짐마차 삯.

그는 배수용 토관, 사일로에 저장한 꼴, 기본 용재 등에 관해 박식하게 이야기했고 모든 동물들이 들에서 매일 다른 곳에 직접 똥을 누게 해서 거름을 운송하는 노동을 절약하게 하는 복잡한 계획을 내 놓았다.

Napoleon produced no schemes of his own, but said quietly that Snowball's would come to nothing, and seemed to be biding his time. But of all their controversies, none was so bitter as the one that took place over the windmill.

come to nothing 무위로 되다, 실패로 끝나다. bide one's time 때를

기다리다. controversy [kántrəvəːrsi] 논쟁, 말다툼. take place 발생하다. windmill 풍차.

나폴레옹은 자신의 어떠한 계획도 내 놓지 않았다. 하지만 스노볼의 계획은 실패로 끝날 것이라고 조용히 말하며 자신의 때를 기다리는 것 같았다. 하지만 모든 논쟁들 가운데에서 풍차에 대해 일어났던 것과 같이 그렇게 격심했던 것은 없었다.

In the long pasture, not far from the farm buildings, there was a small knoll which was the highest point on the farm. After surveying the ground, Snowball declared that this was just the place for a windmill, which could be made to operate a dynamo and supply the farm with electrical power.

pasture [pǽstʃər] 목장, 목초지. knoll [noul] 작은 산, 둥그런 언덕. dynamo [dáinəmou] 발전기. which was the highest point에서 which 는 주격 관계대명사임. after surveying ~은 시간을 나타내는 분사구문임.

길게 이어지는 목초지 가운데 농장 건물들에서 멀지 않은 곳에 작은 언덕이 하나 있었는데 그곳은 농장에서 가장 높은 곳이었다. 스노볼은 그 땅을 조사한 후에 그곳이 발전기를 작동시켜 농장에 전력을 공급할 수 있는 풍차를 만들기 위해 적합한 곳이라고 선언했다.

This would light the stalls and warm them in winter, and would also run a circular saw, a chaff-cutter, a mangel-slicer, and an electric milking machine.

stall [stɔːl] 마구간, 외양간, 구실, 속임수. circular saw 둥근 톱. chaff-cutter 작두. mangel-slicer 근대 따위를 얇게 써는 기계. milking machine 착유기.

이것은 우리에 불을 밝힐 것이고 겨울이면 동물들을 따뜻하게 할 것이며 둥근 톱, 작두, 근대 따위를 얇게 써는 기계, 전기 착유기 등을 작동시킬 것이라고 했다.

The animals had never heard of anything of this kind before (for the farm was an old-fashioned one and had only the most primitive machinery), and they listened in astonishment while Snowball conjured up pictures of fantastic machines which would do their work for them while they grazed at their ease in the fields or improved their minds with reading and conversation.

old-fashioned 구식의, 유행에 뒤진. primitive [prímətiv] 원시의, 원시적인. machinery [məʃíːnəri] 기계류, 기계장치. astonishment 놀람, 경악. conjure [kʌ́ndʒər] 마력으로 ~하다, 출현시키다, 마음에 그려내다, 마법을 쓰다. conjure up 마법으로 불러내다, 출현시키다. at one's ease 편하게, 마음 편히.

동물들은 전에 이런 종류의 어떠한 것도 들어본 적이 없었다. (그 농장은 구식이었고 단지 가장 원시적인 기계류만 갖고 있었기 때문이었다.) 그들이 들판에서 편하게 풀을 뜯거나 독서와 대화로 그들의 마음을 풍요롭게 하는 동안 그들을 대신해서 일을 해줄 환상적인 기계들에 대해 스노볼이 생생하게 묘사할 때 그들은 놀라워하며 귀를 기울였다.

Within a few weeks Snowball's plans for the windmill were fully worked out. The mechanical details came mostly from three books which had belonged to Mr Jones — *One Thousand Useful Things to Do About the House, Every Man His Own Bricklayer,* and *Electricity for Beginners.*

work out 합해서 ~이 되다, 잘 해결하다, 성취하다, 만들어내다, 써서 낡게 하다. detail [diːtéil] 세부, 항목, 상세. bricklayer 벽돌공.

몇 주 안에 풍차에 관한 스노볼의 설계도는 모두 만들어졌다. 기계적인 세부사항들은 존스 씨의 것이었던 세 권의 책 <집에 대해 할 수 있는 천 가지 유용한 것들>, <누구나 벽돌공>, <초보자를 위한 전기학>에서 대부분 나온 것이었다.

Snowball used as his study a shed which had once been used

for incubators and had a smooth wooden floor, suitable for drawing on. He was closeted there for hours at a time.

incubator [ínkjəbeitər] 부화기, 조산아 보육기. closet [klάzit] 반침, 벽장, ~을 사실에 가두다.

스노볼은 한 때 부화실로 쓰였던 헛간을 서재로 사용하였는데 그곳은 매끄러운 나무 바닥으로 되어 있어서 도면 같은 것을 그리기에 적합했다. 그는 한 번 들어갔다 하면 몇 시간씩 그곳에 있었다.

With his books held open by a stone, and with a piece of chalk gripped between the knuckles of his trotter, he would move rapidly to and fro, drawing in line after line and uttering little whimpers of excitement.

grip [grip] 꽉 잡음, 자루, 지배력. knuckle [nΛkəl] 손가락 관절, 돌쩌귀. trotter [trάtər] 속보의 말, 양이나 돼지 따위의 족. to and fro 여기저기, 이리저리. With his books~ of his trotter, 부대상황을 나타내는 독립분사구문에 with가 붙었음. drawing ~과 uttering ~은 부대상황을 나타내는 분사구문임. whimper [hwímpər] 처량하게 울다, 훌쩍이다, 흐느낌.

돌로 책갈피를 눌러 펴 놓고 분필 조각을 앞발 관절 사이에 낀 채 그는 여러 선들을 그리고 또한 흥분의 흐느낌 소리를 내며 이리저리 재빨리 움직이곤 했다.

Gradually the plans grew into a complicated mass of cranks and cog-wheels, covering more than half the floor, which the other animals found completely unintelligible but very impressive.

mass [mæs] 덩어리, 모임, 다량, 일반 대중, 부피, 미사. crank [kræŋk] 크랭크. cog-wheel 톱니바퀴. covering ~부대상황을 나타내는 분사구문임.

그 설계도는 점차 복잡한 일단의 크랭크와 톱니바퀴들로 이루어져 마루 절반 이상을 차지하게 되었고 다른 동물들은 그런 것들을 전혀 이해하지 못했지만 큰 감명을 받았다.

All of them came to look at Snowball's drawings at least once a day. Even the hens and ducks came, and were at pains not to tread on the chalk marks.

drawing [drɔ́:iŋ] 그림, 제도, 제비뽑기, 인출. tread [tred] 밟다, 걷다, 짓밟다, 유린하다, 밟음, 디딤판. be at pains to do ~애써서 ~하다.

모두들 스노볼의 그림들을 보러 적어도 하루에 한 번은 왔다. 심지어 암탉과 오리들도 왔는데 분필 표시를 밟지 않으려고 애를 썼다.

Only Napoleon held aloof. He had declared himself against the windmill from the start. One day, however, he arrived unexpectedly to examine the plans.

aloof [əlú:f] 멀리 떨어져. keep (hold, stand) aloof 멀리 떨어져 있다, 초연해 있다. examine [igzǽmin] 시험하다, 검사하다, 진찰하다. declare oneself against 반대 의사를 표명하다.

단지 나폴레옹만 초연해 있었다. 그는 처음부터 풍차에 대해 반대 의사를 표명했었다. 하지만 어느 날 그는 예기치 않게 그 설계도를 검사하러 왔다.

He walked heavily round the shed, looked closely at every detail of the plans and snuffed at them once or twice, then stood for a little while contemplating them out of the coner of his eye; then suddenly he lifted his leg, urinated over the plans, and walked out without uttering a word.

snuff [snʌf] 초 심지의 탄 부분, 잔혹 비디오, 코로 들이쉬다, 코를 킁킁거리다. contemplate [kántəmpleit] 찬찬히 보다, 숙고하다, 계획하다. urinate [júərəneit] 소변보다, 방뇨하다. look out of the corner of one's eye 곁눈질로 보다.

그는 무거운 발걸음으로 헛간을 돌아다니며 설계도의 모든 세부 사항들을 자세히 들여다보았고 한두 번 코를 킁킁거리기도 했다. 그리고는 잠시 서서 곁눈질로 그것들을 바라보다가 갑자기 한쪽 다리를 들어 올리고 설계도에 오줌을 갈기고는 말 한 마디 없이 나가버렸다.

The whole farm was deeply divided on the subject of the windmill. Snowball did not deny that to build it would be a difficult business. Stone would have to be quarried and built up into walls, then the sails would have to be made and after that there would be need for dynamos and cables.

deny [dinái] 부정하다, 취소하다, 인정하지 않다. to build는 부정사의 명사적인 용법(주어)로 쓰였음. quarry [kwɔ́:ri] 채석장, 돌을 떠내다. sail [seil] 돛, 돛단배, 항해, 풍차의 날개, 범주하다, 항해하다. cable [kéibəl] 케이블, 굵은 밧줄.

농장 전체는 풍차에 관한 문제로 완전히 갈라졌다. 스노볼은 그것을 짓는 것이 어려운 사업이 될 것이라는 걸 부정하지 않았다. 돌을 떠내야 하고 벽을 세워야 하며 또한 풍차의 날개도 만들어야 할 것이다. 그리고 나면 발전기와 케이블도 필요하게 될 것이라고 했다.

(How these were to be procured, Snowball did not say.) But he maintained that it could all be done in a year. And thereafter, he declared, so much labour would be saved that the animals would only need to work three days a week.

procure [proukjúər] 획득하다, 조달하다, 초래하다. maintain [meintéin] 지속하다, 유지하다, 간수하다, 부양하다, 주장하다.

(어떻게 이런 것들이 조달될 수 있는지 스노볼은 말하지 않았다.) 하지만 그는 일 년 안에 그것이 모두 될 수 있다고 주장했다. 그 이후엔 너무나 많은 노동력이 절약되어서 동물들은 일주일에 삼일만 일하면 될 것이라고 단언했다.

Napoleon, on the other hand, argued that the great need of the moment was to increase food production, and that if they wasted time on the windmill they would all starve to death.

argue [ɑ́:rgju:] 논하다, 주장하다. moment [móumənt] 순간, 기회, 중

106

요성. increase [inkríːs] 늘리다, 증진시키다, 증대하다. starve to death 굶어죽다.

다른 한편으로 나폴레옹은 이 순간 가장 필요한 것은 생산을 늘리는 것이며 만일 그들이 풍차에 시간을 낭비한다면 모두 굶어죽게 될 것이라고 주장했다.

The animals formed themselves into two factions under the slogans, 'Vote for Snowball and the three-day week' and 'Vote for Napoleon and the full manger'.

faction [fǽkʃən] 도당, 당파, 당쟁. slogan [slóugən] 외침, 슬로건, 표어. manger [méindʒər] 여물통, 구유.

동물들은 '스노볼과 주 삼일 노동에 투표를'과 '나폴레옹과 가득 찬 여물통에 투표를'이란 두 개의 슬로건 아래 두 파로 갈라졌다.

Benjamin was the only animal who did not side with either faction. He refused to believe either that food would become more plentiful or that the windmill would save work. Windmill or no windmill, he said, life would go on as it had always gone on — that is, badly.

who did not side ~에서 who는 주격 관계대명사임. side with 지지하다, 편들다. plentiful [pléntifəl] 많은, 윤택한. go on 계속하다, 살아가다, 행동하다.

벤자민은 어느 파에도 지지하지 않는 유일한 동물이었다. 그는 음식이 보다 풍성하게 될 것이라든가 풍차가 노동력을 절약할 것이라는 것을 믿지 않았다. 그는 풍차가 있든 없든 삶은 언제나 그랬던 것처럼 — 즉 나쁘게 계속될 것이라고 말했다.

Apart from the disputes over the windmill, there was the question of the defence of the farm. It was fully realized that though the human beings had been defeated in the Battle of the

Cowshed they might make another and more determined attempt to recapture the farm and reinstate Mr Jones.

apart from ~은 별도로 하고. defeat [difíːt] 쳐부수다, 지우다, 좌절시키다, 패배, 좌절. determined [ditəːrmind] 결심한, 결의가 굳은. recapture 탈환, 회복, 되찾다. reinstate 본래대로 하다, 복위시키다.

풍차에 관한 논쟁은 별도로 하고 농장의 방어에 관한 문제가 있었다. 비록 인간들이 외양간 전투에서 패배를 했다 하더라도 농장을 되찾고 존스 씨를 복위시키기 위해 보다 결의 굳은 또 다른 시도를 하게 될 것이라는 것은 충분히 주지되었다.

They had all the more reason for doing so because the news of their defeat had spread across the countryside and made the animals on the neighbouring farms more restive than ever.

all the more 더욱 더, 한결 더. countryside 시골, 시골의 한 지방. restive [réstiv] 나아가길 싫어하는, 고집 센, 다루기 힘든.

그들은 그렇게 할 또 다른 이유가 있었다. 왜냐하면 그들의 패배는 그 지방에 모두 펴져버렸고 근처에 있는 농장의 동물들은 보다 더 반항적이 되었기 때문이었다.

As usual, Snowball and Napoleon were in disagreement. According to Napoleon, what the animals must do was to procure fire-arms and train themselves in the use of them.

as usual 여느 때처럼, 평소와 같이. fire-arm 화기, 소화기.

여느 때처럼 스노볼과 나폴레옹은 의견이 맞지 않았다. 나폴레옹에 따르면 동물들이 해야 할 것은 무기를 획득하고 그 무기사용에 있어서 그들 스스로 훈련해야 한다는 것이다.

According to Snowball, they must send out more and more pigeons and stir up rebellion among the animals on the other farms. The one argued that if they could not defend themselves they were bound to be conquered, the other argued that if rebellions happened everywhere they would have no need to defend themselves.

stir up 감동시키다, 선동하다, 각성시키다. be bound to ~하지 않을 수 없다.

스노볼에 따르면 그들은 더욱 더 많은 비둘기들은 내보내서 다른 농장의 동물들 가운데 반란을 선동해야 한다는 것이다. 전자는 동물들이 스스로 방어를 하지 않으면 정복당하지 않을 수 없다고 하고 후자는 모든 곳에서 반란이 일어난다면 그들은 그들 자신을 방어할 필요가 없을 것이라고 했다.

The animals listened first to Napoleon, then to Snowball, and could not make up their minds which was right; indeed, they always found themselves in agreement with the one who was speaking at the moment.

make up one's mind 결심하다, 체념하다. who was speaking에서 who는 주격 관계대명사임.

동물들은 처음에 나폴레옹의 말에, 다음에는 스노볼의 말에 귀를 기울였다. 하지만 어느 것이 옳은지 마음의 결단을 내릴 수 없었다. 사실 그들은 언제나 바로 당시 말하고 있는 동물에게 동조하고 있는 자신들을 발견했다.

At last the day came when Snowball's plans were completed. At the Meeting on the following Sunday the question of whether or not to begin work on the windmill was to be put to the vote.

put to the vote 표결에 부치다.

마침내 스노볼의 설계도가 완성되는 날이 왔다. 다음 일요일 집회에서 풍차에 관한 일을 시작할 것인지 안 할 것인지 표결에 부치기로 되어 있었다.

When the animals had assembled in the big barn, Snowball stood up and, though occasionally interrupted by bleating from the sheep, set forth his reasons for advocating the building of the windmill.

set forth ~에게 설명하다. advocate [ǽdvəkət] 옹호자, 옹호하다.

동물들이 커다란 헛간에 모였을 때 스노볼은 자리에서 일어났고 이따금 양들의 매애 하는 울음소리로 방해를 받았지만 풍차 건설을 지지하는 이유를 설명했다.

Then Napoleon stood up to reply. He said very quietly that the windmill was nonsense and that he advised nobody to vote for it, promptly sat down again; he had spoken for barely thirty seconds, and seemed almost indifferent as to the effect he produced.

nonsense [nάnsens] 무의미, 터무니없는 생각, 허튼말. barely [bέərli] 간신히, 가까스로. indifferent [indífərənt] 무관심한, 냉담한, 대수롭지 않은. as to ~은 어떠냐 하면, ~에 관해서는. effect he produced에서 effect 다음에 목적격 관계대명사가 생략된 것임.

그러자 나폴레옹이 일어나서 응수했다. 그는 풍차는 터무니없는 것이며 아무도 그것에 찬성투표하지 말 것을 충고한다고 조용히 말하고는 신속하게 자리에 다시 앉았다. 그는 겨우 삼십초 정도 말을 했는데 자신이 말한 것의 효과에 대해선 거의 무관심한 것 같았다.

At this Snowball sprang to his feet, and shouting down the sheep. who had begun bleating again, broke into a passionate appeal in favour of the windmill.

shout [ʃaut] 큰 소리를 내다, 외치다. break into 망그러져 ~이 되다, ~에 뛰어들다, 갑자기 ~하기 시작하다. in favour of ~에 찬성하여, ~에게 지급되는.

이에 대해 스노볼은 자리에서 벌떡 일어나서 다시 매애 울기 시작한 양들에게 조용히 하라고 소리치고는 풍차를 지지하는 열정적인 호소를 했다.

Until now the animals had been about equally divided in their sympathies, but in a moment Snowball's eloquence had carried them away. In glowing sentences he painted a picture of Animal Farm as it might be when sordid labour was lifted from the animals backs.

until now 지금까지. eloquence [éləkwəns] 웅변, 능변, 웅변술. carry away 도취시키다, ~에 빠지게 하다. sordid [sɔ́:rdid] 더러운, 지저분한, 탐욕스런.

지금까지 동물들은 그들의 공감이 거의 균등하게 양분되어 있었다. 하지만 한 순간에 스노볼의 웅변은 그들을 매료시켰다. 그는 힘든 노동이 그들의 등에서 내려질 때, 그런 미래의 동물 농장의 그림을 열렬한 문장으로 그려냈다.

His imagination had now run far beyond chaff-cutters and turnip-slicers. Electricity, he said, could operate threshing machines, ploughs, harrows, rollers, and reapers and binders, besides supplying every stall with its own electric light, hot and cold water, and an electric heater.

chaff-cutter 작두. turnip-slicer 무를 얇게 써는 기계. threshing machine 탈곡기. plough [plau] 쟁기. harrow [hǽrou] 써레. roller 롤러. reaper and binder 베면서 단을 짓는 기계.

그의 상상력은 이제 작두나 무를 얇게 써는 기계를 훨씬 넘어서는 것이었다. 그는 전기가 탈곡기, 쟁기, 써레, 롤러와 바인더 등을 작동시키고 또한 모든 축사에 전등과 냉 온수, 그리고 전기 히터 등을 공급하게 될 것이라고 했다.

By the time he had finished speaking, there was no doubt as to which way the vote would go. But just at this moment Napoleon stood up and, casting a peculiar sidelong look at Snowball, uttered a high-pitched whimper of a kind no one had ever heard him utter before.

cast [kæst] 던지다, 투표하다, 거푸집에다 뜨다, 숫자를 계산하다. sidelong 옆으로, 비스듬히, 비스듬한, 간헐적인. high-pitched 가락이 높은,

콧대가 높은. whimper [hwímpər] 훌쩍이다, 처량하게 울다, 흐느낌.

그의 연설이 끝났을 때 어느 쪽으로 투표가 이루어질지 의심의 여지가 없었다. 하지만 바로 그 순간 나폴레옹이 일어나서 스노볼에게 기묘한 곁눈질을 던지더니 이제껏 어느 누구도 들어본 적이 없는 고음의 끽 소리를 냈다.

At this there was a terrible baying sound outside, and nine enormous dogs wearing brass-studded collars came bounding into the barn. They dashed straight for Snowball, who only sprang from his place just in time to escape their snapping jaws.

bay [bei] 만, 내포, 궁지, 몰린 상태, 짖는 소리, 짖어대다. brass-studded 놋쇠 장식이 점점이 박혀 있는. collars [kálər] 깃, 칼라, 목걸이. bound [baund] 경계, 뛰다, 튀어 오르다, 묶인, 속박된, 제본한, ~하지 않을 수 없는. in time 제 시간에. snap [snæp] 덥석 물다, 찰깍 소리를 내다, 스냅 사진을 찍다.

이에 맞추어 무시무시한 개 짖는 소리가 밖에서 나더니 놋쇠 장식이 점점이 박혀 있는 목걸이를 찬 아홉 마리의 커다란 개들이 헛간 안으로 뛰어 들어왔다. 그들은 곧장 스노볼을 향해 달려들었고 스노볼은 자리에서 벌떡 일어나 물어뜯으려는 개들의 이빨로부터 간신히 도망쳤다.

In a moment he was out of the door and they were after him. Too amazed and frightened to speak, all the animals crowded through the door to watch the chase.

crowd [kraud] 군중, 빽빽이 들어차다, 떼지어 모이다, 밀어닥치다. chase [tʃeis] 쫓다, 추적하다, 사냥하다, 추적.

한 순간에 그는 문밖으로 나갔고 개들은 그를 뒤쫓았다. 동물들은 너무나 놀라고 두려워서 말도 못하고, 문으로 몰려나가 추격하는 광경을 바라보았다.

Snowball was racing across the long pasture that led to the road. He was running as only a pig can run, but the dogs were close on his heels. Suddenly he slipped and it seemed certain that they had him.

that led to the road에서 that은 주격 관계대명사임. on a person's heel 아무를 바짝 뒤쫓아서.

스노볼은 도로에 이르는 길게 이어진 초원을 가로질러 달려갔다. 그는 돼지가 달릴 수 있는 정도로만 달리고 있었다. 하지만 개들은 그를 바짝 뒤쫓아 따라붙었다. 갑자기 그는 미끄러졌고 개들이 그를 잡는 것은 확실한 것 같았다.

Then he was up again, running faster than ever, then the dogs were gaining on him again. One of them all but closed his jaws on Snowball's tail, but Snowball whisked it free just in time. Then he put on an extra spurt and, with a few inches to spare, slipped through a hole in the hedge and seen no more.

gain on ~을 능가하다, ~에 접근하다. all but ~을 제외한 전부, 거의. whisk [hwisk] 작은 비, 총채, 먼지 등을 털다, 홱 채가다, 휘두르다. put on 신다, 입다, 바르다, 속도를 내다, 연극을 상연하다, 가스 등을 켜다. spurt [spəːrt] 분출하다, 분발하다, 분출, 분발.

그때 그는 다시 일어나서 보다 더 빨리 뛰었다. 그러자 개들도 다시 그에게 접근했다. 그들 중 하나는 그의 턱을 스노볼의 꼬리 가까이 근접시켰는데 스노볼이 꼬리를 제 때에 흔들어 제쳤다. 그리고는 그는 더욱 분발해서 몇 인치 여유를 두고 울타리 구멍으로 빠져나갔고 더 이상 아무 것도 보이지 않았다.

Silent and terrified, the animals crept back into the barn. In a moment the dogs came bounding back. At first no one had been able to imagine where these creatures came from, but the problem was soon solved: they were the puppies whom Napoleon had taken away from their mothers and reared privately.

Silent와 terrified는 주격 보어로 볼 수 있음. creep [kriːp] 기다, 포복하다, 살금살금 걷다. creature [kríːtʃər] 피조물, 생물, 동물, 녀석. puppy [pʌpi] 강아지, 건방진 애송이. puppy whom Napoleon had taken away ~에서 whom은 목적격 관계대명사임. rear [riər] 뒤, 배후, 궁둥이, 기르다, 일으키다, 뒷다리로 서다.

쥐죽은 듯 겁에 질린 동물들은 헛간으로 다시 살금살금 들어왔다. 잠시 후 개들이 뛰어 들어왔다. 처음엔 아무도 그 개들이 어디서 온 것인지 상상할 수 없었다. 하지만 그 문제는 곧 풀렸다. 그 개들은 나폴레옹이 그들의 어미에게서 떼어내서 은밀하게 길렀던 강아지들이었다.

Though not yet full-grown, they were huge dogs, and as fierce-looking as wolves. They kept close to Napoleon. It was noticed that they wagged their tails to him in the same way as the other dogs had been used to do to Mr Jones.

huge [hju:dʒ] 거대한, 막대한, 무한의. fierce-looking 사납게 보이는. wag [wæg] 흔들어 움직이다, 흔들리다.

비록 충분히 자라지는 않았지만 그들은 거대한 개들이었고 늑대처럼 사나워보였다. 그들은 나폴레옹 옆에 가까이 다가갔다. 그들은 다른 개들이 존스씨에게 했던 것과 마찬가지로 그에게 꼬리를 흔들어대는 것이 눈에 띄었다.

Napoleon, with the dogs following him, now mounted on to the raised portion of the floor where Major had previously stood to deliver his speech. He announced that from now on the Sunday morning Meeting would come to an end.

mount [maunt] 오르다, 올라타다. deliver a speech 연설하다. from now on 금후, 앞으로는. come to an end 끝나다, 마치다.

나폴레옹은 이제 자신을 따르는 개들과 함께 이전에 메어져가 연설을 하기 위해 올라갔던 마루의 연단 같은 곳으로 올라갔다. 그는 금후로는 일요일 아침 회의는 중지될 것이라고 선언했다.

They were unnecessary, he said, and wasted time. In future all questions relating to the working of the farm would be settled by a special committee of pigs, presided over by himself.

unnecessary 불필요한, 쓸데없는. In future all questions relating to~ 에서 he said를 생략하였는데 본문에서 이런 문장이 상당히 많이 나옴. relating to ~에 관하여. preside [prizáid] 의장 노릇하다, 사회를 보다, 관장하다.

그는 그런 회의는 불필요하며 시간낭비라고 했다. 앞으로 농장의 작업과 관련된 모든 문제는 자신이 관장하는 돼지들의 특별 위원회에서 해결될 것이라고 했다.

These would meet in private and afterwards communicate their decisions to the others. The animals would still assemble on Sunday mornings to salute the flag, sing 'Beasts of England', and receive their orders for the week; but there would be no more debates.

in private 내밀히, 비공식적으로. communicate [kəmjúːnəkeit] 전달하다, 감염시키다, 통신하다. salute [səlúːt] 인사하다, 경례하다, 인사, 경례. debate [dibéit] 토론, 논쟁, 토론하다, 논쟁하다.

이들 위원회는 비공식적으로 만날 것이며 나중에 그들의 결정사항을 다른 동물들에게 전달할 것이다. 동물들은 여전히 일요일 아침에 모여서 깃발에 경례하고 '잉글랜드의 짐승들'을 노래하며 일주일 동안 해야 할 명령을 받게 되겠지만 토론은 더 이상 없을 것이라고 했다.

In spite of the shock that Snowball's expulsion had given them, the animals were dismayed by this announcement. Several of them would have protested if they could have found the right arguments.

in spite of ~에도 불구하고. expulsion [ikspʌ́lʃən] 추방, 배제, 제명, 제적. dismay [disméi] 당황, 경악, 낙담, 당황케 하다, 실망시키다. protest [prətést] 항의하다. argument [áːrgjəmənt] 논의, 주장, 논거, 논점.

스노볼의 추방이 그들에게 가져다준 충격에도 불구하고 동물들은 이런 발표에 실망했다. 그들 중 몇몇은 올바른 논점을 찾을 수만 있었다면 항의했을 것이다.

Even Boxer was vaguely troubled. He set his ears back, shook his forelock several times, and tried hard to marshal his thoughts; but in the end he could not think of anything to say. Some of the pigs themselves, however, were more articulate.

vaguely 어렴풋이, 막연하게, 애매하게, 희미하게. troubled 난처한, 당황한, 걱정스러운. forelock 앞머리, 이마 갈기.
marshal [mάːrʃəl] 육군 원수, 연방 집행관, 정렬시키다, 예의바르게 안내하다. articulate [ɑːrtíkjələt] 분명히 발음된, 논리가 정연한, 생각 등을 분명히 말할 수 있는.

복서조차도 막연하게 당황했다. 그는 귀를 뒤로 젖히고 이마 갈기를 몇 번 흔들며 자신의 생각을 정리하려고 열심히 애썼지만 결국 할 말을 생각해 낼 수 없었다. 하지만 몇몇 돼지들은 보다 자신의 의견을 분명히 말할 수 있었다.

Four young porkers in the front row uttered shrill squeals of disapproval, and all four of them sprang to their feet and began speaking at once. But suddenly the dogs sitting round Napoleon let out deep, menacing growls, and the pigs fell silent and sat down again.

porker 식용돼지. squeal [skwiːl] 끽끽 울다, 새된 소리로 말하다, 불평하다, 끽끽, 불평. disapproval 불찬성, 반대 의견, 비난. let out 유출시키다, 소리 지르다, 해방하다. to one's feet 발로 일어서다. menace [ménis] 위협하다, 협박하다, 위협. growl [graul] 으르렁거리는 소리, 으르렁거리다.

앞줄에 있던 네 마리의 젊은 식용돼지들은 비난 섞인 날카로운 끽끽 소리를 내더니 자리에서 벌떡 일어나 동시에 불평하기 시작했다. 하지만 나폴레옹을 둘러싸고 앉아 있던 개들이 갑자기 깊고 위협적인 으르렁 소리를 냈고 돼지들은 잠잠해져서 자리에 다시 앉았다.

Then the sheep broke out into a tremendous bleating of 'four legs good, two legs bad!' which went on for nearly a quarter of an hour and put an end to any chance of discussion.

break out 돌발하다, 탈출하다, 갑자기 ~하다. tremendous [triméndəs] 무서운, 무시무시한, 엄청난, 거대한. which went on 에서 which는 주격 관계대명사임. put an end to ~을 끝내다, ~에 종지부를 찍다.

그러자 양들이 갑자기 엄청난 소리로 '네발은 좋고 두발은 나쁘다'라고 외치기 시작했는데 거의 15분 정도 계속되어서 어떠한 토론의 기회도 없어져버렸다.

Afterwards Squealer was sent round the farm to explain the new arrangements to the others.

'Comrades,' he said, 'I trust that every animal here appreciates the sacrifice that Comrade Napoleon has made in taking this extra labour upon himself.

afterwards 나중에, 그 후. arrangement 배열, 배치, 정돈, 채비, 조정, 합의. appreciate [əprí:ʃieit] 평가하다, 고맙게 여기다. extra [ékstrə] 여분의, 임시의, 특별히. that Comrade Napoleon has made에서 that은 목적격 관계대명사임.

나중에 스퀼러는 새로운 합의를 동물들에게 설명하기 위해 농장을 돌아다녔다.

'동무들,' 그가 말했다. '난 여기에 있는 모든 동물들이 나폴레옹 동무가 이 특별한 일을 맡는데 있어서 치룬 희생을 고맙게 여긴다고 믿고 있소.

Do not imagine, comrade, that leadership is a pleasure! On the contrary, it is a deep and heavy responsibility. No one believes more firmly than Comrade Napoleon that all animals are equal.

imagine [imǽdʒin] 상상하다. on the contrary 이에 반하여, 도리어. believe의 목적어는 that절임.

동무들, 지도자의 길이 즐거운 것이라고 상상하지 마시오! 도리어 그건 깊고 무거운 책임이오. 모든 동물이 평등하다는 것을 나폴레옹 동무보다 더 굳건히 믿는 동물은 아무도 없소.

He would be only too happy to let you make your decisions for yourselves. But sometimes you might make the wrong decisions, comrades, and then where should we be?

only 유일한, 바랄 바 없는, 최고의, 단지, 바로, 겨우, 불과, 다만 ~일뿐. where 접속사와 관계사 이외에 의문부사로서는 어디에, 어떤 점에서, 어떤 상태로.

그는 여러분이 스스로 결정을 하도록 하는 것에 그저 너무나 행복해 할 것이오. 하지만 가끔 여러분은 잘못된 결정을 내릴 수 있어요, 동무들, 그러면 우린 어떻게 되겠소?

Suppose you had decided to follow Snowball, with his moonshine of windmills — Snowball, who, as we now know, was no better than a criminal?'

'He fought bravely at the Battle of the Cowshed,' said somebody.

suppose [səpóuz] 가정하다, 만약 ~하면. moonshine 달빛, 헛소리, 쓸데없는 공상. as we now know는 삽입절임. no better than ~나 마찬가지.

여러분은 풍차라고 하는 그의 쓸데없는 공상과 함께 스노볼을 따르기로 결정했다면 어떻게 되었겠소. 그는 우리가 지금 알고 있는 것처럼 범죄자나 마찬가지였소.'

'그는 외양간 전투에서 용감하게 싸웠소.' 누군가 말했다.

'Bravely is not enough,' said Squealer. 'Loyalty and obedience are more important. And as to the Battle of the Cowshed, I believe the time will come when we shall find that Snowball's part in it was much exaggerated.

loyalty [lɔ́iəlti] 충의, 충성. obedience [oubí:diəns] 복종, 순종. exaggerate [igzǽʤəreit] 과장하다. when we shall find ~에서 when은 관계부사로서 선행사 the time과는 떨어져 있음.

'용기만으로는 충분치 않소,' 스퀼러가 말했다. '충성과 복종이 더 중요하오. 그리고 외양간 전투에 관해서, 난 스노볼의 역할이 너무나 과장되어 있음을 우리가 알게 될 때가 오리라고 믿어요.

Discipline, comrades, iron discipline! That is the watchword for today. One false step, and our enemies would be upon us. Surely, comrades, you do not want Jones back?'

discipline [dísəplin] 훈련, 규율, 학과. watchword 표어, 슬로건.

규율, 동무들, 강한 규율! 그것이 오늘의 표어입니다. 한 발짝만 잘못 떼면 적은 우리에게 들이닥칠 것이오. 분명히, 동무들, 여러분은 존스가 돌아오길 원하는 건 아니죠?'

Once again this argument was unanswerable. Certainly the animals did not want Jones back; if the holding of debates on Sunday mornings was liable to bring him back, then the debates must stop.

unanswerable 대답할 수 없는, 반박할 수 없는. holding 지지, 보유, 소유물. liable 책임을 져야 할, 자칫하면 ~하는.

다시 한 번 이런 논의는 반박할 수 없는 것이었다. 확실히 동물들은 존스가 돌아오는 걸 원치 않았다. 만일 일요일 아침의 토론을 지속하는 것이 자칫 존스를 돌아오게 한다면 그 토론은 중단되어야 한다.

Boxer, who had now had time to think things over, voiced the general feeling by saying: 'if Comrade Napoleon says it, it must be right.' And from then on he adopted the maxim, 'Napoleon is always right,' in addition to his private motto of 'I will work harder.'

voice [vɔis] 목소리, 목소리로 내다, 말로 나타내다. general [dʒénərəl] 일반의, 대체적인, 막연한, 전체에 공통되는. from then on 그 때 이래. adopt [ədápt] 양자로 삼다, 채택하다. maxim [mǽksim] 격언, 좌우명. in addition to ~에 더하여. motto [mátou] 모토, 표어, 좌우명, 금언, 격언.

이제 사태를 생각할 시간을 갖게 되었던 복서는 대체적인 느낌을 표현했다. '만일 나폴레옹 동무가 그걸 말했다면 그건 틀림없이 옳은 것이오.' 그리고 그때부터 그는 그의 개인적인 모토 '난 더 열심히 일한다.'에 추가해서 '나폴레옹은 언제나 옳다'라는 좌우명을 하나 더 채택했다.

By this time the weather had broken and the spring ploughing had begun. The shed where Snowball had drawn his plans of the windmill had been shut up and it was assumed that the plans had been rubbed off the floor.

break [breik] 깨뜨리다, 어기다, 깨어지다, 기후 등이 갑자기 변하다, 관계를 끊다, 갈라진 틈. plough [plau] 쟁기, 쟁기질하다. assume [əsúːm] 당연한 것으로 여기다, 떠맡다, 추정하다.

그 무렵 날씨는 갑자기 풀렸고 봄철 밭갈이가 시작되었다. 스노볼이 풍차 설계도를 그렸던 헛간은 폐쇄되었고 설계도는 마루에서 지워진 것으로 추정되었다.

Every Sunday morning at ten o'clock the animals assembled in the big barn to receive their orders for the week. The skull of old Major, now clean of flesh, had been disinterred from the orchard and set up on a stump at the foot of the flag-staff, beside the gun.

skull [skʌl] 두개골. disinter [disintə́ːr] 시체 등을 파내다, 발굴하다. stump [stʌmp] 나무의 그루터기, flag-staff 깃대.

일요일 아침마다 열 시가 되면 동물들은 일주일 동안 수행해야 할 명령을 받기 위해 커다란 헛간으로 모였다. 이제 살점이 없어진 메이저의 두개골은

과수원에서 발굴되어 깃대 밑 부분 그루터기 위에 총과 나란히 세워 놓았다.

After the hoisting of the flag, the animals were required to file past the skull in a reverent manner before entering the barn. Nowadays they did not sit all together as they had done in the past.

hoist [hɔist] 내걸다, 올리다, 게양. file [fail] 서류꽂이, 서류철, 철하여 보관하다, 종대로 나아가게 하다. reverent [révərənt] 경건한.

깃발을 게양하고 나서 동물들은 헛간으로 들어가기 전에 경건한 태도로 두개골을 지나 일열 종대로 들어가도록 요구되었다. 요즈음 그들은 과거처럼 모두 함께 앉지 않았다.

Napoleon, with Squealer and another pig named Minimus, who had a remarkable gift for composing songs and poems, sat on the front of the raised platform, with the nine young dogs forming a semicircle round them, and the other pigs sitting behind.

with the nine dogs forming ~과 the other pigs sitting ~은 with가 붙은 독립분사구문임.

나폴레옹은 스퀼러와, 노래와 시를 짓는 데 괄목할만한 재능이 있는 미니무스라고 하는 또 다른 돼지와 함께 약간 높이 올린 연단 앞에 앉았다. 그리고 아홉 마리의 개들은 그들 둘레에 반원을 이루었고 그 뒤에 다른 돼지들이 앉아 있었다.

The rest of the animals sat facing them in the main body of the barn. Napoleon read out the orders for the week in a gruff soldierly style, and after a single singing of 'Beasts of England', all the animals dispersed.

main body 주요부. gruff [grʌf] 우락부락한, 난폭한, 굵고 탁한. soldierly 군인다운, 군인기질의. disperse [dispə́:rs] 흩뜨리다, 흩어지게 하다.

나머지 동물들은 헛간의 주요부에서 그들을 마주하고 앉았다. 나폴레옹은 다음 주 명령을 굵고 탁한 군인다운 어조로 읽어나갔다. 그리고 한 차례 '잉글랜드의 짐승들'을 부르고 동물들은 해산했다.

On the third Sunday after Snowball's expulsion, the animals were somewhat surprised to hear Napoleon announce that the windmill was to be built after all.

somewhat 얼마간, 어느 정도, 약간. the windmill was to be built는 be+to용법 중에서 예정을 나타냄.

스노볼의 추방 이후 세 번째 일요일 동물들은 풍차가 결국엔 건조될 것이라고 나폴레옹이 발표하는 것을 듣고는 약간 놀랐다.

He did not give any reasons for having changed his mind, but merely warned the animals that this extra task would mean very hard work; it might even be necessary to reduce their rations.

ration [rǽʃən] 정량, 배급, 식량, 배급하다. extra [ékstrə] 여분의, 별도의. it might ~ to reduce their ration에서 it는 가주어, to reduce는 진주어임.

그는 자신의 마음을 바꾼 것에 대한 어떠한 이유도 내놓지 않으면서 단지 이러한 별도의 임무가 매우 힘든 작업이 될 것이고 그들의 배급량을 줄이는 것이 필요하게 될지 모른다고 동물들에게 경고했다.

The plans, however, had all been prepared, down to the last detail. A special committee of pigs had been at work upon them for the past three weeks. The building of the windmill, with various other improvements, was expected to take two years.

improvement [imprúːvmənt] 개량, 개선, 향상, 진보, 건조물. with various other improvements는 삽입부임.

하지만 설계도는 마지막 세부 사항에 이르기까지 모두 준비되었다. 돼지들로 이루어진 특별 위원회가 지난 3주 동안 그 일을 맡았었다. 풍차 건조는

다른 여러 가지 개량품들과 함께 2년이 걸길 것으로 예상된다는 것이었다.

That evening Squealer explained privately to the other animals that Napoleon had never in reality been opposed to the windmill. On the contrary, it was he who had advocated it in the beginning, and the plan which Snowball had drawn on the floor of the incubator shed had actually been stolen from among Napoleon's papers

privately 개인으로서, 내밀히, 비공식적으로. in reality 실은, 실제는. on the contrary 이에 반하여, 도리어. it was he who had advocated ~는 강조용법임.

그날 저녁 스퀄러는 다른 동물들에게 나폴레옹은 실제로는 풍차를 결코 반대 하지 않았다고 비공식적으로 설명해주었다. 그와 반대로 처음에 그것을 옹호한 자는 바로 그였으며 스노볼이 부화실 마루에 그린 설계도가 실제로는 나폴레옹의 서류에서 훔친 것이었다.

The windmill was, in fact, Napoleon's own creation. Why, then, asked somebody, had he spoken so strongly against it? Here Squealer looked very sly. That, he said, was Comrade Napoleon's cunning.

sly [slai] 교활한, 은밀한, 장난기 있는. cunning [kʌniɲ] 교활한, 교묘함, 잔꾀.

풍차는 사실상 나폴레옹의 창작이었다는 것이다. 그러면 왜 그가 강력하게 그것을 반대를 했느냐고 누군가 물었다. 여기에서 스퀄러는 아주 교활하게 보였다. 그는 그것이 나폴레옹 동무의 계략이었다고 말했다.

He had seemed to oppose the windmill, simply as a manoeuvre to get rid of Snowball, who was a dangerous character and a bad influence. Now that Snowball was out of the way, the plan could go forward without his interference.

manoeuvre [mənúːvər] 기동 작전, 책략, 기동시키다. get rid of ~을 면하다, ~을 제거하다. influence [ínfluəns] 영향력, 세력, 세력가, 영향을 미치다. now that ~이므로. out of the way 방해가 안 되는 곳에, 길을 벗어나. interference [intərfíərəns] 방해, 간섭.

위험한 인물이고 나쁜 세력가인 스노볼을 제거하기 위해 단지 하나의 계략으로서 나폴레옹은 풍차를 반대한 것 같았다. 이제 스노볼이 제거되었으므로 그 계획은 그의 방해 없이 앞으로 나아갈 수 있었다.

This, said Squealer, was something called tactics. He repeated a number of times, 'Tactics, comrades, tactics!' skipping round and whisking his tail with a merry laugh.

tactics [tǽktiks] 전술, 작전. skipping ~ and whisking ~은 부대상황을 나타내는 분사구문임.

이것은 전술이라고 하는 것이라고 스퀄러는 말했다. '전술이오, 동무들, 전술!' 그는 유쾌하게 웃으면서 껑충껑충 뛰고 꼬리를 흔들며 그 말을 여러 번 반복했다.

The animals were not certain what the word meant, but Squealer spoke so persuasively, and the three dogs who happened to be with him growled so threateningly, that they accepted his explanation without further questions.

persuasively 설득력 있게. so persuasively and ~so threateningly, that ~ 너무나 설득력이 있고 또한 너무나 위협적이어서 ~하다.

동물들은 그 말이 무슨 뜻인지 확신하지 못했지만 스퀄러가 너무나 설득력 있게 말했고, 마침 그의 곁에 있게 된 세 마리의 개들이 너무나 위협적으로 으르렁댔기 때문에 더 이상의 의문을 갖지 않고 그의 설명을 받아들였다.

CHARACTER VI

All that year the animals worked like slaves. But they were happy in their work; they grudged no effort or sacrifice, well aware that everything that they did was for the benefit of themselves and those of their kind who would come after them, and not for a pack of idle, thieving human beings.

slave [sleiv] 노예, 노예처럼 일하다. grudge [grʌdʒ] 주기를 싫어하다, 아까워하다, ~하길 꺼려하다. sacrifice [sǽkrəfais] 희생, 희생하다. for the benefit of ~을 위하여. pack [pæk] 꾸러미, 보따리, 짐을 싸다, 포장하다.

그해 내내 동물들은 노예처럼 일했다. 하지만 그들은 그들의 일을 하면서 행복해 하였다. 그들은 어떠한 노력이나 희생도 아까워하지 않았으며 그들이 하는 모든 것은 그들 자신을 위한 것이며 또한 그들 다음에 오는 세대를 위한 것이지 게으르고 도적 같은 인간들을 위한 것이 아님을 잘 알고 있었다.

Throughout the spring and summer they worked a sixty-hour week, and in August Napoleon announced that there would be work on Sunday afternoons as well. This work was strictly voluntary, but any animal who absented himself from it would have his rations reduced by half.

voluntary [vάlənteri] 자발적인, 계획적인. absent oneself from 결석하다. by half 반쯤, 너무 ~한.

봄과 여름에 걸쳐 동물들은 일주일에 60시간 일했다. 그리고 8월에 나폴레옹은 일요일 오후에도 작업이 있을 것이라고 발표했다. 그 작업은 엄격히 자발적인 것이지만 결근한 동물은 자신의 배당이 절반으로 줄게 될 것이라고 했다.

Even so, it was found necessary to leave certain tasks undone.

The harvest was a little less successful than in the previous year, and two fields which should have been sown with roots in the early summer were not sown because the ploughing had not been completed early enough.

sow [sou] 씨를 뿌리다, [sau] 암퇘지. root [ruːt] 뿌리, 근원, 근채류.

그렇다고 하더라도, 어떤 작업은 하지 않고 남겨둘 수밖에 없음이 밝혀졌다. 수확은 전년에 비해서 조금 덜 성공적이었고 초여름에 근채류로 씨를 뿌렸어야 했던 밭뙤기 두 개는 쟁기질이 제때에 일찍 끝나지 않았기 때문에 씨를 뿌리지 못했다.

It was possible to foresee that the coming winter would be a hard one.

The windmill presented unexpected difficulties. There was a good quarry of limestone on the farm, and plenty of sand and cement had been found in one of the outhouses, so that all the materials for building were at hand.

It was possible to foresee ~에서 It는 가주어, to foresee 이하는 진주어임. foresee [fɔːrsíː] 예견하다, 미리 알다. present [prézənt] 출석하고 있는, 지금의, 현재, 선물, [prizént] 선물하다, ~을 야기시키다, 제출하다. quarry [kwɔ́ːri] 채석장, 돌을 파내다, 애써 찾아내다. limestone 석회석, 석회암. outhouse 딴채, 헛간, 옥외 변소. material [mətíəriəl] 물질의, 재료, 제재. at hand 바로 가까이에.

다가오는 겨울은 힘든 계절이 될 것이라는 걸 예견하는 것이 가능했다.

풍차로 예기치 않았던 어려움이 야기되었다. 농장에는 훌륭한 석회암 채석장이 있었고 딴채들 중 하나에서 많은 모래와 시멘트가 발견되었다. 그래서 건축을 위한 모든 재료가 가까이에 있었다.

But the problem the animals could not at first solve was how to break up the stones into pieces of suitable size. There seemed no way of doing this except with picks and crowbars, which no animal could use, because no animal could stand on his hind legs.

But the problem 다음에 목적격 관계대명사가 생략되어 있음. pick [pik] 따다, 뜯다, 쪼는 기구, 곡괭이, 선택권. crowbar 쇠지레.

하지만 동물들이 처음에 해결할 수 없었던 문제는 어떻게 돌을 적당한 크기의 조각으로 깨뜨리느냐 하는 것이었다. 곡괭이와 쇠지레 없이는 이 일을 할 방도는 없는 것 같았고 어떤 동물도 뒷다리로 설 수 없기 때문에 그런 도구를 사용할 수 없었다.

Only after weeks of vain effort did the right idea occur to somebody — namely, to utilize the force of gravity. Huge boulders, far too big to be used as they were, were lying all over the bed of the quarry.

did the right idea occur ~는 부사구가 강조되어 도치된 경우임. boulder [bóuldər] 둥근 돌, 옥석. far too big to be used as they were는 삽입부임.

몇 주일간의 헛된 노력을 하고나서야 겨우 좋은 생각이 누군가에게 떠올랐다. 즉 중력을 활용한다는 것이었다. 그 자체로 사용하기엔 너무나 큰 거대한 돌들이 채석장 바닥 여기저기에 널려 있었다.

The animals lashed ropes round these, and then all together, cows, horses, sheep, any animal that could lay hold of the rope — even the pigs sometimes joined in at critical moments — they dragged them with desperate slowness up the slope to the top of the quarry, where they were toppled over the edge, to shatter to pieces below.

lash [læʃ] 챗열, 채찍질, 채찍질하다, 밧줄로 묶다. lay hold of 붙잡다, 쥐다. slope [sloup] 경사면, 비탈, 경사지게 하다. topple [tápəl] 비틀거리다, 쓰러뜨리다. with desperate slowness 절망적일 만큼 너무나 느리게. shatter [ʃǽtər] 산산이 부수다, 박살내다.

동물들은 큰 돌들에 밧줄을 묶었다. 그리고는 소와 말, 양 등 밧줄을 붙잡을 수 있는 동물들은 모두가 — 심지어 돼지들도 가끔 결정적인 순간에 참가했다 — 절망적일 만큼 너무나 느리게 비탈 위로 채석장 꼭대기까지 돌들을 끌고 올라갔고 그곳에서 돌들은 끝머리 너머로 굴러 떨어지면서 조각조각 산산이 부서졌다.

Transporting the stone when it was once broken was comparatively simple. The horses carried it off in cart-loads, the sheep dragged single blocks, even Muriel and Benjamin yoked themselves into a old governess-cart and did their share.

transport [tænspɔ́ːrt] 수송하다, 옮기다, 수송. cart-load 수레(마차) 한 대분의 짐. yoke [jouk] 멍에, ~에 멍에를 얹다. governess-cart 맞좌석이 되어 있는 2륜 마차. share [ʃɛər] 몫, 배당, 할당, 분배하다.

돌이 일단 깨지면 그것을 옮기는 건 비교적 쉬웠다. 말들은 수레에 돌을 잔뜩 실어 날랐고 양들은 한 조각씩 끌고 갔으며 심지어 뮤리엘과 벤자민도 낡은 2륜 마차를 끌고 자기 몫을 다했다.

By late summer a sufficient store of stone had accumulated, and then the building began, under the superintendence of the pigs.

But it was a slow, laborious process.

accumulate [əkjúːmjəleit] 모으다. superintendence 지휘, 감독. laborious [ləbɔ́ːriəs] 힘든, 고된.

늦여름에 이르러서 충분한 돌이 모아졌다. 그리고 돼지들의 감독 하에 건조가 시작되었다.

하지만 그건 느리고 힘든 과정이었다.

Frequently it took a whole day of exhausting effort to drag a single boulder to the top of the quarry, and sometimes when it was pushed over the edge it failed to break.

exhausting 소모적인, 지치게 하는. effort [éfərt] 노력. it took ~ to drag ~에서 it는 가주어, to 이하는 진주어임.

종종 단 하나의 돌을 채석장 꼭대기까지 끌어올리는데 하루 종일 소모적인 노력이 필요했고 이따금 끝머리 너머로 밀어 냈는데도 돌이 깨지지 않을 때 가 있었다.

Nothing could have been achieved without Boxer, whose strength seemed equal to that of all the rest of the animals put together. When the boulder began to slip and the animals cried out in despair at finding themselves dragged down the hill, it was always Boxer who strained himself against the rope and brought the boulder to a stop.

put together 모으다, 합계하다. it was always Boxer who ~는 강조구 문임. bring ~ to a stop 멈추게 하다. strain oneself 과로를 하다.

복서가 없었더라면 아무 것도 이루어지지 않았을 것이다. 그의 힘은 나머지 동물들의 힘을 모두 합한 것과 같아 보였다. 올라가던 커다란 돌이 밑으로 미끄러지기 시작하여 동물들이 언덕 아래로 끌려가면서 절망적으로 비명을 지를 때 혼신의 힘을 다해 로프를 쥐고 돌을 정지시키는 건 언제나 복서였다.

To see him toiling up the slope inch by inch, his breath coming fast, the tips of his hoofs clawing at the ground, and his great sides matted with sweat, filled everyone with admiration.

toil up 애써서 올라가다. tip [tip] 끝, 꼭대기, 기울이다, 사례금, 팁을 주다. claw [klɔː] 발톱, 집게발, 발톱으로 할퀴다. side [said] 쪽, 측면, 옆구리, 계통. mat [mæt] 매트, 멍석, 광택이 없는, 윤기 없애기, 흐릿하게 하다. to see ~는 부정사의 명사적 용법으로서 주어로 쓰였음, to see 다음에 him은 목적어이고 toiling은 목적보어임, 따라서 coming, clawing, matted 등도 목적 보어로 볼 수 있고 to see의 동사는 filled 임.

복서가 숨을 가쁘게 몰아쉬면서 발굽 끝을 땅에 박으며 그의 커다란 옆구리는 땀으로 얼룩이 진채 비탈을 조금씩 애써서 올라가는 것을 보는 것은 모든 동물들에게 감탄을 자아내게 하였다.

Clover warned him sometimes to be careful not to overstrain himself, but Boxer would never listen to her. His two slogans, 'I will work harder' and 'Napoleon is always right', seemed to him a sufficient answer to all problems.

overstrain oneself 너무 무리를 하다. 과로하게 되다.

클로버는 가끔 그에게 무리하지 말 것을 경고했지만 복서는 그녀의 말을 들으려하지 않았다. 그의 두 개의 슬로건 '난 더 열심히 일한다.'와 '나폴레옹은 언제나 옳다.'는 그에게 모든 문제들에 대한 충분한 답인 것 같았다.

He had made arrangements with the cockerel to call him three-quarters of an hour earlier in the morning instead of half an hour. And in his spare moments, of which there were not many nowadays, he would go alone to the quarry, collect a load of broken stone, and drag it down to the site of the windmill unassisted.

arrangement [əréindʒmənt] 배열, 배치, 채비, 조정. make arrangements with a person ~와 사전 협의를 하다. spare [spɛər] 절약하다, 나누어주다, 용서해주다, 여분의. site [sait] 위치, 장소, 용지. unassisted 도움 없이 혼자서.

그는 아침에 30분이 아니라 45분 일찍 깨워달라고 수평아리와 사전 협의를 해 놓았었다. 그리고 남는 시간이면, 요즈음은 그리 많지도 않지만, 그는 홀로 채석장으로 가서 깨어진 돌들을 한 수레 모아서 풍차 현장으로 끌고 가곤 했다.

The animals were not badly off throughout that summer, in spite of the hardness of their work. If they had no more food than they had had in Jones's day, at least they did not have less.

not badly off 대단히 상태가 나쁘지는 않다. in spite of ~임에도 불구하고.

그해 여름 내내 동물들은 고된 노동에도 불구하고 여건이 그리 나쁜 것은 아니었다. 비록 그들이 존스 시절보다 더 많은 음식을 먹은 것은 아니라고 하더라도 적어도 더 적게 먹지는 않았다.

The advantage of only having to feed themselves, and not having to support five extravagant human beings as well, was so great that it would have taken a lot of failures to outweigh it.

advantage [ædvǽntidg] 유리, 우세, 이점.

extravagant [ikstrǽvigənt] 돈을 함부로 쓰는, 터무니없는. outweigh ~보다 무겁다, ~보다 중요하다, ~보다 가치(세력)가 있다.

다섯 명의 사치스런 인간들까지 부양할 필요 없이 자기 자신들만 부양해야 한다는 것의 이점은 너무나 컸기 때문에 그 이점을 상쇄하는 것은 여러 번의 농사실패를 동반해야했을 것이다.(여러 번 농사를 실패해야 그 절약의 이점이 상쇄되었을 것이다.)

And in many ways the animal method of doing things was more efficient and saved labour. Such jobs as weeding, for instance, could be done with a thoroughness impossible to human beings.

efficient [ifíʃənt] 능률적인. weeding 잡초 제거. for instance 예를 들면. thoroughness 철저함, 완벽함.

그리고 여러 가지 면에서 동물이 일하는 방식은 보다 능률적이고 노동을 절약했다. 예를 들어 잡초 제거와 같은 일은 인간들에겐 불가능한, 아주 완벽한 솜씨로 해낼 수 있었다.

And again, since no animal now stole, it was unnecessary to fence off pasture from arable land, which saved a lot of labour on the upkeep of hedges and gates. Nevertheless, as the summer wore on, various unforeseen shortages began to make themselves felt.

fence [fens] 울타리, 울타리를 치다. fence off 물리치다, 구획하다.

arable [ǽrəbəl] 경작에 알맞은, 경지. upkeep 유지. shortage [ʃɔ́ːrtidʒ] 부족, 결핍. make oneself felt 존재를 뚜렷이 느끼게 하다, 두각을 나타내다.

그리고 또한 이제 어떤 동물들도 훔치지 않았기 때문에 경작지와 초원 사이에 울타리를 칠 필요가 없었고 이는 울타리와 문을 유지하는데 드는 많은 노동력을 절약했다. 그럼에도 불구하고 그해 여름이 계속되면서 여러 가지 예기치 못했던 부족한 것들이 드러나기 시작했다.

There was need of paraffin oil, nails, string, dog biscuits, and iron for the horses' shoes, none of which could be produced on the farm. Later there would also be need for seeds and artificial manure, besides various tools and, finally, the machinery for the windmill. How these were to be procured, no one was able to imagine.

paraffin 파라핀, 석랍, 파라핀을 입히다. nail [neil] 손톱, 못, 징. manure [mənjúər] 거름, 비료. procure [proukjúər] 획득하다, 조달하다.

파라핀 기름, 못, 끈, 개 사료용 비스킷, 말발굽에 쓰이는 쇠 등이 필요했고 그런 것들 가운데 어떤 것도 농장에선 생산될 수 없었다. 나중엔 씨앗과 인조 비료도 필요할 것이었다. 게다가 여러 가지 도구들, 결국 풍차를 위한 기계들도 필요할 것이었다. 이런 것들이 어떻게 조달될 것인지 아무도 생각해낼 수 없었다.

One Sunday morning, when the animals assembled to receive their orders, Napoleon announced that he had decided upon a new policy. From now onwards Animals Farm would engage in trade with the neighbouring farms: not, of course, for any commercial purpose, but simply in order to obtain certain materials which were urgently necessary.

from now onwards 지금 이후로. engage in ~에 착수하다, ~을 시작하다. which were ~에서 which는 주격 관계대명사임. urgently 긴급히, 다급

하여.

어느 일요일 아침 동물들이 지시를 받기 위해 모였을 때 나폴레옹은 새로운 정책을 결정했다고 발표했다. 지금부터 동물 농장은 이웃 농장들과 거래를 시작할 것인데 물론 상업적인 목적에서가 아니라 단순히 긴급히 필요한 어떤 물건들을 획득하기 위해서라고 했다.

The needs of the windmill must override everything else, he said. He was therefore making arrangements to sell a stack of hay and part of the current year's wheat crop, and later on, if more money were needed, it would have to be made up by the sale of eggs, for which there was always a market in Willingdon.

override 말을 타고 지나다, 짓밟다, 유린하다, 무시하다, 무효로 하다, ~에 우선한다. stack [stæk] 더미, 볏가리, 다량. current year 금년. later on 나중에, 후에. make up 만들다, 조립하다, 화장하다, 보충하다.

풍차에 필요한 물건은 그 밖의 모든 것에 우선해야 한다고 그는 말했다. 그래서 그는 건초 한 더미와 금년 수확 밀의 일부를 팔 준비를 하고 있고 나중에 더 많은 돈이 필요하면 달걀의 판매로 보충해야 할 것이라고 했다. 윌링던에는 달걀 판매를 위한 시장이 항상 있었다.

The hens, said Napoleon, should welcome this sacrifice as their own special contribution towards the building of the windmill.

Once again the animals were conscious of a vague uneasiness.

contribution [kɑntrəbjúːʃən] 기부, 기여, 공헌, 기고. be conscious of ~을 의식하다. uneasiness 불안, 걱정, 근심, 거북함.

암탉들은 풍차 건조에 대해 그들 자신의 특별한 공헌으로서 이런 희생을 환영해야 한다고 나폴레옹은 말했다.

다시 한 번 동물들은 어렴풋한 불안감을 느꼈다.

Never to have any dealings with human beings, never to engage in trade, never to make use of money — had not these been among the earliest resolutions passed at that first triumphant Meeting after Jones was expelled?

resolution [rezəlúːʃən] 결심, 결의(안). triumphant [traiʌ́mfənt] 승리를 거둔, 의기양양한.

인간들과는 어떠한 교제도 하지 않는다, 거래에 관여하지 않는다, 돈을 사용하지 않는다, 이런 것들은 존스가 추방된 후 승리감에 넘친 첫 번째 회의에서 통과된 최초의 결의안들이 아니었던가?

All the animals remembered passing such resolutions: or at least they thought that they remembered it. The four young pigs who had protested when Napoleon abolished the Meetings raised their voices timidly, but they were promptly silenced by a tremendous growling from the dogs.

abolish [əbɑ́liʃ] 폐지하다. timidly 겁 많게, 두려워하여, 소심하게. raise one's voice 소리를 내다, 이의를 제기하다, 불만을 나타내다.

모든 동물들이 그러한 결의안이 통과된 것을 기억하고 있거나 적어도 그것을 기억하고 있다고 생각했다. 나폴레옹이 회의를 폐지했을 때 항의했던 네 마리의 돼지들은 조심스럽게 불만을 나타냈다. 하지만 그들은 개들의 무시무시한 으르렁 소리에 얼른 조용해졌다.

Then, as usual, the sheep broke into 'Four legs good, two legs bad!' and the momentary awkwardness was smoothed over. Finally Napoleon raised his trotter for silence and announced that he had already made all the arrangements.

as usual 여느 때처럼, 평상시와 같이. momentary [móumənteri] 순간의, 시시각각의. awkwardness 섣부름, 어색함, 다루기 힘듦.

그때 평상시와 같이 양들은 갑자기 '네 발은 좋고 두 발은 나쁘다.'를 합창했고 그 순간의 어색함은 부드럽게 넘어갔다. 마침내 나폴레옹은 그의 앞다리를 올리며 조용히 하라고 하고 자신은 이미 모든 준비를 마쳤다고 했다.

There would be no need for any of the animals to come in contact with human beings, which would clearly be most undesirable. He intended to take the whole burden upon his own shoulders.

come in contact with ~와 접촉하게 되다. which would ~에서 which 는 주격 관계대명사임.

인간들과의 접촉은 분명 가장 바람직하지 않은 것이기 때문에 어떤 동물도 인간들과 접촉할 필요는 없을 것이다. 그는 모든 짐을 자신의 어깨에 질 작정이었다.

A Mr Whymper, a solicitor living in Willingdon, had agreed to act as intermediary between Animal Farm and the outside would, and would visit the farm every Monday morning to receive his instructions.

solicitor [səlísətər] 간청자, 사무 변호사. intermediary [intərmíːdieri] 중간의, 중개의, 매개 수단, 중개자. instruction [instrʌkʃən] 훈련, 교수, 지시, 명령, 교훈.

월링던에 살고 있는 휨퍼 씨 사무 변호사가 동물 농장과 바깥 세계와의 중개자로서 역할을 하겠다고 동의했었고 매주 월요일 아침에 나폴레옹의 지시를 받기 위해 농장을 방문할 것이었다.

Napoleon ended his speech with his usual cry of 'Long live Animal Farm!', and after the singing of 'Beasts of England' the animals were dismissed.

Afterwards Squealer made a round the farm and set the animals' minds at rest.

dismiss [dísmis] 떠나게 하다, 해산시키다, 해고하다, 간단히 처리하다. round [raund] 둥근, 한 바퀴 도는, 대략, 원, 한 바퀴, 순회, 돌아서, 둘레를, ~의 둘레를, 둥글게 하다, 환성하다, 둘러싸다, 일주하다.

나폴레옹은 자신의 평상시 외침인 '동물 농장 만세!'로서 연설을 마무리했고 동물들은 '잉글랜드의 짐승들'을 노래한 후 해산했다.
나중에 스퀄러는 농장을 한 바퀴 돌면서 동물들의 마음을 안심시켰다.

He assured them that the resolution against engaging in trade and using money had never been passed, or even suggested. It was pure imagination, probably traceable in the beginning to lies circulated by Snowball.

assure [əʃúər] 보증하다, 납득시키다, 확실하게 하다.
suggest [səgʤést] 암시하다, 제안하다. imagination [imæʤənéiʃən] 상상, 상상의 산물, 공상. traceable 추적할 수 있는, 선을 그릴 수 있는, 투사할 수 있는. circulate [sə́ːrkjəleit] 돌다, 순환하다, 소문 등이 퍼지다.

그는 거래를 하지 않고 또한 돈을 사용하지 않는다는 결의안은 통과된 적이 없고 제안조차 되지 않았다고 동물들에게 확신시켰다. 그것은 아마도 처음에 스노볼에 의해 퍼뜨린 거짓말에서 유래된, 순전히 상상에 불과한 것이었다.

A few animals still felt faintly doubtful, but Squealer asked them shrewdly, 'Are you certain that this is not something that you have dreamed, comrades? Have you any record of such a resolution?

doubtful [dáutfəl] 의심을 품고 있는, 의심스러운. shrewdly 기민하게, 현명하게.

몇몇 동물들은 여전히 어렴풋이 의심쩍어 했다. 하지만 스퀄러는 기민하게 그들에게 물었다. '여러분은 이것이 여러분이 꿈을 꾸었던 것이 아니라고 확신합니까, 동무들? 여러분은 그러한 결의안의 어떤 기록을 갖고 있소?

Is it written down anywhere?' And since it was certainly true that nothing of the kind existed in writing, the animals were satisfied that they had been mistaken.

exist [igzíst] 존재하다, 나타나다, 생존하다.

어딘 가에 그게 기록되어 있소?' 그리고 그런 종류의 어떤 것도 기록으로 존재하지 않은 것이 확실했기 때문에 동물들은 자신들이 실수했다는 것에 만족했다.

Every Monday Mr Whymper visited the farm as had been arranged. He was a sly-looking little man with side whiskers, a solicitor in a very small way of business, but sharp enough to have realized earlier than anyone else that Animal Farm would need a broker and that the commissions would be worth having.

as had been arranged에서 as는 의사 관계대명사로서 선행사는 앞의 문장 전체임. in a small way 소규모로, 조촐하게. commission [kəmíʃən] 임무, 위임, 중개, 수수료, 위탁하다. be worth ~ing ~할 가치가 있다.

결정된 대로 월요일마다 휨퍼 씨가 농장을 방문했다. 그는 교활하게 보이는 작은 남자였는데 긴 구레나룻이 있었다. 그는 소규모 사업의 사무 변호사였지만 동물 농장이 브로커가 필요하게 될 것이라는 것과 그 수수료가 챙길 만 하다는 것을 누구보다도 일찍 알아챌 만큼 영리했다.

The animals watched his coming and going with a kind of dread, and avoided him as much as possible. Nevertheless, the sight of Napoleon, on all fours, delivering orders to Whymper, who stood on two legs, roused their pride and partly reconciled them to the new arrangement.

dread [dred] 두려워하다, 공포, 불안. as ~ as possible 되도록, 가능한 한. on all fours 네 발로 기어서, ~와 꼭 일치하여. rouse [rauz] 일깨우다, 분발시키다, 몰아내다. reconcile [rékənsail] 화해시키다, 조화시키다.

동물들은 그가 들어오고 나가는 것을 일종의 두려움을 갖고 바라보았고 가능한 한 그를 피했다. 그럼에도 불구하고 네 발로 기어서 두 발로 선 휨퍼에게 지시 사항을 전달하는 나폴레옹의 모습은 동물들에게 자긍심을 일깨워주었고 또한 새로운 조치에 대한 그들의 거부감을 부분적으로 완화시켜주었다.

Their relations with the human race were now not quite the

same as they had been before. The human beings did not hate Animal Farm any less now that it was prospering; indeed, they hated it more than ever.

not ~any less 조금이라도 더 적게 ~아니다. now that ~이므로. more than ever 더욱 더, 점점.

지금 인간들과 그들의 관계는 전과 아주 똑 같지는 않았다. 인간들은 동물 농장이 번영하고 있다고 해서 조금이라도 더 적게 동물 농장을 증오하지는 않았다. 사실 그들은 동물 농장을 더욱 더 증오했다.

Every human being held it as an article of faith that the farm would go bankrupt sooner or later, and, above all, that the windmill would be a failure. They would meet in the public-houses and prove to one another by means of diagrams that the windmill was bound to fall down, or that if it did stand up, then that it would never work.

the articles of faith 신조. go bankrupt 파산하다. sooner or later 조만간, 곧. above all 무엇보다도. public-house 술집, 대폿집. diagram [dáiəgræm] 그림, 도형. be bound to ~하지 않을 수 없는.

인간들은 모두 동물 농장이 조만간 파산하고 무엇보다 풍차도 실패로 끝날 것이라는 걸 신조로 삼았다. 그들은 술집에 만나서 풍차는 무너지지 않을 수 없고 설사 세워진다고 하더라도 결코 작동하지 못할 것이라고 도형까지 그려 가며 서로에게 증명하곤 했다.

And yet, against their will, they had developed a certain respect for the efficiency with which the animals were managing their own affairs. One symptom of this was that they had begun to call Animal Farm by its proper name and ceased to pretend that it was called the Manor Farm.

against one's will 본의 아니게. certain [sə́:rtn] 확신하는, 확실한, 어떤, 일정한, 어느 정도의. symptom [símptəm] 징후, 조짐. pretend [priténd]

~인체 하다, 속이다, 거짓말하다.

하지만 그들은 동물들이 효율성 있게 자신의 사업을 경영하는 것에 대해서 본의 아니게 어느 정도의 존경심을 나타내었다. 그러한 징후의 하나는 그들이 그 농장의 정식 명칭으로서 동물 농장이라고 부르기 시작했고 장원 농장으로 불리고 있는 체 하는 것을 그만두었다는 것이다.

They had also dropped their championship of Jones, who had given up hope of getting his farm back and gone to live in another part of the country.

drop [drɑp] 방울, 소량, 낙하, 똑똑 떨어뜨리다, 무심코 입 밖에 내다, 버리다, 그만두다. championship 선수권, 우승, 우승자의 명예, 옹호.

그들은 또한 존스에 대한 그들의 옹호를 더 이상 하지 않았다. 존스는 자신의 농장을 되찾겠다는 희망을 포기하고 그 지방의 다른 곳에서 살기 위해 떠났다.

Except through Whymper, there was as yet no contact between Animal Farm and the outside world, but there were constant rumours that Napoleon was about to enter into a definite business agreement either with Mr Pilkington of Foxwood or with Mr Frederick of Pinchfield — but never, it was noticed, with both simultaneously.

as yet 이제까지는, 아직은. be about to 막 ~하려고 하다.
definite [défənit] 뚜렷한, 한정된.

휨퍼를 통하는 것을 제외하고는 동물농장과 바깥 세계와의 접촉은 아직까지 없었다. 하지만 나폴레옹이 폭스우드의 필킹턴 씨나 핀치필드의 프레더릭 씨와 어떤 확실한 사업 계약에 들어가려고 한다는 소문이 끊임없이 돌았다. 하지만 결코 둘 다와 동시에는 아닌 것으로 알려졌다.

It was about this time that the pigs suddenly moved into the farmhouse and took up their residence there. Again the animals seemed to remember that a resolution against this had been passed in the early days, and. again Squealer was able to convince them that this was not the case.

It was ~ that the pigs ~은 강조 용법임. residence [rézədəns] 주거, 주택, 거주, 권력 등의 소재. take up 집어 올리다, 차지하다, 보호하다, 체포하다, 꾸짖다, ~에 종사하다. be able to do ~을 할 수 있다. convince [kənvíns] 납득시키다, 확신시키다.

돼지들이 갑자기 농장의 주택으로 들어가서 그곳을 자기네들의 거처로 삼은 것은 바로 이 무렵이었다. 또 다시 동물들은 이것에 반대되는 결의안이 초창기에 통과되었다고 기억하고 있는 것 같았다. 그리고 스퀼러는 다시 이것이 그렇지 않다고 그들을 납득시킬 수 있었다.

It was absolutely necessary, he said, that the pigs, who were the brains of the farm, should have a quiet place to work in. It was also more suited to the dignity of the Leader (for of late he had taken to speaking of Napoleon under the title of 'Leader') to live in a house than in a mere sty.

brain [brein] 뇌, 두뇌, 지적인 지도자, 지식인. of late 요즘, 최근. take to ~이 좋아지다, ~을 따르다, ~의 습관이 붙다, ~에 몰두하다, ~에 의지하다, ~에 가다. sty [stai] 돼지우리, 더러운 장소, 돼지우리에 넣다. It was also ~ to live in ~에서 It는 가주어이고 to live ~는 진주어임.

그는 농장의 두뇌집단인 돼지들이 일을 할 조용한 곳을 차지하는 것은 절대적으로 필요한 것이라고 했다. 단지 돼지우리보다는 집에서 사는 것 또한 지도자의 위엄에 더 잘 어울린다고 했다. (최근에 그는 나폴레옹을 지도자라는 칭호로 언급하는 습관이 붙었다.)

Nevertheless, some of the animals were disturbed when they heard that the pigs not only took their meals in the kitchen and used the drawing-room as a recreation room, but also slept in the beds.

140

disturb [distə́:rb] 방해하다, 저해하다, 혼란시키다. drawing-room 응접실, 객실. recreation room 오락실, 유희실.

그럼에도 불구하고 몇몇 동물들은 돼지들이 주방에서 식사를 하고 응접실을 오락실로 사용할 뿐 아니라 침대에서 잠을 잔다는 것을 들었을 때 혼란스러워했다.

Boxer passed it off as usual with 'Napoleon is always right!', but Clover, who thought she remembered a definite ruling against beds, went to the end of the barn and tried to puzzle out the Seven Commandments which were inscribed there.

pass off 감정 따위가 점차 사라지다, 지체 없이 행해지다, 슬쩍 받아넘기다. puzzle out 문제 등을 풀다, 생각해내다. inscribe [inskráib] 적다, 새기다, 파다, 아로새기다.

복서는 평상시대로 '나폴레옹은 언제나 옳다!'로 그냥 넘겨버렸지만 침대에 반대하는 명확한 규칙을 기억하고 있다고 생각한 클로버는 헛간 끝으로 가서 거기에 새겨져 있는 일곱 계명을 풀어내보려고 했다.

Finding herself unable to read more than individual letters, she fetched Muriel.

'Muriel,' she said, 'read me the Fourth Commandment. Does it not say something about never sleeping in a bed?'

Finding herself ~는 이유를 나타내는 분사구문임. fetch [fetʃ] 가져오다, 불러오다, 눈물 등을 자아내다, 소리 등을 발하다, 타격 등을 가하다.

그녀는 자신이 개개의 글자 이상으로는 읽을 수 없다는 것을 깨닫고 뮤리엘을 불러냈다.

'뮤리엘,' 그녀가 말했다. '네 번째 계명을 내게 읽어줘. 절대로 침대에서 자면 안 된다는 것이 씌어 있지 않아?'

With some difficulty Muriel spelt it out.

'It says, "No animal shall sleep in a bed *with sheets*",' she announced finally.

Curiously enough, Clover had not remembered that the Fourth Commandment mentioned sheets; but as it was there on the wall, it must have done so.

spell out 단어를 한 자 한 자 읽다. mention [ménʃən] 언급하다, 언급, 진술.

상당한 어려움을 갖고 뮤리엘은 그것을 한 자 한 자 읽었다.

'그건 "어떤 동물도 시트를 깔고 침대에서 자면 안 된다."라고 되어 있어' 마침내 뮤리엘이 큰 소리로 말했다.

참 이상하게도 클로버는 네 번째 계명이 시트를 언급했음을 기억하지 못했다. 하지만 그것이 거기 벽에 씌어져 있으므로 그렇게 언급한 것이 틀림없었다.

And Squealer, who happened to be passing at this moment, attended by two or three dogs, was able to put the whole matter in its proper perspective.

attend [əténd] 출석하다, 수반하다, 동행하다, 보살피다, 주의하다. perspective [pəːrspéktiv] 원근법, 투시 화법, 환경, 전망, 견지, 균형.

그런데 이 순간 두세 마리의 개들에게 수행을 받으며 우연히 지나가던 스퀼러는 모든 문제를 올바로 정리해 줄 수 있었다.

'You have heard, then comrades,' he said, 'that we pigs now sleep in the beds of the farmhouse? And why not? You did not suppose, surely, that there was ever a ruling against *beds*? A bed merely means a place to sleep in.

suppose [səpóuz] 가정하다, 추측하다, 만약 ~하다면. against ~을 향하여, ~에 기대어, ~에 반대하여, ~에 대비하여.

그가 말했다. '동무들은 지금 우리 돼지들이 농장 주택의 침대에서 잠을 잔다는 말을 들은 것이오? 그런데 그럼 안 되는 거요? 분명 침대를 반대하는 규칙이 있다고 추측한 건 아니죠? 침대는 단지 잠자는 곳일 뿐이오.

A pile of straw in a stall is a bed, properly regarded. The rule was against *sheet*, which are a human invention. We have removed the sheets from the farmhouse beds, and sleep between blankets.

regard [rigá:rd] 주목해서 보다, 중시하다, 고려하다, ~에 관계하다.

마구간의 짚단도 올바르게 말한다면 하나의 침대입니다. 규칙은 인간들의 발명품인 시트를 반대하고 있어요. 우린 농장 주택의 침대에서 시트를 제거하고 담요를 깔고 덮고 있어요.

And very comfortable beds they are too! But not more comfortable beds than we need, I can tell you, comrades, with all the brainwork we have to do nowadays. You would not rob us of our repose, would you, comrades? You would not have us too tired to carry out our duties? Surely none of you wishes to see Jones back?'

with all ~에도 불구하고, ~한 점을 제외하면. brain work 머리 쓰는 일, 정신노동. rob a person of ~에게서 ~을 빼앗다.

그것들은 물론 아주 편안한 침대들이오! 하지만 우리가 요즈음 해야 하는 정신노동에도 불구하고 동무들, 정말이지 우리에게 필요 이상의 더 편안한 침대는 아닙니다. 여러분은 우리의 휴식을 빼앗으려고 하는 건 아니죠, 그렇죠, 동무들? 여러분은 우리가 너무나 피곤해서 우리의 의무를 수행할 수 없게 하려고 하는 것은 아니죠? 분명 여러분 어느 누구도 존스가 돌아오는 걸 보고 싶은 건 아니죠?'

The animals reassured him on this point immediately, and no more was said about the pigs sleeping in the farmhouse beds. And when, some days afterwards, it was announced that from now on the pigs would get up an hour later in the mornings than the other animals, no complaint was made about that either.

reassure [riːəʃúər] 재보증하다, 안심시키다. immediately 곧, 바로.

143

from now on 금후, 앞으로는. complaint [kəmpléint] 불평, 병, 고소.

동물들은 즉시 이 점에 관해서 그를 안심시켰고 돼지들이 주택의 침대에서 자는 것에 대해서 더 이상 말하지 않았다. 그리고 며칠 후 앞으로는 돼지들이 다른 동물들보다 아침에 한 시간 늦게 일어날 것이라고 발표되었는데 그 점에 대해서 또한 어떤 불평도 일어나지 않았다.

By the autumn the animals were tired but happy. They had had a hard year, and after the sale of part of the hay and corn, the stores of food for the winter were none too plentiful, but the windmill compensated for everything.

store [stɔːr] 저축, 가게, 창고. none 아무도 ~않다. 결코 ~않다. plentiful [pléntifəl] 많은, 윤택한, 충분한. compensate [kámpənseit] ~에게 보상하다.

가을까지 동물들은 피곤했지만 행복했다. 그들은 힘든 한 해를 보냈고 건초와 옥수수 일부의 판매 이후 그해 겨울을 위한 식품 비축이 결코 충분하지 않았지만 풍차가 모든 것을 보상해주었다.

It was almost half built now. After the harvest there was a stretch of clear dry weather, and the animals toiled harder than ever, thinking it well worth while to plod to and fro all day with blocks of stone if by doing so they could raise the walls another foot.

harvest [háːrvist] 수확, 수확기, 추수, 수확하다. stretch [stretʃ] 뻗치다, 늘이다, 뻗기, 한 연속, 팽팽함. toil [tɔil] 힘든 일, 수고, 노고, 수고하다, 애써서 일하다. thinking it well ~이유를 나타내는 분사구문으로 볼 수 있음. plod [plɑd] 터벅터벅 걷다, 끈기 있게 일하다. to and fro 이리저리로, 앞뒤로. block [blɑk] 큰 덩이, 받침, 한 구획, 장애물, 막다.

그것은 지금 거의 절반 지어졌다. 추수 이후에 맑고 건조한 날씨가 계속되었고 동물들은 전보다 더욱 열심히 일했다. 그들은 한 피트라도 벽을 더 올릴 수 있다면 하루 종일 돌덩어리들을 나르는 것이 정말 가치 있는 것으로

여겼다.

Boxer would even come out at nights and work for an hour or two on his own by the light of the harvest moon. In their spare moments the animals would walk round and round the half-finished mill, admiring the strength and perpendicularity of its walls and marvelling that they should ever have been able to build anything so imposing.

on one's own 자기 힘으로, 자진하여. harvest moon 중추명월. admire [ædmáiər] 감탄하다, 극구 칭찬하다. perpendicularity [pə:rpəndikjəlǽrəti] 수직, 직립. marvel [mɑ́:rvəl] 놀라운 일, 놀라다, 감탄하다. admiring ~과 marvelling ~은 모두 부대상황을 나타내는 분사구문으로 볼 수 있음. imposing 위압하는, 당당한, 인상적인.

복서는 밤에도 나와 중추명월의 달빛 아래 자진하여 한두 시간 씩 일을 했다. 여유가 있을 때 동물들은 반 정도 끝마친 풍차 둘레를 걸으며 수직으로 된 힘 있는 벽에 감탄하고 자기네들이 그렇게 웅장한 것을 지을 수 있다는 사실에 놀라워했다.

Only old Benjamin refused to grow enthusiastic about the windmill, though, as usual, he would utter nothing beyond the cryptic remark that donkeys live a long time.

enthusiastic [inθu:ziǽstik] 열심인, 열성적인. cryptic [kríptik] 숨은, 비밀의, 신비의.

오직 늙은 벤자민만이 풍차에 대해 열광하지 않았다. 그는 평소와 마찬가지로 당나귀란 동물은 오래 산다고 하는 이상한 말 이외에는 어떤 말도 하지 않았다.

November came, with raging south-west winds. Building had to stop because it was now too wet to mix the cement. Finally there came a night when the gale was so violent that the farm buildings rocked on their foundations and several tiles were blown off the roof of the barn.

raging [réidʒiŋ] 격노한, 미친 듯이 날뛰는, 거칠어지는. gale [geil] 질풍, 강풍, 웃음 등의 폭발. rock [rɑk] 바위, 견고한 토대, 흔들어 움직이다, 흔들리다.

거친 남서풍과 함께 11월이 왔다. 날씨가 이제 비가 너무 와서 시멘트를 비빌 수 없기 때문에 풍차 건조는 중단해야 했다. 마침내 강풍이 너무나 격렬해서 농장 건물들의 기초가 흔들리고 몇몇 타일들이 헛간 지붕에서 떨어져 나가는 밤이 왔다.

The hens woke up squawking with terror because they had all dreamed simultaneously of hearing a gun go off in the distance. In the morning the animals came out of their stalls to find that the flagstaff had blown down and an elm tree at the foot of the orchard had been plucked up like a radish.

squawk [skwɔ:k] 꽥꽥, 깍깍, 꽥꽥 울다, 시끄럽게 불평하다. simultaneously 동시에, 일제히. go off 일이 행해지다, 말없이 떠나다, 약속 따위가 불이행으로 끝나다, 가스 등이 끊기다, 잠들다, 총포가 발사되다, 갑자기 제거되다, 흥분이 가라앉다. to find that 에서 to find는 부정사로서 부사적인 용법(결과)으로 쓰였음. radish [rædiʃ] 무.

암탉들은 멀리서 대포가 발사되는 것을 동시에 듣는 꿈을 모두 꾸었기 때문에 겁에 질려 꽥꽥거리며 잠에서 깨어났다. 아침이 되자 동물들은 그들의 축사에서 나와서 깃대가 넘어져 있고 과수원 기슭에 있는 느릅나무가 마치 무처럼 뽑혀진 것을 발견하게 되었다.

They had just noticed this when a cry of despair broke from every animal's throat. A terrible sight met their eyes. The windmill was in ruins.

break [breik] 깨뜨리다, 흩뜨리다, 어기다, 교재를 끊다, 돌발하다, 갑자기 시작되다. ruin [rú:in] 파멸, 폐허, 파괴하다.

바로 이때에 동물들 모두의 목에서 절망의 외침이 터져 나왔다. 무서운 광경이 그들의 눈에 펼쳐졌다. 풍차가 무너진 것이었다.

With one accord they dashed down to the spot. Napoleon, who seldom moved out of a walk, raced ahead of them all. Yes, there it lay, the fruit of all their struggles, levelled to its foundations, the stones they had broken and carried so laboriously scattered all around.

accord [əkɔ́:rd] 일치하다, 일치. with one accord 마음을 합하여, 함께, 일제히. out of 안에서 밖으로, ~중에서, ~의 범위 밖에서, ~이 미치지 않는 곳에서, ~에서, ~때문에. level [lévəl] 수평, 평지, 표준, 수평의, 수평이 되게 하다, 평등하게 하다, 지면에 쓰러뜨리다. to the foundations 밑바닥까지. levelled는 과거분사로서 주격보어로 봄. the stones ~ scattered all around. 부대상황을 나타내는 독립분사구문임.

그들은 일제히 현장으로 달려갔다. 좀처럼 걷기 이상으로는 움직이지 않는 나폴레옹이 그들 맨 앞에서 달렸다. 그랬다, 거기에는 그들의 모든 노력의 산물인 풍차가 밑바닥까지 산산이 부서졌고 그들이 너무나 힘겹게 깨뜨려서 옮겨온 돌들이 사방에 흩어져 있었다.

Unable at first to speak, they stood gazing mournfully at the litter of fallen stone. Napoleon paced to and fro in silence, occasionally snuffing at the ground. His tail had grown rigid and twitched sharply from side to side, a sign in him of intense mental activity. Suddenly he halted as though his mind were made up.

at first 최초에, 애초에는. mournfully 슬픔에 잠겨, 애처롭게. litter [lítər] 들것, 깔집, 어수선하게 흐트러진 물건, 잡동사니. pace [peis] 한 걸음, 걸음걸이, 천천히 걷다. snuffing ~은 부대상황을 나타내는 분사구문임. snuff [snʌf] 초 심지의 탄 부분, 흥흥거리며 냄새를 맡다. rigid [rídʒid] 굳은, 단단한, 완고한. twitch [twitʃ] 홱 잡아당기다, 경련. halt [hɔːlt] 멈춰서다, 정지.

처음에 그들은 말을 하지 못하고 떨어진 돌의 잔해를 애처롭게 바라보며 서 있었다. 나폴레옹은 이따금 땅에 킁킁 냄새를 맡으며 말없이 왔다 갔다 했다. 그의 꼬리는 단단히 굳어졌고 좌우로 날카롭게 씰룩거렸다. 강렬한 그의 정신적 활동의 표시였다. 갑자기 그는 마음의 결심이라도 한 듯 멈추어 섰다.

'Comrades,' he said quietly, 'do you know who is responsible for this? Do you know the enemy who has come in the night and overthrown our windmill? SNOWBALL!' he suddenly roared in a voice of thunder.

who has ~에서 who는 주격 관계대명사임. overthrow [ouvərəróu] 뒤 집어엎다, 타도하다, 타도, 전복. thunder [θʌ́ndər] 우레, 천둥, 천둥치다.

'동무들,' 그가 조용히 말했다. '이것에 대해 누가 책임이 있는지 알고 있소? 밤에 와서 우리의 풍차를 쓰러뜨린 적을 알고 있소? 스노볼이오!' 그는 갑자기 우레와 같은 목소리로 외쳤다.

'Snowball has done this thing! In sheer malignity, thinking to set back our plans and avenge himself for his ignominious expulsion, this traitor has crept here under cover of night and destroyed our work of nearly a year.

sheer [ʃiər] 얇은, 섞이지 않은, 순전한, 깎아지른 듯한, 급히 방향을 바꾸어 나아가다. malignity [məlígnəti] 악의, 원한. set back 방해하다, 저지하다, 되돌리다, ~에 비용을 들이다. avenge [əvénʤ] 원수를 갚다, 복수하다. ignominious [ignəmíniəs] 수치스러운, 굴욕적인. reep [kri:p] 기다, 포복. expulsion [ikspʌ́lʃən] 추방, 배제, 제명. traitor [tréitər] 배반자, 반역자. under cover of ~의 엄호를 받아, (어둠) 따위를 틈타.

'스노볼이 이 일을 했소! 순전한 악의로 우리의 계획을 저지하고 자신의 수치스러운 추방에 대해 복수하는 것을 염두에 두고 이 반역자는 밤의 어둠을 틈타 여기로 기어와서는 거의 일 년 동안의 우리의 작품을 파괴한 것이오.

Comrades, here and now I pronounce the death sentence upon Snowball. "Animal Hero, Second Class", and half a bushel of apples to any animal who brings him to justice. A full bushel to anyone who captures him alive!'

pronounce [prənáuns] 발음하다, 선언하다. sentence [séntəns] 문장, 판결, 판결을 내리다. bring a person to justice 아무를 재판하여 처벌하다. bushel [búʃəl] 부셀 (약 36리터, 약 두 말).

동무들, 지금 이 자리에서 난 스노볼에게 사형을 선고하는 바이오. 그를 처벌하는 누구든지 동물 영웅 이등 훈장과 사과 한 말을, 그를 생포하는 누구든지 사과 두 말을 주겠소.'

The animals were shocked beyond measure to learn that even Snowball could be guilty of such an action. There was a cry of indignation, and everyone began thinking out ways of catching Snowball if he should ever come back.

beyond measure 지나치게, 대단히. guilty [gílti] 유죄의, 죄를 범한. indignation [indignéiʃən] 분개, 분노.

동물들은 스노볼조차 그러한 행위의 죄를 범할 수 있었다는 것을 알고 나서는 대단히 충격을 받았다. 분개의 외침 소리가 났고 모두들 스노볼이 돌아오기만 하면 그를 잡을 수 있는 방법을 궁리하기 시작했다.

Almost immediately the footprints of a pig were discovered in the grass at a little distance from the knoll. They could only be traced for a few yards, but appeared to lead to a hole in the hedge.

footprint 발자국. knoll [noul] 작은 산, 야산, 둥그런 언덕. trace [treis] 자국을 밟다, 추적하다, 그리다, 발자국, 기운, 도형.

이내 곧 돼지의 발자국들이 둔덕에서 약간 떨어진 풀밭에서 발견되었다. 발자국들은 몇 야드 정도만 추적될 수 있었지만 산울타리에 있는 한 구멍으로 향한 것처럼 보였다.

Napoleon snuffed deeply at them and pronounced them to be Snowball's. He gave it as his opinion that Snowball had probably come from the direction of Foxwood Farm.

deeply 깊게, 철저하게. snuff [snʌf] 초 심지의 탄 부분, 흥흥거리며 냄새를 맡다. pronounce [prənáuns] 발음하다, 선언하다.

나폴레옹은 발자국들을 철저하게 냄새를 맡고는 그것들이 스노볼의 것이라고 선언했다. 그는 스노볼이 아마도 폭스우드 농장 쪽에서 왔다는 것을 자신의 의견으로 제시했다.

'No more delays, comrades!' said Napoleon when the footprints had been examined. 'There is work to be done. This very morning we begin rebuilding the windmill, and we will build all through the winter, rain or shine.

examine [igzǽmin] 시험하다. rain or shine 어떤 일이 있어도.

'더 이상 지체는 안 되오, 동물들!' 발자국들을 검사하고 나서 나폴레옹은 말했다. '해야 할 일이 있소. 바로 오늘 아침 우리는 풍차를 재건하기 시작해서 겨울 내내 비가 오거나 말거나 풍차를 건설할 것이오.

We will teach this miserable traitor that he cannot undo our work so easily. Remember, comrades, there must be no alteration in our plans: they shall be carried out to the day. Forward, comrades! Long live the windmill! Long live Animal Farm!'

undo [ʌndúː] 원상태로 돌리다, 파멸시키다, 매듭을 풀다. alteration [ɔːltəréiʃən] 변경, 변화. carry out 실행하다, 성취하다, 들어내다. the day 어느 날의 사건, 싸움, 승리, 승부.

우린 이 야비한 배반자에게 그가 우리의 일을 그렇게 쉽게 망칠 수 없다는 것을 가르쳐줄 것이오. 기억하시오, 동무들, 우리의 계획에 어떤 변화도 없어야 하오; 우리의 계획은 승리의 날까지 실행될 것이오. 앞으로, 동무들! 풍차 만세! 동물 농장 만세!'

CHAPTER VII

It was a bitter winter. The stormy weather was followed by sleet and snow, and then by a hard frost which did not break till well into February.

bitter [bítər] 쓴, 호된, 견디기 어려운, 원한을 품은. sleet [slíːt] 진눈깨비. frost [frɔːst] 서리, 추운 날씨, 냉담. hard frost 혹한, 모진 서리. well 잘, 만족히, 능숙하게, 충분히, 완전히, 적절히, 상당히.

그해 겨울은 혹독했다. 폭풍이 이는 날씨 다음엔 진눈깨비와 눈이 이어졌고, 그 다음에는 2월로 완전히 접어 들어설 때까지 풀어지지 않는 혹한이 이어졌다.

The animals carried on as best as they could with the rebuilding of the windmill, well knowing that the outside world was watching them and that the envious human beings would rejoice and triumph if the mill were not finished on time.

carry on 계속해 나가다, 진행하다, 경영하다, 울고불고 하다, 농탕치다. well knowing that ~은 이유를 나타내는 분사구문임.

동물들은 바깥 세계가 그들을 지켜보고 있고 또한 풍차가 제 때에 끝나지 않는다면 시샘하는 인간들이 기뻐하고 의기양양해 할 것이라는 것을 잘 알고 있기 때문에 풍차의 재건에 최선을 다했다.

Out of spite, the human beings pretended not to believe that it was Snowball who had destroyed the windmill; they said that it had fallen down because the walls were too thin.

spite [spait] 악의, 원한. pretend [priténd] ~인 체하다, 가장하다, 속이다. it was Snowball who had ~는 강조용법임. fall down 땅에 엎드리다, 넘어지다, 실패하다, 좌절되다, 흘러내리다, 굴러 떨어지다.

악의에 차서, 인간들은 풍차를 파괴한 것이 바로 스노볼이라는 것을 믿지 않는 체 했다. 그들은 풍차의 벽이 너무 얇아서 무너졌다고 했다.

The animals knew that this was not the case. Still it had been decided to build the walls three feet thick this time instead of eighteen inches as before, which meant collecting much larger quantities of stone.

case [keis] 경우, 사정, 실정, 사실, 판례, 소송, 상자. collect [kəlékt] 모으다, 수금하다, 생각을 집중하다. quantity [kwántəti] 양, 분량, 다량, 음량, 기한.

동물들은 이것이 사실이 아님을 알고 있었다. 하지만 이번엔 벽을 전처럼 18인치 대신에 3피트(약 36인치) 두께로 짓는 것이 결정되었고 이것은 훨씬 많은 양의 돌을 모으는 것을 의미했다.

For a long time the quarry was full of snowdrifts and nothing could be done. Some progress was made in the dry frosty weather that followed, but it was cruel work, and the animals could not feel so hopeful about it as they had felt before.

snowdrift 쌓인 눈더미. frosty [frɔ́sti] 서리가 내리는, 혹한의, 머리가 반백인.

오랫동안 채석장은 쌓인 눈 더미로 가득했고 아무 것도 할 수 없었다. 이어진 건조하고 차가운 날씨에 약간의 진척이 있었지만 그것은 혹독한 작업이었다. 그리고 동물들은 그 일에 관해서 전에 느꼈던 것처럼 그렇게 희망적으로 느낄 수 없었다.

They were always cold, and usually hungry as well. Only Boxer and Clover never lost heart. Squealer made excellent speeches on the joy of service and the dignity of labour, but the other animals found more inspiration in Boxer's strength and his never-failing cry of 'I will work harder!'

lose heart 낙담하다. dignity [dígnəti] 존엄, 위엄, 품위, 장중함, 고위. inspiration [inspəréiʃən] 영감, 명안, 고취, 격려, 암시, 감화. never-failing 끊기는 일이 없는, 무진장한, 불변의.

그들은 언제나 춥고 대개는 배가 고팠다. 오직 복서와 클로버만 결코 낙심하지 않았다. 스퀼러는 봉사의 기쁨과 노동의 존엄에 대해 훌륭한 연설을 했지만 다른 동물들은 복서의 강한 힘과 그의 '난 더 열심히 일한다.'라는 불변의 외침에서 보다 많은 격려를 얻을 수 있었다.

In January food fell short. The corn ration was drastically reduced, and it was announced that an extra potato ration would be issued to make up for it. Then it was discovered that the greater part of the potato crop had been frosted in the clamps, which had not been covered thickly enough.

fall short 결핍하다, 부족하다. ration [ræʃən] 정액, 배급량, 할당, 휴대 식량. drastically 격렬하게, 맹렬하게, 과감하게. issue [íʃuː] 내다, 발하다, 발행하다, 유래하다, 유출, 발행, 논쟁, 결과. clamp [klæmp] 꺽쇠, 퇴적, 더미.

1월이 되자 식량이 부족했다. 옥수수 배급량은 과도하게 줄었고 그걸 보충하기 위해 특별 감자 배급이 나올 것이라고 발표되었다. 그때 감자 수확 대부분이 충분히 두껍게 덮어 놓지 않았던 더미들 속에서 얼어버렸다는 것이 밝혀졌다.

The potatoes had become soft and discoloured, and only a few were edible. For days at a time the animals had nothing to eat but chaff and mangels. Starvation seemed stare them in the face.

discolor [diskʌlər] 변색시키다. edible [édəbəl] 식용에 적합한, 식용의. chaff [tʃæf] 왕겨, 여물, 찌꺼기. mangel [mæŋgəl] 근대의 일종.

감자들은 물렁거리고 변색되었다. 그리고 얼마 안 되는 것만 먹을 수 있었다. 한 때 며칠 동안 동물들은 왕겨와 근대 말고는 먹을 게 없었다. 기아가 그들의 눈앞에 닥친 것 같았다.

It was vitally necessary to conceal this fact from the outside world. Emboldened by the collapse of the windmill, the human beings were inventing fresh lies about Animal Farm.

vitally 치명적으로, 극히 중대하게, 긴요하게. embolden [imbóuldən] 대담하게 하다, 용기를 주다. collapse [kəlǽps] 부서지다, 무너지다, 붕괴하다, 실신하다. It was ~ to conceal ~에서 it는 가주어, to conceal 이하는 진주어임. Emboldened ~이하는 이유를 나타내는 분사구문임.
invent [invént] 발명하다, 날조하다.

이런 사실을 바깥세상으로부터 숨기는 것은 지극히 필요한 것이었다. 풍차의 붕괴로 의기양양한 인간들은 동물 농장에 관한 새로운 거짓말을 지어내고 있었다.

Once again it was being put about that all the animals were dying of famine and disease, and that they were continually fighting among themselves and had resorted to cannibalism and infanticide.

put about 항로를 바꾸게 하다, 소문 등을 퍼뜨리다, 괴롭히다. resort [rizɔ́:rt] 유흥지, 자주 다님, 잘 가다, 의지하다. cannibalism 식인, 서로 잡아먹기. infanticide [infǽntəsáid] 유아살해, 유아살해범.

동물들이 모두 기근과 질병으로 죽어가고 있으며 끊임없이 서로 싸우고 잡아먹고 또한 새끼들을 죽이고 있다는 소문이 다시 퍼졌다.

Napoleon was well aware of the bad results that might follow if the real facts of the food situation were known, and he decided to make use of Mr Whymper to spread a contrary impression.

aware of ~을 깨닫고 있는, 의식하고 있는. that might follow ~에서 that은 주격 관계대명사임. make use of ~을 이용하다. spread [spred] 펼치다, 흩뿌리다, 퍼지다. contrary [kántreri] 반대의, 적합지 않은, 반대. impression [impréʃən] 인상, 감명, 느낌, 영향, 날인.

나폴레옹은 식량 사정에 대한 진실이 알려지면 따라오게 될지 모르는 나쁜 결과에 대해 잘 알고 있었다. 그래서 그와 반대되는 인상을 퍼뜨리기 위해 그는 휨퍼 씨를 이용하기로 결심했다.

Hitherto the animals had had little or no contact with Whymper on his weekly visits: now however, a few selected animals, mostly sheep, were instructed to remark casually in his hearing that rations had been increased.

hitherto 지금까지는, 지금까지 봐서는. selected 선택된, 고급의. instruct [instrʌ́kt] 가르치다, 지시하다, ~에게 알리다. remark [rimáːrk] ~에 주목하다, ~을 알아차리다. 말하다, 주의, 주목, 소견, 비평. casually 우연히, 불쑥, 어쩌다가.

지금까지 동물들은 휨퍼가 주마다 방문하는 동안 그와의 접촉은 전혀 없거나 거의 없었다. 하지만 지금 몇몇 선발된 동물들은, 대부분은 양이었는데, 배급량이 증가했다는 것을 그가 듣는 곳에서 무심코 말하도록 지시받았다.

In addition, Napoleon ordered the almost empty bins in the store-shed to be filled nearly to the brim with sand, which was then covered up with what remained of the grain and meal.

bin [bin] 궤, 저장통, 저장소. meal [miːl] 식사, 옥수수 따위의 거칠게 간 곡식.

게다가 나폴레옹은 곳간에 있는, 거의 비어 있는 통들에 모래를 거의 가득 채우고 그 위에 남아 있는 곡식과 거친 옥수수 가루로 덮어 놓으라고 명령했다.

On some suitable pretext Whymper was led through the store-shed and allowed to catch a glimpse of the bins. He was deceived and continued to report to the outside world that there was no food shortage on Animal Farm.

suitable [súːtəbəl] 적당한, 어울리는, 알맞은. pretext [príːtekst] 구실,

핑계. glimpse [glimps] 흘끗 봄, 일별, 얼핏 보다. deceive [disíːv] 속이다, 기만하다. shortage [ʃɔ́ːrtidʒ] 부족, 결핍.

어떤 그럴 듯한 핑계로 휨퍼는 곳간으로 인도되어 통들을 얼핏 볼 수 있도록 허락되었다. 그는 속아 넘어갔고 동물 농장에는 식량 부족이 없다는 것을 바깥세계에 계속 전했다.

Nevertheless, towards the end of January it became obvious that it would be necessary to procure some more grain from somewhere. In these days Napoleon rarely appeared in public, but spent all his time in the farmhouse, which was guarded at each door by fierce-looking dogs.

procure [proukjúər] 획득하다, 조달하다, 초래하다. it would be necessary to procure에서 it는 가주어, to procure ~는 진주어임. which was guarded ~에서 which는 주격 관계대명사임.

그럼에도 불구하고 1월 말 쯤 되서는 다른 데서 좀 더 많은 곡식을 조달할 필요가 있다는 것이 명백해졌다. 그 즈음에 나폴레옹은 공적인 장소에 좀처럼 나오지 않고 농장의 주택에서 거의 모든 시간을 보냈다. 주택에선 무섭게 보이는 개들이 각 문을 경비하고 있었다.

When he did emerge, it was in a ceremonial manner, with an escort of six dogs who closely surrounded him and growled if anyone came too near. Frequently he did not even appear on Sunday mornings, but issued his orders through one of the other pigs, usually Squealer.

emerge [imə́ːrdʒ] 나오다, 나타나다. ceremonial [serəmóuniəl] 의식의, 의례상의, 공식의. escort [éskɔːrt] 호송자, 호위자, 호위하다. growl [graul] 으르렁거리는 소리, 으르렁거리다.

그가 나타날 때면 그건 그를 가까이서 둘러싸고 만일 누군가 가까이 오면 으르렁대는 개 여섯 마리에 의해 호위를 받는, 어떤 의식을 치르는 방식으로 였다. 종종 그는 일요일 아침에 나타나지 않았고 다른 돼지들 가운데 하나,

대개는 스퀼러를 통해 명령을 내렸다.

One Sunday morning Squealer announced that the hens, who had just come in to lay again, must surrender their eggs. Napoleon had accepted, through Whymper, a contract for four hundred eggs a week. The price of these would pay for enough grain and meal to keep the farm going till summer came on and conditions were easier.

lay [lei] 누이다, 두다, 놓다, 옆으로 넘어뜨리다, ~에 입히다, 과하다, 제출하다, 알을 낳다. surrender [səréndər] 내어주다, 양도하다, 포기하다, 굴복하다. meal 거칠게 간 곡식 가루.

어느 일요일 아침 스퀼러는 방금 알을 낳기 위해 들어온 암탉들에게 그들의 달걀을 내놓아야 한다고 말했다. 나폴레옹은 휨퍼를 통해 일주일에 달걀 4백 개를 판매한다는 계약을 수락한 것이었다. 달걀 값으로 여름이 오고 상태가 호전될 때까지 농장을 유지하기 위한 충분한 곡식과 거칠게 간 알곡가루 대금을 치룰 것이었다.

When the hens heard this, they raised a terrible outcry. They had been warned earlier that this sacrifice might be necessary, but had not believed that it would really happen.

outcry 부르짖음, 고함소리, 강렬한 항의. sacrifice [sǽkrəfais] 희생, 희생하다.

암탉들은 이 말을 들었을 때 소리를 지르며 항의했다. 그들은 이러한 희생이 필요할지 모른다고 일찍이 경고를 받았지만 실제로 일어날 것으로는 믿지 않았었다.

They were just getting their clutches ready for the spring sitting, and they protested that to take the eggs away now was murder. For the first time since the expulsion of Jones there was something resembling a rebellion.

157

clutch [klʌtʃ] 잡다, 자동차 클러치를 조작하다, 몸이 움츠러들다, 붙잡음, 클러치, 알의 한번 깜(보통 13개). sitting 착석, 알 품기. to take the eggs ~에서 to take는 부정사의 명사적 용법임(주어). murder [mə́:rdər] 살인, 살해하다.

암탉들은 봄철의 알 품기 준비를 위해 알을 이제 막 모으고 있었다. 그래서 그들은 지금 알을 빼앗아가는 것은 곧 살해 행위라고 항의했다. 존스의 추방 이후 처음으로 반란을 닮은 어떤 것이 있었다.

Led by three young Black Minorca pullets, the hens made a determined effort to thwart Napoleon's wishes. Their method was to fly up to the rafters and there lay their eggs, which smashed to pieces on the floor.

pullet [púlit] 한 살 이하의 어린 암탉. thwart [θwɔ:rt] 훼방 놓다, 좌절시키다, 가로 누운, 불리한. rafter [rǽftər] 서까래. smash [smæʃ] 분쇄하다, 깨뜨려 부숨. which smashed ~에서 which는 주격 관계대명사임.

세 마리의 젊은 블랙 미노카 암탉들이 주도가 되어 암탉들은 나폴레옹의 요구를 좌절시키기 위해 단호한 결의를 했다. 그들의 방법은 서까래로 날아올라가서 알을 낳는 것이었는데 알들은 마루 위로 떨어지면서 산산이 깨져버렸다.

Napoleon acted swiftly and ruthlessly. He ordered the hen's rations to be stopped, and decreed that any animal giving so much as a grain of corn to a hen should be punished by death.

swiftly 신속히, 즉각. ruthlessly 무정하게, 무자비하게. decree [diklí:] 법령, 포고, 포고하다. so much as ~조차도.

나폴레옹은 즉각적으로 무자비하게 이에 대응했다. 그는 암탉의 배급량을 중단할 것을 명령했고 암탉에게 옥수수 한 알갱이라도 주는 어떤 동물도 처형될 것이라고 포고했다.

The dogs saw to it that these orders were carried out. For five days the hens held out, then they capitulated and went back to their nesting boxes, Nine hens had died in the meantime.

see to it that ~하도록 하다, 조치하다. hold out 내밀다, 제공하다, 오래 가다, 계속 저항하다. capitulate [kəpítʃəleit] 조건부로 항복하다, 항복하다.

개들은 이 명령이 실행되도록 감시했다. 암탉들은 5일 동안 저항을 계속하다가 항복하고 그들의 둥지 상자로 돌아갔는데 그동안에 아홉 마리의 암탉이 죽었다.

Their bodies were buried in the orchard, and it was given out that they had died of coccidiosis. Whymper heard nothing of this affair, and the eggs were duly delivered, a grocer's van driving up to the farm once a week to take them away.

give out 배포하다, 공표하다. coccidiosis [kɑksidióusis] 콕시디아증(포자충에 의한 전염병). duly [djúːli] 정식으로, 정당하게. deliver [dilívər] 인도하다, 배달하다, 해방시키다, 분만시키다. grocer [gróusər] 식료품상인, 식료 잡화상.

그들의 시체는 과수원에 매장되었고 그들은 콕시디아증으로 죽었다고 발표되었다. 휨퍼는 이 일에 대해 어떤 것도 듣지 못했다. 그리고 달걀을 실어가기 위해 일주일에 한 번 식료품상의 트럭이 농장으로 오면서 달걀은 정식으로 인도되었다.

All this while no more had been seen of Snowball. He was rumoured to be hiding on one of the neighbouring farms, either Foxwood or Pinchfield. Napoleon was by this time on slightly better terms with the other farmers than before.

rumour [rúːmər] 소문, 소문을 내다. by this time 지금쯤은, 이때까지. on good terms with ~와 친근한 사이로, 친밀하게.

그동안 스노볼에 관해서 더 이상 알려진 게 없었다. 그는 폭스우드나 핀치필드 같은 이웃 농장들 중 한 곳에 숨어 있다는 소문이 돌았다. 나폴레옹은 이 무렵 다른 농부들과 전보다는 조금 더 친밀하게 지냈다.

It happened that there was in the yard a pile of timber which had been stacked there ten years earlier when a beech spinney was cleared. It was well seasoned, and Whymper had advised Napoleon to sell it;

timber [tímbər] 재목, 수목, 목재. which had been ~에서 which는 주격 관계대명사임. stack [stæk] 더미, 볏가리, 서고, 다량. beech [bi:tʃ] 너도밤나무. spinney [spíni] 덤불, 잡목숲. clear [kliər] 맑은, 분명한, 방해받지 않는, 흠 없는, 확신을 가진, 분명히, 맑게 하다, 밝히다, 깨끗이 치우다, 개간하다. season [síːzən] 계절, 한창때, 맛을 내다, 흥미를 돋우다, 적응시키다, 재목을 말리다.

마침 뜰에는 십년 전 너도밤나무 숲을 개간하면서 그곳에 쌓아 두었던 재목 한 더미가 있었다. 재목은 잘 말랐고 휨퍼는 나폴레옹에게 그것을 팔자고 조언했다.

---

both Mr Pilkington and Mr Frederick were anxious to buy it. Napoleon was hesitating between the two, unable to make up his mind. It was noticed that whenever he seemed on the point of coming to an agreement with Frederick, Snowball was declared to be in hiding at Foxwood, while, when he inclined towards Pilkington, Snowball was said to be at Pinchfield.

be anxious to do 몹시 ~하고 싶어 하다. declare [diklέər] 선언하다, 발표하다, 신고하다. on the point of doing 바야흐로 ~하려고 하는 순간에. come to an agreement 합의를 보다.

필킹턴 씨와 프레더릭 씨 모두 그것을 사고 싶어 안달이 났다. 나폴레옹은 마음을 정하지 못하고 둘 가운데에서 망설였다. 그가 프레더릭과 합의를 보려고 하는 순간이 왔다 싶을 때마다 스노볼이 폭스우드에 숨어 있다는 말이 들렸고 그가 필킹턴 쪽으로 기울어질 때면 스노볼이 핀치필드에 있다는 것이었다.

Suddenly, early in the spring, an alarming thing was discovered. Snowball was secretly frequenting the farm by night! The animals were so disturbed that they could hardly sleep in their stalls.

alarming 놀라운, 걱정스러운. frequent [frí:kwənt] 자주 일어나는, 빈번한, 종종 방문하다, 항상 모이다. disturb [distə́:rb] 방해하다, 혼란시키다, 어지럽히다.

갑자기, 이른 봄에 놀라운 일이 발견되었다. 스노볼이 밤이 되면 은밀히 농장에 자주 출몰하고 있다는 것이다! 동물들은 너무나 혼란해서 그들의 우리에서 거의 잠을 잘 수 없었다.

Every night, it was said, he came creeping in under cover of darkness and performed all kinds of mischief. He stole the corn, he upset the milk-pails, he broke the eggs, he trampled the seed-beds, he gnawed the bark off the fruit trees.

creep [kri:p] 살금살금 걷다, 비굴하게 굴다, 휘감겨 붙다. mischief [místʃif] 해악, 손해, 곤란한 점. milk-pail 우유 들통. seed-bed 묘상, 묘판. gnaw [nɔ:] 갈다, 물다, 부식하다, 괴롭히다. bark [bɑ:rk] 짖다, 나무껍질. 고함치다.

그는 밤마다 어둠을 틈타 살금살금 기어와서 온갖 악행을 했다는 것이다. 그는 옥수수를 훔치고 우유 통을 엎지르고 달걀을 깨뜨렸으며 또한 묘판을 짓밟고 과실나무 껍질을 갈아 벗겨냈다는 것이다.

Whenever anything went wrong it became usual to attribute it to Snowball. If a window was broken or a drain blocked up, someone was certain to say that Snowball had come in the night and done it, and when the key of the store-shed was lost, the whole farm was convinced that Snowball had thrown it down the well.

attribute [ətríbju:t] ~탓으로 하다, 속성, 특질. certain [sə́:rtn] 확신하는, 확실한, 반드시 ~하는(be certain to do). store-shed 저장 헛간, 곳간.

어떤 것이 잘못될 때마다 그것을 스노볼 탓으로 돌리는 것이 예삿일이 되었다. 만일 창문이 깨지거나 하수구가 막히면 스노볼이 밤에 들어와서 그렇게 했다고 누군가 반드시 말했다. 그리고 곳간 열쇠가 분실되었을 때 스노볼이 그것을 우물에 던져버렸다고 농장 전체가 확신했다.

Curiously enough, they went on believing this even after the mislaid key was found under a stack of meal. The cows declared unanimously that Snowball crept into their stalls and milked them in their sleep. The rats, which had been troublesome that winter, were also said to be in league with Snowball.

mislaid 잘못 둔. league [liːg] 동맹, 동맹하다. in league with ~와 동맹하여.

참 이상하게도 동물들은 잘못 둔 열쇠가 거칠게 간 알곡 가루 더미 밑에서 발견된 이후에도 그것을 계속 믿고 있었다. 암소들은 스노볼이 그들의 우리로 기어 들어와서 그들이 잠든 사이에 그들에게서 우유를 짜갔다고 이구동성으로 말했다. 그해 겨울 말썽꾸러기였던 쥐들 또한 스노볼과 동맹이라는 말이 들렸다.

Napoleon decreed that there should be a full investigation into Snowball's activities. With his dogs in attendance he set out and made a careful tour of inspection of the farm buildings, the other animals following at a respectful distance.

investigation [investəgéiʃən] 조사, 연구, 수사.

attendance [əténdəns] 출석, 출석자, 시중, 간호. set out 출발하다, 하기 시작하다, 착수하다. inspection [inspékʃən] 검사, 조사, 감사. the other animals following at a ~은 독립 분사구문임.

나폴레옹은 스노볼의 활동에 대한 충분한 조사가 있어야 한다고 공표했다. 그는 개들을 대동하고 농장 건물들에 대한 주의 깊은 시찰에 나섰고 다른 동물들은 경의를 표하는 일정 거리를 두고 그의 뒤를 따랐다.

At every few steps Napoleon stopped and snuffed the ground

for traces of Snowball's footsteps, which, he said, he could detect by the smell. He snuffed in every corner, in the barn, in the cowshed, in the hen-houses, in the vegetable garden, and found traces of Snowball almost everywhere.

trace [treis] ~의 자국을 밟다, 추적하다, 선을 긋다, 지도 등을 그리다, 발자국, 흔적, 기운, 기색. detect [ditékt] 발견하다, 간파하다, 검출하다.

몇 발짝을 뗄 때마다 나폴레옹은 걸음을 멈추고 스노볼의 발자국 흔적을 찾기 위해 땅을 킁킁 냄새 맡았다. 그는 냄새로 흔적을 발견할 수 있다고 했다. 그는 헛간, 외양간, 닭장과 채소밭 등 구석구석에서 킁킁 냄새 맡았다. 그리고 거의 모든 곳에서 스노볼의 흔적을 찾아냈다.

He would put his snout to the ground, give several deep sniffs, and exclaim in a terrible voice, 'Snowball! He has been here! I can smell him distinctly!' and at the word 'Snowball' all the dogs let out blood-curdling growls and showed their side teeth.

snout [snaut] 돼지, 개 등의 뾰족한 코, 주둥이. sniff [snif] 코를 킁킁거리다, 냄새 맡음. exclaim [ikskléim] 외치다. distinctly 명료하게, 뚜렷하게. let out 유출시키다, 입 밖에 내다, 해방하다. curdle [kə́:rdl] 엉기게 하다, 응결 시키다, 못쓰게 만들다. blood-curdling 소름이 끼치는, 등골이 오싹한. growl [graul] 으르렁거리는 소리, 으르렁거리다.

그는 주둥이를 땅에 대고 몇 번 깊게 냄새를 맡아보고는 무시무시한 목소리로 소리치곤 했다. '스노볼이다! 그가 여기에 왔었다! 난 그의 냄새를 확실히 맡을 수 있소!' 스노볼이란 말이 나올 때마다 개들은 모두 소름끼치는 으르렁 소리를 내면서 이빨을 드러냈다.

The animals were thoroughly frightened. It seemed to them as though Snowball were some kind of invisible influence, pervading the air about them and menacing them with all kinds of dangers.

thoroughly 완전히, 충분히, 철저히. invisible [invízəbəl] 눈에 보이지 않는, 내밀한, 명시되어 있지 않은. influence [ínfluəns] 영향(력), 세력, 세력

가, 영향을 미치다. pervade [pərvéid] 널리 퍼지다. menace [ménis] 위협하다, 협박.

동물들은 완전히 겁먹었다. 그들에게 스노볼은 마치 그들 주변의 대기에 퍼져 온갖 종류의 위험한 것으로 그들을 위협하는 어떤 보이지 않는 세력인 것 같았다.

In the evening Squealer called them together, and with an alarmed expression on his face told them that he had some serious news to report.

'Comrades!' cried Squealer, making little nervous skips, 'a most terrible thing has been discovered.

some 어떤, 상당한, 대단한, 다소, 얼마간, 조금은. to report는 부정사의 형용사적인 용법으로서 명사 news를 수식하고 있음. making ~은 부대상황을 나타내는 분사구문임. most 가장 큰(많은), 최대량, 대부분, 가장, 대단히, 매우.

저녁에 스퀼러는 동물들을 불러 모았고 얼굴에 놀라운 표정을 지으며 보고할 좀 심각한 뉴스가 있다고 말했다.

'동무들!' 스퀼러는 약간 신경질적으로 이리저리 뛰며 소리쳤다. '아주 무서운 일이 드러났소.

Snowball has sold himself to Frederick of Pinchfield Farm, who is even now plotting to attack us and take our farm away from us! Snowball is to act as his guide when the attack begins. But there is worse than that.

plot [plɑt] 음모, 줄거리, 소구획, 도모하다, 꾀하다. Snowball is to act as ~에서 is to act는 be to 용법 중에서 예정임, 스노볼은 ~로서 행동하기로 되어 있다.

스노볼은 지금도 우리를 공격해서 우리의 농장을 빼앗으려고 음모를 꾸미고 있는 핀치필드의 프레더릭에게 자신을 팔아버렸소! 스노볼은 공격이 시작되면 그의 안내자로서 행동하기로 되어 있어요. 그런데 그보다 더 나쁜 게 있소.

We had thought that Snowball's rebellion was caused by his vanity and ambition. But we were wrong, comrades. Do you know what the real reason was? Snowball was in league with Jones from the very start! He was Jones' secret agent all the time.

vanity [vǽnəti] 덧없음, 무익한 것, 허영. ambition [æmbíʃən] 대망, 야심, 큰 뜻. in league with ~와 동맹하여. agent [éiʤənt] 대행자, 작인, 대리점. all the time 그간 줄곧, 언제나.

우린 스노볼의 반란이 그의 허영과 야심에 의해 일어난 것으로 생각했소. 하지만 우리가 틀렸어요, 동무들. 진짜 이유가 무엇이라고 생각하오? 스노볼은 처음부터 존스와 동맹을 하였던 것이오! 그는 그간 줄곧 존스의 간첩이었던 것이오.

It has all been proved by documents which he left behind him and which we have only just discovered. To my mind this explains a great deal, comrades. Did we not see for ourselves how he attempted — fortunately without success — to get us defeated and destroyed at the Battle of the Cowshed?'

document [dɑ́kjəmənt] 문서, 서류. which he left에서 which는 목적격 관계대명사임. defeat [difíːt] 쳐부수다, 지우다, 좌절시키다.
destroy [distrɔ́i] 파괴하다, 죽이다, 말소시키다.

그건 그가 남기고 간 서류에 의해 모두 증명되었는데 우린 최근에서야 그걸 찾아냈소. 내 생각에 이것은 많은 것을 설명하고 있소, 동무들. 우린 어떻게 그가 외양간 전투에서 — 다행히 성공하지 못했지만 — 우릴 쳐부수고 파괴하려고 시도했는지 우리 스스로 보지 않았소?'

The animals were stupefied. This was a wickedness far outdoing Snowball's destruction of the windmill. But it was some minutes before they could fully take it in.

165

stupefy [stjúːpəfai] 마취시키다, 망연케 하다, 깜짝 놀라다. outdo ~보다 낫다, ~을 능가하다.

동물들은 망연자실했다. 이것은 스노볼의 풍차 파괴를 훨씬 능가하는 사악함이었다. 하지만 그들이 스퀼러의 말을 충분히 받아들이는 데 잠시 시간이 걸렸다.

They all remembered, or thought they remembered, how they had seen Snowball charging ahead of them in the Battle of the Cowshed, how he had rallied and encouraged them at every turn, and how he had not paused for an instant even when the pellets from Jones's gun had wounded his back.

charge [tʃɑːrdʒ] 충전하다, 담다, 부담시키다, 돌격하다, 짐, 책임, 부담. rally [rǽli] 다시 모으다, 집중시키다. turn [təːrn] 돌리다, 켜다, 잠그다, 감아올리다, 뒤엎다, 향하게 하다, 회전, 전환점, 변화, 순번, 동향. at every turn 바뀔 때마다, 언제나. pellet [pélit] 둥글게 뭉친 것, 돌멩이, 총알. for an instant even when the pellets ~에서 when은 종속접속사로 쓰였음.

그들 모두는 어떻게 스노볼이 외양간 전투에서 그들 앞에 서서 돌격하는 것을 지켜보았는지, 어떻게 그가 고비 때마다 그들을 불러 모아서 용기를 주었는지, 그리고 어떻게 그가 존스의 총에서 날아온 총알이 그의 등에 부상을 입힐 때조차 한 순간도 공격을 멈추지 않았는지 기억하고 있거나 기억하고 있다고 생각했다.

At first it was a little difficult to see how this fitted in with his being on Jones's side. Even Boxer, who seldom asked questions, was puzzled. He lay down, tucked his forehoofs beneath him, shut his eyes, and with a hard effort managed to formulate his thoughts.

fit in with ~와 잘 들어맞다, ~와 조화하다, ~와 일치하다. puzzle [pʌ́zl] 수수께끼, 난제, 어리둥절해지다, 당혹케 하다. lie down 눕다, 굴복하다, tuck [tʌk] 옷의 단, 챙겨 넣다, 치켜 올리다. forehoof 앞다리 발굽.

166

manage [mǽniʤ] 잘 다루다, 처리하다, 관리하다, 가까스로 ~하다, 그럭저럭 ~하다. formulate [fɔ́:rmjəleit] 공식화하다, 명확하게 말하다, 처방하다.

어떻게 이것이 그가 존스의 편에 있다는 것과 일치하는지 이해하는 것은 처음에 좀 어려웠다. 좀처럼 질문을 하지 않는 복서조차 어리둥절했다. 그는 누워서 그의 앞다리 발굽을 안쪽으로 당기고 눈을 감았다. 그리고 힘든 노력 끝에 자신의 생각을 가까스로 정리했다.

'I do not believe that,' he said. 'Snowball fought bravely at the Battle of the Cowshed. I saw him myself. Did we not give him "Animal Hero, First Class", immediately afterwards?'

immediately 곧, 즉시, ~하자마자. afterwards 나중에.

'난 그것을 믿지 않소,' 그가 말했다. '스노볼은 외양간 전투에서 용감하게 싸웠소. 내가 직접 그를 보았소. 전투가 끝나고 바로 우린 그에게 '동물 영웅 일등 훈장'을 주지 않았소?'

'That was our mistake, comrade. For we know now — it is all written down in the secret documents that we have found — that in reality he was trying to lure us to our doom.'

reality [ri:ǽləti] 진실, 사실, 현실. in reality 실은, 실제는. lure [luər] 유혹, 매력, 유혹하다, 유인하다. doom [du:m] 운명, 파멸, 운명을 정하다.

'그건 우리의 실수였소, 동무. 우리는 이제 그가 실제로는 우리를 파멸로 유인하려고 했다는 사실을 알고 있기 때문이오. 그건 우리가 발견한 비밀문서에 모두 적혀 있소'

'But he was wounded,' said Boxer. 'We all saw him running with blood.'

'That was part of the arrangement!' cried Squealer. 'Jones's shot only grazed him. I could show you this in his own writing, if you were able to read it.

blood [blʌd] 피, 혈액, 혈기. arrangement 배열, 채비, 정리, 조정, 협

정. graze [greiz] 풀을 뜯어먹다, 스치다. I could ~이하는 현재 사실의 반대를 나타내는 가정법 과거임.

'하지만 그는 부상을 당했소,' 복서가 말했다. '우린 모두 그가 피를 흘리며 돌진하는 것을 보았소.'

'그것은 협정의 일부요!' 스퀼러가 소리쳤다. '존스의 총알은 단지 그의 몸에 스쳤을 뿐이오. 난 당신이 읽을 수 있다면 그가 스스로 쓴 문서에 있는 이것을 당신에게 보여줄 텐데.'

The plot was for Snowball, at the critical moment, to give the signal for flight and leave the field to the enemy. And he very nearly succeeded — I will even say, comrades, he *would* have succeeded if it had not been for our heroic Leader, Comrade Napoleon.

signal [sígnəl] 신호, 신호하다. flight [flait] 날기, 비상, 한 번 오르기, 도주, 패주, 탈출. he would have succeeded ~는 과거 사실의 반대를 나타내는 가정법 과거완료임.

음모는 결정적인 순간에 스노볼이 도주하는 신호를 보내고 싸움터를 적에게 넘겨주는 것이오. 그리고 그는 거의 성공을 했소. 동무들 나는 만일 우리의 영웅적인 지도자 나폴레옹 동무가 없었더라면 그는 성공했을 것이라는 것까지도 말하겠소.

Do you not remember how, just at the moment when Jones and his men had got inside the yard, Snowball suddenly turned and fled, and many animals followed him?

flee [fli:] 달아나다, 사라져 없어지다, flee-fled-fled.

존스와 그의 일꾼들이 정원 안으로 들어왔던 바로 그 순간에 어떻게 스노볼이 갑자기 돌아서서 도망쳤고 또한 많은 동물들이 그를 따라갔던 것인지 여러분은 기억하지 않소?

And do you not remember, too, that it was just at that moment, when panic was spreading and all seemed lost, that Comrade Napoleon sprang forward with a cry of "Death to Humanity!" and sank his teeth in Jones's leg? Surely you remember *that*, comrades?' exclaimed Squealer, frisking from side to side.

And do you not remember, too, that ~에서 that은 목적절을 이끄는 종위접속사임. panic [pǽnik] 돌연한 공포, 공황. it was just ~ that comrade ~은 강조용법임. when은 관계부사로서 쓰였음. frisk [frisk] 깡충 깡충 뛰어다니다.

돌연한 공포감이 퍼지고 모두가 패배한 것 같았을 바로 그 순간에 나폴레옹 동무가 "인간에게 죽음을!"이라고 외치며 앞으로 뛰쳐나와 존스의 허벅지를 물어뜯은 것 또한 여러분은 기억하지 않소? 분명히 그걸 기억하죠, 동무들?' 스퀼러는 좌우로 깡충깡충 뛰며 외쳤다.

Now when Squealer described that scene so graphically, it seemed to the animals that they did remember it. At any rate, they remembered that at the critical moment of the battle Snowball had turned to flee. But Boxer was still a little uneasy.

describe [diskráib] 묘사하다, 나타내다. graphically 사실적으로, 문자로, 도표로. at any rate 여하튼, 하여간. flee [fli:] 달아나다, 도망하다. uneasy [ʌní:zi] 불안한, 거북한, 어색한.

이제 스퀼러가 그 장면을 너무나 사실적으로 묘사했을 때 동물들에게는 자신들이 그 장면을 기억하고 있는 것 같았다. 어쨌든 그들은 전투의 결정적인 순간에 스노볼이 돌아서서 달아난 것을 기억했다. 하지만 복서는 여전히 조금 꺼림칙했다.

'I do not believe that Snowball was a traitor at the beginning,' he said finally. 'What he had done since is different. But I believe that at the Battle of the Cowshed he was a good comrade.'

traitor [tréitər] 배반자, 반역자. since 그 후, ~이래, ~한 이래.

'난 스노볼이 처음부터 반역자였다고는 믿지 않소,' 그가 마침내 말했다.

'그 이후에 그가 한 행동은 별개요. 하지만 난 외양간 전투에서 그가 훌륭한 동무였다고 믿고 있소.'

'Our Leader, Comrade Napoleon,' announced Squealer, speaking very slowly and firmly, 'has stated categorically — categorically, comrade — that Snowball was Jones's agent from the very beginning — yes, and from long before the Rebellion was ever thought of.'

firmly 굳게, 단단히. categorically 절대로, 단호히. before 이전에, ~하기 전에.

'우리의 지도자 나폴레옹 동무는,' 스퀼러가 아주 천천히 굳건하게 선언했다. '단호하게 말하시길 — 단호하게 동무들 — 스노볼은 처음부터 존스의 첩자였다는 것이오. 그래요, 반란이 계획되기 훨씬 이전부터.'

'Ah, that is different!' said Boxer. 'If Comrade Napoleon says it, it must be right.'

'That is the true spirit, comrade!' cried Squealer, but it was noticed he cast a very ugly look at Boxer with his little twinkling eyes.

true [tru:] 정말의, 진실한, 참으로. spirit [spírit] 정신, 신령, 사람, 활기, 기분, 시류. cast [kæst] 던지다, 투영하다, 주조하다, 계산하다, 던지기, 깁스, 계산. ugly [ʌ́gli] 추한, 추악한, 험악한. twinkling 반짝반짝하는, 빛나는.

'아, 그건 다르죠!' 복서가 말했다. '만일 나폴레옹 동무가 그렇게 말했다면 그건 틀림없이 옳은 거요.'

'그것은 참된 정신이오, 동무! 스퀼러가 소리쳤다. 하지만 그는 반짝거리는 작은 눈으로 복서에게 매우 험악한 눈길을 던지는 것이 눈에 띄었다.

He turned to go, then paused and added impressively: 'I warn every animal on this farm to keep his eyes very wide open. For we have reason to think that some of Snowball's secret agents are lurking among us at this moment!'

Four days later, in the late afternoon, Napoleon ordered all the animals to assemble in the yard.

pause [pɔ:z] 휴지, 중지, 중단하다, 잠시 멈추다. impressively 인상에 남게, 감명적으로. lurk [lə:rk] 숨다, 잠복하다.

그는 가려고 돌아서다가 잠시 멈추고 서서 인상 깊게 덧붙여 말했다. '난 이 농장에 있는 동물들 모두가 눈을 크게 뜨고 있을 것을 경고하는 바요. 왜냐하면 우리는 스노볼의 비밀 첩자 몇몇이 바로 이 순간 우리들 중에 숨어 있다고 생각할 만한 근거를 갖고 있소.'

나흘 뒤 늦은 오후 나폴레옹은 모든 동물들이 뜰에 모이도록 명령했다.

When they were all gathered together, Napoleon emerged from the farmhouse, wearing both his medals (for he had recently awarded himself 'Animal Hero, First Class', and 'Animal Hero, Second Class'), with his nine huge dogs frisking round him and uttering growls that sent shivers down all the animals' spines.

emerge [imə:rdʒ] 나오다, 나타나다. wearing both ~부대상황을 나타내는 분사구문임. utter [ʌ́tər] 전적인, 완전한, 소리 등을 내다, 발언하다, 유포하다. shiver [ʃívər] 와들와들 떨다, 몸서리. spine [spain] 등뼈. frisking과 uttering은 모두 dogs를 수식하고 있음.

그들이 모두 모였을 때 나폴레옹은 그의 주변을 깡충깡충 뛰면서 모든 동물들의 등골을 오싹하게 으르렁거리는 아홉 마리의 커다란 개들과 함께 두 개의 훈장을 차고 농장의 주택에서 나왔다. 그는 최근 '동물 영웅 일등훈장' 과 '동물 영웅 이등 훈장'을 자신에게 수여했다.

They all cowered silently in their places, seeming to know in advance that some terrible thing was about to happen.

cower [káuər] 움츠러들다, 위축되다. be about to ~하려고 하다.

그들은 무언가 무서운 일이 일어날 것을 알고 있기라도 하듯 모두들 자기 자리에서 움츠러져서 가만히 있었다.

Napoleon stood sternly surveying his audience; then he uttered a high-pitched whimper. Immediately the dogs bounded forward, seized four of the pigs by the ear and dragged them, squealing with pain and terror, to Napoleon's feet.

sternly 근엄하게, 단호하게. survey [səvéi] 내려다보다, 조사하다. whimper [hwímpər] 훌쩍이다, 흐느낌. squeal [skwi:l] 끽끽 울다, 끽끽 우는 소리.

나폴레옹은 청중들을 내려다보며 근엄하게 서 있었다. 그 다음 그는 고음의 흐느낌 소리를 내었다. 즉시 개들이 앞으로 뛰어나와 네 마리 돼지들의 귀를 물고는 고통과 두려움으로 끽끽거리는 그들을 나폴레옹의 발 아래로 끌고 갔다.

The pigs' ears were bleeding, the dogs had tasted blood, and for a few moments they appeared to go quite mad. To the amazement of everybody, three of them flung themselves upon Boxer.

bleed [bli:d] 피를 흘리다. go mad 미치다. fling [fliŋ] 던지다, 내던지다.

돼지들의 귀에서 피가 흘렀고 개들은 피 맛을 본 후 잠시 정신이 나간 것 같았다. 모든 동물들이 놀라는 가운데 그들 중 세 마리는 복서에게 달려들었다.

Boxer saw them coming and put out his great hoof, caught a dog in mid-air, and pinned him to the ground. The dog shrieked for mercy and the other two fled with their tails between their legs.

pin [pin] 핀, 핀으로 꽂다, 꼭 누르다. shriek [ʃri:k] 날카로운 소리, 날카로운 소리를 지르다. for mercy 제발, 불쌍히 여겨서.

복서는 그들이 오는 것을 보고 그의 커다란 발굽을 들어 공중에서 개 한

마리를 잡아 땅에 대고 꼭 눌렀다. 그 개는 살려달라고 비명을 질렀고 다른 두 마리는 뒷다리 사이에 꼬리를 감추고 달아났다.

Boxer looked at Napoleon to know whether he should crush the dog to death or let it go. Napoleon appeared to change countenance, and sharply ordered Boxer to let the dog go, whereat Boxer lifted his hoof, and the dog slunk away, bruised and howling.

crush [krʌʃ] 눌러서 뭉개다, 으깸. countenance [káuntənəns] 생김새, 안색, 침착한 표정. sharply 날카롭게, 격렬하게, 호되게, 급격하게. whereat 무엇에 대하여, 그것에 대하여. bruise [bru:z] 타박상, 타박상을 입히다. slink away 슬며시 도망치다. howl [haul] 짖다, 바람이 윙윙거리다, 짖는 소리, 신음 소리.

복서는 개를 눌러 뭉개 죽여야 할지 보내주어야 할지 알아보려고 나폴레옹을 쳐다보았다. 나폴레옹은 안색이 변하는 것 같더니 복서에게 개를 놓아주라고 거칠게 명령했다. 그것에 대해 복서는 발굽을 들어 올렸고 개는 타박상을 입어 신음 소리를 내며 슬며시 도망쳤다.

Presently the tumult died down. The four pigs waited, trembling, with guilt written on every line of their countenances. Napoleon now called upon them to confess their crimes.

tumult [tjú:məlt] 법석, 소동. guilt [gilt] 죄, 유죄, 죄책감. call upon 방문하다, ~하도록 요구하다.

소동은 곧 잠잠해졌다. 네 마리의 돼지들은 그들 얼굴 구석구석에 그들의 죄상이 적혀 있기라도 한 것처럼 두려움에 떨며 기다리고 있었다. 나폴레옹은 이제 그들에게 죄를 고백하라고 요구했다.

They were the same four pigs as had protested when Napoleon abolished the Sunday Meetings. Without any further prompting they confessed that they had been secretly in touch with Snowball ever

173

since his expulsion, that they had collaborated with him in destroying the windmill, and that they had entered into an agreement with him to hand over Animal Farm to Mr Frederick.

as had protested ~에서 as는 의사 관계대명사임. protest [prətést] 항의하다. abolish [əbáliʃ] 폐지하다, 철폐하다. prompting 자극, 격려, 고무, 암시, 선동. in touch with ~와 접촉하여, ~와 화합하여. expulsion [ikspʌ́lʃən] 추방, 제명. collaborate [kəlǽbəreit] 공동으로 일하다, 협동하다, 합작하다. enter into an agreement with ~와 협정을 맺다. hand over 넘겨주다, 양도하다.

그들은 나폴레옹이 일요일 회의를 폐지했을 때 항의했던 바로 그 네 마리의 돼지들이었다. 더 이상의 재촉 없이 그들은 스노볼이 추방된 이후 그와 은밀히 접촉을 해 왔다는 것, 풍차를 무너뜨리는데 그와 합작을 했다는 것, 그리고 동물 농장을 프레더릭 씨에게 넘겨주기 위해 그와 협정을 맺었다는 것 등을 자백했다.

They added that Snowball had privately admitted to them that he had been Jones's secret agent for years past. When they had finished their confession, the dogs promptly tore their throats out, and in a terrible voice Napoleon demanded whether any other animal had anything to confess.

privately 일개인으로서, 내밀히, 비공식적으로. admit [ædmít] 들이다, 승인하다, 허용하다. demand [dimǽnd] 요구하다, 힐문하다, 요구하다.

그들은 스노볼이 지난 몇 년 동안 존스의 첩자였음을 자신들에게 은밀히 인정했다고 덧붙였다. 그들이 자백을 끝내자 개들은 신속하게 그들의 목을 물어뜯었다. 그리고 나폴레옹은 무시무시한 목소리로 다른 동물들도 자백할 것이 있는지 물었다.

The three hens who had been the ringleaders in the attempted rebellion over the eggs now came forward and stated that Snowball had appeared to them in a dream and incited them to

174

disobey Napoleon's orders.

ringleader 주모자, 장본인. attempted 시도된, 미수의. incite [insáit] 자극하다, 선동하다, 부추기다. disobey [disəbéi] 말을 듣지 않다, 따르지 않다.

달걀 문제로 미수로 끝난 반란에서 주동이 되었던 세 암탉들이 이제 앞으로 나와서 스노볼이 그들의 꿈에 나타나서 나폴레옹의 명령을 따르지 않도록 그들을 선동했다고 진술했다.

They, too, were slaughtered. Then a goose came forward and confessed to having secreted six ears of corn during the last year's harvest and eaten them in the night.

slaughter [slɔ́:tər] 도살, 살인, 살육, 도살하다, 해치우다. secrete [siklí:t] 비밀로 하다, 은닉하다. ear [iər] 귀, 청각, 이삭, 열매.

그들 역시 살해되었다. 그리고 거위 한 마리가 앞으로 나왔는데 지난 수확 기간 중에 옥수수 이삭 여섯 개를 숨겨 놓았다가 밤에 먹었다고 자백했다.

Then a sheep confessed to having urinated in the drinking pool — urged to do this, so she said, by Snowball — and two other sheep confessed to having murdered an old ram, an especially devoted follower of Napoleon, by chasing him round and round a bonfire when he was suffering from a cough.

urinate [júərəneit] 소변보다, 방뇨하다, 오줌으로 적시다. urge [ə́:rdʒ] 좨치다, 재촉하다, 몰아대다. murder [mə́:rdər] 살인, 살해, 살해하다. ram [ræm] 거세하지 않은 숫양. chase [tʃeis] 쫓다, 추적하다, 몰아내다, 사냥하다. bonfire [bánfaiər] 큰 화톳불, 모닥불.

그리고 양 한 마리가 식수 웅덩이에 오줌을 갈겼다고 자백을 하였는데 그녀는 스노볼이 그렇게 시켰다고 말했다. 그리고 다른 두 마리의 양은 특별히 나폴레옹의 헌신적인 추종자인 늙은 숫양을 그가 기침병에 걸렸을 때 큰 화롯불 둘레로 그를 뱅뱅 몰아서 살해했다고 자백했다.

They were all slain on the spot. And so the tale of confessions and executions went on, until there was a pile of corpses lying before Napoleon's feet and the air was heavy with the smell of blood, which had been unknown there since the expulsion of Jones.

slay [slei] 살해하다, 학살하다. execution [eksikjúːʃən] 실행, 집행, 처형. corpse [kɔːrps] 시체, 송장. expulsion [ikspʌlʃən] 추방, 배제.

그들은 모두 그 자리에서 살해되었다. 그렇게 죄상의 자백과 처형이 계속되어 마침내 나폴레옹의 발 앞에 한 무더기의 시체가 쌓이게 되었고 공기는 피 냄새로 진동했으며 그것은 존스의 추방 이후 알지 못했던 일이었다.

When it was all over, the remaining animals, except for the pigs and dogs, crept away in a body. They were shaken and miserable. They did not know which was more shocking — the treachery of the animals who had leagued themselves with Snowball, or the cruel retribution they had just witnessed.

in a body 일단이 되어. shake [ʃeik] 흔들다, 동요하다. miserable [mízərəbəl] 불쌍한, 비참한. treachery [trétʃəri] 배반, 반역. retribution [retrəbjúːʃən] 징벌, 응보, 보복.

그것이 모두 끝났을 때 돼지들과 개들을 제외한 나머지 동물들은 한 덩어리가 되어 밖으로 나갔다. 그들은 마음이 동요되고 비참한 기분이 들었다. 그들은 스노볼과 결탁한 동물들의 배신과 방금 목격했던 잔인한 징벌 중 어느 것이 더 충격적인 것인지 알지 못했다.

In the old days there had often been scenes of bloodshed equally terrible, but it seemed to all of them that it was far worse now that it was happening among themselves. Since Jones had left the farm, until today, no animal had killed another animal. Not even a rat had been killed.

bloodshed 유혈의 참사, 학살. now that ~이므로. rat [ræt] 쥐, 비열한

놈, 파업 불참자 직공.

예전에도 똑같이 무시무시한 유혈의 참극들이 있었지만 그들 모두에게 이 번 참극은 그들 사이에서 일어났기 때문에 훨씬 더 나쁜 것 같았다. 존스가 농장을 떠난 이후 오늘날까지 어떤 동물도 다른 동물을 죽인 적이 없었다. 심지어 쥐까지도 살해된 적이 없었다.

They had made their way on to the little knoll where the half-finished windmill stood, and with one accord they all lay down as though huddling together for warmth — Clover, Muriel, Benjamin, the cows, the sheep, and a whole flock of geese and hens — everyone, indeed, except the cat, who had suddenly disappeared just before Napoleon ordered the animals to assemble.

make one's way 애써 나아가다, 출세하다. knoll [noul] 작은 언덕. where the half-finished windmill ~에서 where는 관계부사임. with one accord 마음을 합하여, 함께, 일제히. lie down 눕다, 자다, 엎드리다. huddle together 떼를 지어 몰리다. assemble [əsémbəl] 모으다, 조립하다, 회합하다.

그들은 절반 완성된 풍차가 서 있는 작은 언덕으로 발걸음을 옮겼다. 그리고 마치 따뜻한 온기를 위해 뭉쳐 있는 것처럼 모두들 함께 웅크리고 앉았다. 클로버, 뮤리엘, 벤자민, 암소와 양들, 농장의 모든 거위와 암탉들, 나폴레옹이 동물들에게 모이라고 명령하기 바로 전에 갑자기 사라진 고양이만 빼고 정말 모두 모였다.

For some time nobody spoke. Only Boxer remained on his feet. He fidgeted to and fro, swishing his long black tail against his sides, and occasionally uttering a little whinny of surprise. Finally he said:

on one's feet 일어서서. fidget [fídʒit] 안절부절 못하다, 불안해하다. swish [swíʃ] 휙휙, 워석워석, 철썩철썩, 휙 소리를 내다. occasionally 이따금, 종종. whinny [hwíni] 히힝, 말이 히힝 울다.

한 동안 아무도 말을 하지 않았다. 복서만 혼자 서 있었다. 그는 불안하게 서성거리며 그의 긴 검정 꼬리로 옆구리를 탁탁 쳤고 이따금 놀라움을 금치 못하는 히힝 소리를 조그맣게 냈다. 마침내 그가 입을 열었다:

'I do not understand it. I would not have believed that such things could happen on our farm. It must be due to some fault in ourselves. The solution, as I see it, is to work harder. From now onwards I shall get up a full hour earlier in the mornings.'

due [dju:] 지급 기일이 된, 도착 예정인, 마땅한, ~에 기인하는. from now onwards 앞으로는.

'난 이해가 안 돼. 난 그런 일이 우리 농장에서 일어날 수 있다고는 믿지 않았을 건데. 그건 우리의 어떤 잘못에 기인하는 게 틀림없어. 내 생각에 그 해결책은 더욱 열심히 일하는 거야. 지금부터 난 아침에 한 시간 더 일찍 일어날 거야.'

And he moved off at his lumbering trot and made for the quarry. Having got there, he collected two successive loads of stone and dragged them down to the windmill before retiring for the night.

lumbering 쿵쿵거리며 나아가는, 무거워서 다루기 힘든. trot [trɑt] 속보로 가다, 속보, 총총걸음. move off 떠나다, 죽다, 상품이 팔리다. make for ~향해 나아가다, 돌진하다, 공헌하다. having got there는 시간을 나타내는 분사구문임.

그는 쿵쿵거리는 빠른 걸음으로 그 자리를 떠나 채석장으로 향했다. 그는 거기에 도착하고 나서 연속적으로 두 수레분의 돌을 모아 풍차 공사장으로 끌고 간 다음에 잠을 자기 위해 돌아갔다.

The animals huddled about Clover, not speaking. The knoll where they were lying gave them a wide prospect across the countryside. Most of Animal Farm was within their view — the long pasture stretching down to the main road, the hayfield, the spinney, the drinking pool, the ploughed fields where the young wheat was thick and green, and the red roofs of the farm buildings with the smoke curling from the chimneys.

huddle [hʌdl] 뒤죽박죽 주워 모으다, 몸을 움츠리다, 붐비다, 떼지어 몰리다. view [vjuː] 전망, 조망, 시야, 일견, 견해, 바라보다. hayfield 건초밭, 건초용 풀밭. spinney [spíni] 덤불, 잡목숲.

동물들은 말없이 클로버 주변으로 모였다. 그들이 앉아 있는 작은 언덕은 그들에게 전원을 가로질러 넓은 조망을 제공했다. 동물 농장 대부분이 그들의 시야에 들어왔다. 큰길로 이어져 길게 뻗쳐 있는 목초지, 건초용 풀밭, 잡목숲, 식수 웅덩이, 어린 밀이 초록색으로 무성한 경작지, 그리고 굴뚝에서 연기가 피어오르고 있는 농장 건물들의 빨간 지붕들.

It was a clear spring evening. The grass and the bursting hedges were gilded by the level rays of the sun. Never had the farm — and with a kind of surprise they remembered that it was their own farm, every inch of it their own property — appeared to the animals so desirable a place.

gild [gild] 금박을 입히다, ~을 금도금하다. level [lévəl] 수평, 평지, 수평의, 평평한, 동등한, 수평이 되게 하다. every inch of it 다음에 be동사 was가 생략된 것으로 볼 수 있음. property [prápərti] 재산, 소유물. so desirable a place 그렇게 탐스러운 곳(부사+형용사+관사+명사의 어순).

맑은 봄날 저녁이었다. 잔디와 터질 것 같은 산울타리가 수평으로 비추는 햇살에 의해 황금빛으로 물들었다. 여태껏 농장이 — 그리고 일종의 놀라움으로 그들은 그것이 그들 자신의 농장이라는 것을, 농장 한 뼘 한 뼘이 그들 자신의 소유물이라는 것을 상기했다 — 그들에게 그렇게 탐스럽게 보인 적이 없었다.

As Clover looked down the hillside her eyes filled with tears. If she could have spoken her thoughts, it would have been to say that this was not what they had aimed at when they had set themselves years ago to work for the overthrow of the human race.

hillside 언덕의 중턱. If she could have spoken ~이하는 가정법 과거 완료 문장임. set to work 일에 착수하다, 작용하기 시작하다. overthrow [ouvərəróu] 뒤집어엎다, 타도하다, 파고하다.

클로버가 언덕의 중턱을 내려다보았을 때 그녀의 눈에는 눈물이 가득했다. 그녀가 만일 자신의 생각을 말할 수 있었다면 그것은 그들이 몇 년 전 인간의 타도를 위해 그들 스스로 일을 벌였을 때 그들이 목표로 했던 것은 이것이 아니었다라고 말했을 것이다.

These scenes of terror and slaughter were not what they had looked forward to on that night when old Major first stirred them to rebellion. If she herself had had any picture of the future, it had been of a society of animals set free hunger and the whip, all equal, each working according to his capacity, the strong protecting the weak, as she had protected the last brood of ducklings with her foreleg on the night of Major's speech.

terror [térər] 공포, 가공할 일, 테러. slaughter [slɔ́:tər] 도살, 살인, 학살. look forward to ~을 기대하다. stir [stə:r] 움직이다, 분발시키다, 선동하다. brood [bru:d] 한 배 병아리, 알을 품다, 곰곰이 생각하다. duckling [dʌ́kliŋ]오리새끼. foreleg 앞다리.

공포와 살육의 이러한 장면들은 늙은 메이저가 처음 그들에게 반란을 선동했던 그날 밤 그들이 기대했던 것이 아니었다. 그녀 자신이 만일 미래에 관한 어떤 그림을 그렸었다면 그것은 동물들에게 굶주림과 채찍이 없는 사회, 모두가 동등하고 각자가 능력에 맞게 일하는 사회, 그녀가 메이저의 연설이 있었던 밤에 그녀의 앞발로 한 배 오리새끼들을 보호했던 것처럼 강한 자가 약자를 보호하는 사회에 관한 그림이었을 것이다.

Instead ― she did not know why ― they had come to a time

when no one dared speak his mind, when fierce, growling dogs roamed everywhere, and when you had to watch your comrades torn to pieces after confessing to shocking crimes.

a time when ~에서 when은 관계부사임. roam [roum] 거닐다, 배회하다.

대신에 ― 그녀는 이유를 알지 못했다 ― 그들은 아무도 자신의 마음을 감히 털어놓지 못하고, 사납게 으르렁거리는 개들이 여기저기 배회하며, 동료들이 충격적인 죄를 자백한 후 갈가리 찢겨져 죽는 것을 지켜보아야 하는 지경에 이르렀다.

There was no thought of rebellion or disobedience in her mind. She knew that, even as things were, they were far better off than they had been in the days of Jones, and that before all else it was needful to prevent the return of the human beings.

disobedience [disəbíːdiəns] 불순종, 불복종. as things are 지금 형편으로는. be better off 전보다 낫다, 전보다 잘 지내다. before all 우선 무엇보다도.

그녀의 마음속에 반란이나 불복종과 같은 생각은 없었다. 그녀는 지금 형편으로도 그들이 존스의 시절 보다는 훨씬 더 잘 지내고 있다는 것을, 그리고 무엇보다도 인간의 복귀를 막는 것이 필요하다는 것을 알고 있었다.

Whatever happened she would remain faithful, work hard, carry out the orders that were given to her, and accept the leadership of Napoleon. But still, it was not for this that she and all the other animals had hoped and toiled.

faithful [féiəfəl] 충실한, 정확한, 성실한. it was not for this that ~은 it that 강조용법임.

어떠한 일이 일어나더라도 그녀는 충실하게 남아서, 열심히 일하고 그녀에게 주어진 명령을 실행하며 나폴레옹의 지도를 받아들일 것이다. 하지만 여전히 그녀와 다른 모든 동물들이 희망하고 수고했던 것은 이것을 위한 것이 아

니었다.

It was not for this that they had built the windmill and face the bullets of Jones's guns. Such were her thoughts, though she lacked the words to express them.

face [feis] 얼굴, 체면, 표면, ~에 면하다, 용감하게 맞서다, 직면하다. bullet [búlit] 탄알, 총알. lack [læk] 부족, 결핍, 결여, 모자라다, ~이 없다.

그들이 풍차를 건설하고 존스의 총알에 맞선 것은 이것을 위한 것이 아니었다. 비록 그녀는 그런 것을 표현할 어휘가 부족했지만 그녀의 생각은 그런 것이었다.

At last, feeling this to be in some way a substitute for the words she was unable to find, she began to sing 'Beasts of England'. The other animals sitting round her took it up, and they sang it three times over — very tunefully, but slowly and mournfully, in a way they had never sung it before.

in some way 어떻게든 해서. substitute [sʌ́bstətjuːt] 대용하다, 바꾸다, 대신하다. take up 집어 올리다, 잡다, 보호하다, 체포하다, 비난하다, ~에 종사하다, 처리하다. tunefully 음조가 좋게, 선율이 아름답게. mournfully 슬프게, 애처롭게.

결국 그녀는 어떤 면에서는 노래가 그녀가 찾을 수 없었던 어휘의 대용이 된다고 느끼며 '잉글랜드의 짐승들'을 노래하기 시작했다. 그녀의 주변에 앉아 있던 다른 동물들도 그 노래를 받아서 세 번이나 되풀이하여 매우 음조가 좋게, 하지만 전에는 결코 부르지 않았던 방식으로 천천히 애처롭게 불렀다.

They had just finished singing it for the third time when Squealer, attended by two dogs, approached them with the air of having something important to say.

approach [əpróutʃ] ~에 접근하다, 교섭을 시작하다, 접근. air [ɛər] 공

기, 산들바람, 모양, 태도, 멜로디.

그들이 노래를 세 번 끝내자 바로 스퀼러가 두 마리의 개들을 대동하고 무언가 중요한 할 말이 있는 태도로 그들에게 다가갔다.

He announced that, by a special decree of Comrade Napoleon, 'Beasts of England' had been abolished. From now onwards it was forbidden to sing it.

The animals were taken aback.

'Why?' cried Murial.

abolish [əbáliʃ] 폐지하다, 철폐하다. be taken aback 뜻밖의 일을 당하다, 당황하다. forbid [fərbíd] 금하다, 허용하지 않다.

그는 나폴레옹 동무의 특별한 포고로 '잉글랜드의 짐승들'은 폐지되었다고 선언했다. 지금부터 그것을 부르는 것은 금지되었다.

동물들은 어리둥절했다.

'왜죠?' 뮤리엘이 소리쳤다.

'It is no longer needed, comrade,' said Squealer stiffly. "Beasts of England' was the song of the Rebellion. But the Rebellion is now completed. The execution of the traitors this afternoon was the final act. The enemy both external and internal had been defeated.

stiffly 딱딱하게, 완고하게. complete [kəmplíːt] 완전한, 완성하다. traitor [tréitər] 배반자, 반역자. external [ikstə́ːrnl] 외부의, 표면의, 대외적인. internal [intə́ːrnl] 내부의, 내면적인, 국내의. defeat [difíːt] 쳐부수다, 지우다.

'그것은 더 이상 필요하지 않소, 동무,' 스퀼러가 딱딱하게 말했다. "잉글랜드의 짐승들'은 반란의 노래요. 하지만 반란은 이제 완성이 되었소. 오늘 오후 반역자들에 대한 처벌이 마지막 조치였소. 외부의 적과 내부의 적 모두 격파되었소.

In "Beasts of England" we expressed our longing for a better society in days to come. But that society has now been established. Clearly this song has no longer any purpose.'

longing [lɔ́ːnin] 동경, 갈망, 열망. establish [istǽbliʃ] 설립하다, 확립하다, 몸을 안정케 하다.

"잉글랜드의 짐승들"에서 우린 다가올 날 더 좋은 사회에 대한 우리의 갈망을 표현했소. 하지만 그런 사회는 이제 확립되었소. 분명히 이 노래는 더 이상 어떤 목적도 갖지 않소.'

Frightened though they were, some of the animals might possibly have protested, but at this moment the sheep set up their usual bleating of 'Four legs good, two legs bad', which went on for several minutes and put an end to the discussion.

frighten [fráitn] 두려워하게 하다, 갑자기 무서워지다. possibly 어쩌면, 아마, 혹은, 어떻게든지 해서, 될 수 있는 한. bleat [bliːt] 매애 울다, 우는 소리를 하다. put an end to ~를 끝내다, ~에 종지부를 찍다.

그들은 비록 두려워했지만 몇몇 동물들은 아마 항의를 했을 지도 몰랐다. 하지만 바로 이 순간 양들이 그들의 상투적인 합창 소리 '네 발은 좋고 두 발은 나쁘다'를 몇 분간 외쳐댔고 그것으로 토론은 끝났다.

So 'Beasts of England' was heard no more. In its place Minimus, the poet, had composed another song which began:

Animal Farm, Animal Farm,
Never through me shalt
thou come to harm!

and this was sung every Sunday morning after the hoisting of the flag. But somehow neither the words nor the tune ever seemed to the animals to come up to 'Beasts of England'.

in a person's place ~의 대신에. compose [kəmpóuz] 조립하다, 작문하다, 만들다, 작곡하다. come to harm 다치다, 불행을 겪다. hoist [hɔist] 내걸다, 올리다, 높이 오르다. word [wəːrd] 말, 낱말, 한 마디 말, 약속, 소식, 대사, (pl.)가사. tune [tjuːn] 곡, 곡조, 선율, 장단, 조율하다. come up to ~쪽으로 오다, 기대에 부응하다, ~에 필적하다.

그래서 '잉글랜드의 짐승들'은 더 이상 들리지 않았다. 그 대신에 시를 쓰는 미니무스가 다른 노래를 작곡했는데 이렇게 시작되었다.

동물 농장이여, 동물 농장이여,
나를 통해서 그대들은 결코 불행을 겪지 않으리!

그리고 이 노래는 매주 일요일 아침마다 깃발을 세운 후 불려졌다. 하지만 어쩐지 동물들에게는 이 가사나 곡조가 '잉글랜드의 짐승들'에 필적되는 것 같지 않았다.

185

CHAPTER VIII

A few days later, when the terror caused by the executions had died down, some of the animals remembered — or thought they remembered — that the Sixth Commandment decreed: 'No animal shall kill any other animal.'

execution [eksikjúːʃən] 실행, 집행, 처형. decree [dikríː] 법령, 포고, 선고, 포고하다, 선고하다, 정하다.

며칠 뒤, 처형에 따른 공포가 어느 정도 사라졌을 때 몇몇 동물들은 여섯 번째 계명에서 '어떤 동물도 다른 동물을 죽여서는 안 된다'라고 한 것을 기억하거나 기억하고 있다고 생각했다.

And though no one cared to mention it in the hearing of the pigs or the dogs, it was felt that the killings which had taken place did not square with this. Clover asked Benjamin to read her the Sixth Commandment, and when Benjamin, as usual, said that he refused to meddle in such matters, she fetched Muriel.

care [kɛər] 걱정, 근심, 관심, 조심, 배려, 걱정하다, 돌보다, 좋아하다. mention [ménʃən] 말하다, 언급하다, 언급, 진술. square [skwɛər] 정사각형, 광장, 정사각형의, 동등한, 정연한, 정사각형으로 하다, 적합하게 하다, 일치하다. as usual 여느 때처럼, 평소와 같이. meddle [médl] 쓸데없이 참견하다, 간섭하다.

그리고 비록 아무도 돼지들이나 개들이 듣는 곳에서 그것을 언급하고자 하지 않았지만, 지난번에 발생했던 살육은 아무래도 이 계명하고 일치하지 않는다는 느낌이 들었다. 클로버는 벤자민에게 여섯 번째 계명을 읽어달라고 부탁했지만 벤자민은 여느 때처럼 그런 일에 끼어들고 싶지 않다고 하자 그녀는 뮤리엘을 데려왔다.

Muriel read the Commandment for her. It ran: 'No animal shall kill any other animal *without cause.*' Somehow or other, the last two words had slipped out of the animals' memory.

run [rʌn] 달리다, 통하다, 흐르다, 퍼지다, 입후보하다, ~라고 씌어 있다. cause [kɔ:z] 원인, 정당한 이유, 주장. somehow or other 이럭저럭, 어떻게든지 하여, 웬일인지. slip [slip] 미끄러지다, 슬그머니 떠나다, 빠지다, 무심코 입 밖에 내다.

뮤리엘은 그녀를 위해 여섯 번째 계명을 읽어주었다. 그것은 '어떤 동물도 정당한 이유 없이 다른 동물을 죽여서는 안 된다'라고 씌어 있었다. 웬일인지 '정당한 이유 없이'는 동물들의 기억에서 빠져 있었다.

But they saw now that the commandment had not been violated; for clearly there was good reason for killing the traitors who had leagued themselves with Snowball.

violate [váiəleit] 어기다, 모독하다, 어지럽히다, 방해하다, 침해하다. league [li:g] 연맹, 동맹, 동맹시키다, 연맹하다.

하지만 그들은 이제 그 계명이 어겨지지 않았다는 것을 알게 되었다. 분명히 스노볼과 결탁했던 반역자들을 죽인 것에는 타당한 이유가 있었기 때문이었다.

Throughout that year the animals worked even harder than they had worked in the previous year. To rebuild the windmill, with walls twice as thick as before, and to finish it by the appointed date, together with the regular work of the farm, was a tremendous labour.

to rebuild와 to finish는 모두 부정사의 명사적인 용법중 주어로 쓰였음. tremendous [triméndəs] 무서운, 엄청난, 거대한.

그해 내내 동물들은 작년에 일했던 것보다 더 열심히 일했다. 벽을 전보다 두 배 두껍게 하여 풍차를 재건하고 농장의 일상적인 작업과 함께 정해진 날짜에 그것을 끝내는 것은 엄청난 노동이었다.

There were times when it seemed to the animals that they worked longer hours and fed no better than they had done in Jones's day.

no better than ~나 마찬가지, ~에 지나지 않다.

동물들에게는 존스의 시절보다 더 긴 시간 노동을 하면서도 먹는 것은 더 나아진 것이 없는 것 같다는 때가 있었다.

On Sunday mornings Squealer, holding down a long strip of paper with his trotter, would read out to them lists of figures proving that the production of every class of foodstuff had increased by 200 percent, 300 percent, or 500 percent, as the case might be.

holding down ~은 부대상황을 나타내는 분사구문을 이룸. strip [strip] 벗기다, 길고 가느다란 조각. trotter [trátər] 속보의 말, 양이나 돼지 따위의 족. foodstuff 식량, 식료품. as the case may be (그때의) 사정에 따라서.

일요일 아침이면 스퀄러는 긴 두루마리 문서를 그의 발로 누르고 각종 식량 생산량이 사정에 따라서 200퍼센트, 300퍼센트, 혹은 500퍼센트 증가했음을 증명하는 숫자 목록을 그들에게 읽어주곤 했다.

The animals saw no reason to disbelieve him, especially as they could no longer remember very clearly what conditions had been like before the Rebellion. All the same, there were days when they felt that they would sooner have had less figures and more food.

disbelieve 믿지 않다, 의심하다. condition [kəndíʃne] 조건, 상황, 상태, 지위, 필요조건이 되다, 조건으로 하다. all the same 아주 같은, 아무래도 상관없는, 그럼에도 불구하고. would sooner ~ than ~하기 보다는 차라리 ~하고 싶다.

동물들은 특별히 반란 이전의 상황이 어떤 것이었었는지 분명히 기억할 수 없었기 때문에 그를 의심할 어떤 이유도 알지 못했다. 그럼에도 불구하고 그

들은 차라리 통계숫자는 더 적어도 식량이 더 많았으면 좋겠다고 느끼는 날들이 있었다.

All orders were now issued through Squealer or one of the other pigs. Napoleon himself was not seen in public as often as once a fortnight. When he did appear, he was attended not only his retinue of dogs but by a black cockerel who marched in front of him and acted as a kind of trumpeter, letting out a loud 'cock-a-doodle-doo' before Napoleon spoke.

issue [íʃuː] 발하다, 발표하다, 발행하다, 유출, 발행, 논쟁. as often as ~할 때마다, ~할 만큼 자주. fortnight 2 주일간. he did appear ~에서 did는 강조를 나타냄. attend [ətént] 출석하다, 보살피다, 시중들다. retinue [rétənjuː] 수행원, 종자. cockerel [kákərəl] 1년 미만의 수평아리. trumpeter 나팔수.

모든 명령은 이제 스퀄러나 다른 돼지들 중 한 마리를 통해서 발표되었다. 나폴레옹 자신은 2 주일에 한번 정도 밖에 공개적으로 나타나지 않았다. 그가 나타날 때면 그를 수행하는 개들뿐만 아니라 그에 앞장을 서서 행진하고 그가 연설을 하기 전에 '꼬끼오 꼬꼬댁'하며 큰 소리를 질러대며 일종의 나팔수 역할을 하는 젊은 검정 수탉도 대동하였다.

Even in the farmhouse, it was said, Napoleon inhabited separate apartments from the others. He took his meals alone, with two dogs to wait upon him, and always ate from the Crown Derby dinner service which had been in the glass cupboard in the drawing-room.

inhabit [inhǽbit] 살다, 서식하다. separate [sépəreit] 잘라서 떼어놓다. Crown Derby는 영국 Derby산의 도자기를 말함. dinner service (set). 정찬용 식기 한 벌. cupboard 찬장.

농장의 주택에서조차 나폴레옹은 다른 돼지들과 분리된 공간에서 살고 있다고 알려졌다. 그는 개 두 마리의 시중을 받으며 혼자 식사하고 거실 유리

찬장에 있었던 크라운 더비 정찬용 식기를 항상 사용했다.

It was also announced that the gun would be fired every year on Napoleon's birthday, as well as on the other two anniversaries.

as well as ~와 마찬가지로. anniversary [ænəvə́ːrsəri] 기념일.

총은 다른 두 번의 기념일뿐 아니라 나폴레옹의 생일에도 매년 발사될 것이라고 또한 발표되었다.

Napoleon was now never spoken of simply as 'Napoleon'. He was always referred to in formal style as 'our Leader, Comrade Napoleon', and the pigs liked to invent for him such titles as Father of All Animals, Terror of Mankind, Protector of the Sheep-fold, Ducklings' Friend, and the like.

refer [rifə́ːr] 보내다, 참조하다, 위탁하다, ~에게 돌리다, 관계하다, 언급하다. refer to ~as ~을 ~로 칭하다. in formal style 공식적인 칭호로. invent [invént] 발명하다, 날조하다. title [taitl] 표제, 제목, 직함, 권리. protector 보호자, 보호 장치. sheep-fold 양우리, 양사. and the like 그밖의 같은 것, ~따위.

나폴레옹은 이제 단순히 나폴레옹으로 불리어지지 않았다. 그는 공식적인 명칭으로 '우리의 지도자 나폴레옹 동무'로 언제나 칭하여졌다. 돼지들은 '모든 동물들의 아버지', '인간들의 공포', '양사의 보호자', '오리새끼의 친구' 따위의 직함을 그를 위해 만들어내기를 좋아했다.

In his speeches, Squealer would talk with the tears rolling down his cheeks of Napoleon's wisdom, the goodness of his heart, and the deep love he bore to all animals everywhere, even and especially the unhappy animals who still lived in ignorance and slavery on other farms.

wisdom [wízdəm] 현명함, 지혜. goodness [gúdnis] 선량, 친절, 미덕, 우수. ignorance [ígnərəns] 무지, 무학. slavery [sléivəri] 노예 상태, 굴종.

연설을 하는 동안 스퀼러는 뺨에 눈물을 흘리며 나폴레옹의 지혜에 관해, 그의 마음의 선량함에 관해, 도처에 있는 모든 동물들뿐 아니라 심지어 특히 다른 농장에서 무지와 노예상태에서 살고 있는 불행한 동물들에게까지 그가 갖고 있는 깊은 사랑에 관해 말하곤 했다.

It had become usual to give Napoleon the credit for every successful achievement and every stroke of good fortune. You would often hear one hen remark to another.

It had ~ to give ~에서 it는 가주어이고 to give 이하는 진주어임. credit [krédit] 신용, 영예, 공적, 신뢰하다. stroke [strouk] 일격, 일필, 맥박, 발작, 수완, 솜씨, 공로, 한 바탕의 일.

모든 성공적인 업적과 모든 행운의 공적을 나폴레옹에게 돌리는 것이 일상적으로 되었다. 당신은 한 암탉이 다른 암탉에게 말하는 소리를 종종 들을 수 있을 것이다.

'Under the guidance of our Leader, Comrade Napoleon, I have laid five eggs in six days'; or two cows, enjoying a drink at the pool, would exclaim, 'Thanks to the leadership of Comrade Napoleon, how excellent this water tastes!'

lay [lei] 누이다, 두다, 알을 낳다, 때려눕히다, ~에 입히다, 부과하다, 제출하다. ~상태로 되게 하다. enjoying a drink ~은 부대상황을 나타내는 분사구문임. exclaim [ikskléim] 외치다.

즉 '지도자 동무 나폴레옹의 영도 아래 난 엿새 동안 다섯 개의 알을 낳았어.' 아니면 두 마리 암소가 웅덩이에서 물을 마시며 '나폴레옹 동무의 지도력 덕분에 물맛이 얼마나 훌륭한지!'라고 소리칠 것이다.

The general feeling on the farm was well expressed in a poem entitled 'Comrade Napoleon', which was composed by Minimus and which ran as follows:

general [ʤénərəl] 일반의, 대체적인, 전반에 걸치는, 육군 대장. entitle

[intáitl] 제목을 붙이다, 명칭을 부여하다, ~라고 칭하다.

농장 전반에 걸쳐 있는 느낌은 '나폴레옹 동무'라고 불리는 시에서 잘 표현되고 있다. 그 시는 미니무스에 의해 지어졌는데 내용은 다음과 같다.

Friend of the fatherless!
Fountain of happiness!
Lord of the swill-bucket!,
oh, how my soul is on
Fire when I gaze at thy
Calm and commanding eye,
Like the sun in the sky,
Comrade Napoleon!

fountain [fáuntən] 분수, 샘, 근원. lord [lɔːrd] 지배자, 군주, 하느님. swill-bucket 돼지 사료통. thy (고어, 시어에서) 너의, 당신의.

아버지 없는 이들의 친구!
행복의 근원!
돼지 사료통의 주인! 아, 내 영혼이 얼마나
불타오르는가, 내가 그대의
조용하고 위엄 있는 눈을 바라볼 때,
하늘의 태양 같은
나폴레옹 동무여!

Thou art the giver of
All that thy creatures love,
Full belly twice a day,
clean straw to roll upon;
Every beast great or small
Sleeps at peace in his stall,

Thou watchest over all,
Comrade Napoleon!

thou art는 you are의 고어 및 시어. all that thy ~에서 that은 목적격 관계대명사임. watchest에서 est는 thou에 따르는 동사(2인칭 단수 현재 및 과거)를 만듬. watch over 지켜보다, 돌보아주다.

그대는 그대의 피조물들이 사랑하는
모든 것을 주시는 분.
하루에 두 번 배불리 먹고, 깨끗한 짚에서
뒹구네,
크건 작건 모든 짐승들은
평화롭게 우리에서 잠드네.
그대는 모든 것을 보살펴주시네,
나폴레옹 동무여!

Had I a sucking-pig,
Ere he had grown as big
Even as a pint bottle or a rolling-pin,
He should have learned to be
Faithful and true to thee,
Yes, his first squeak should be
'Comrade Napoleon!'

sucking-pig 젖먹이 돼지새끼. ere [ɛər] ~전에, ~앞에. pint [paint] 파인트(0.473리터). rolling-pin 밀방망이. squeak [skwiːk] 끽끽 울다, 끽끽 우는 소리.

내게 젖먹이 돼지새끼가 있다면,
한 파인트 병이나 밀방망이만큼
자라기 전에,
그대에게 충실하고 진실하게
되는 것을 배웠을 것을!

그렇지, 그가 처음으로 내는 끽끽 소리는
'나폴레옹 동무!'라네.

Napoleon approved of this poem and caused it to be inscribed on the wall of the big barn, at the opposite end from the Seven Commandments. It was surmounted by a portrait of Napoleon, in profile, executed by Squealer in white paint.

approve [əprúːv] 승인하다, 지지하다, 찬성하다. cause [kɔːz] 원인, ~으로 하여금 ~하게 하다, 원인이 되다, 일으키다. surmount [sərmáunt] 오르다, ~의 위에 놓다. portrait [pɔ́ːrtrit] 초상, 초상화. execute [éksikjuːt] 실행하다, 제작하다, 연기하다, 연주하다.

나폴레옹은 이 시를 승인했고 그것을 커다란 헛간의 일곱 계명 반대편 벽 끝에 새겨 넣게 하였다. 그 시 위쪽으로 흰 페인트로 스퀼러가 제작한 나폴레옹의 옆모습 초상화가 얹혀졌다.

Meanwhile, through the agency of Whymper, Napoleon was engaged in complicated negotiations with Frederick and Pilkington. The pile of timber was still unsold. Of the two, Frederick was the more anxious to get hold of it, but he would not offer a reasonable price.

agency [éidʒənsi] 기능, 매개자, 대리(권), 대리 행위. engage [ingéidʒ] 약속하다, 속박하다, 약혼시키다, 종사하다, 고용하다. negotiation [nigouʃiéiʃən] 협상, 교섭. anxious [ǽŋkʃəs] 걱정스러운, 열망하는, 조마조마하게 하는. get hold of ~을 잡다, 이해하다, ~을 손에 넣다.

한편 휨퍼의 대리 행위를 통해 나폴레옹은 프레더릭과 필킹턴과의 복잡한 협상에 들어갔다. 목재 더미는 여전히 팔리지 않은 상태였다. 둘 중에 프레더릭이 그것을 차지하기 위해 더 안달이 났지만 정당한 가격을 제시하려 하지 않았다.

At the same time there were renewed rumours that Frederick

and his men were plotting to attack Animal Farm and to destroy the windmill, the building of which had aroused furious jealousy in him.

plot [plɑt] 음모, 책략, 도모하다. attack [ətǽk] 공격하다, 공격. destroy [distrɔ́i] 파괴하다. arouse [əráuz] 일깨우다, 자극하다. jealousy [dgéləsi] 질투.

거기에다가 풍차 건조에 격심한 질투를 느낀 프레더릭이 그의 일꾼들과 함께 동물 농장을 공격해서 풍차를 파괴하려고 음모를 꾸미고 있다는 소문이 새로 돌았다.

Snowball was known to be still skulking on Pinchfield Farm. In the middle of the summer the animals were alarmed to hear that three hens had come forward and confessed that, inspired by Snowball, they had entered into a plot to murder Napoleon.

skulk [skʌlk] 슬그머니 숨다, 살금살금 걷다. enter into ~에 들어가다, 개시하다, 일부가 되다, 관여하다, 이해하다. murder [mə́:rdər] 살인, 모살, 살해하다.

스노볼은 여전히 핀치필드 농장에 숨어 있는 것으로 알려졌다. 여름철 중반에 동물들은 세 마리의 암탉들이 스노볼의 사주를 받아 나폴레옹을 살해하려는 음모에 가담했다고 앞으로 나와 실토했다는 사실을 듣고는 놀라워했다.

They were executed immediately, and fresh precautions for Napoleon's safety were taken. Four dogs guarded his bed at night, one at each corner, and a young pig named Pinkeye was given the task of tasting all his food before he ate it, lest it should be poisoned.

execute [éksikju:t] 실행하다, 처형하다. precaution [prikɔ́:ʃən] 조심, 경계, 예방책. lest should ~하지 않도록.

그들은 즉시 처형되었고 나폴레옹의 안전을 위한 새로운 예방책들이 채택

되었다. 밤이 되면 네 마리의 개들이 그의 침대를 각 모퉁이에 한 마리씩 지켰고 핑크아이라고 하는 젊은 돼지에게는 음식에 독이 타지 않도록 나폴레옹이 식사를 하기 전에 모든 음식물을 맛보는 임무가 주어졌다.

At about the same time it was given out that Napoleon had arranged to sell the pile of timber to Mr Pilkington; he was also going to enter into a regular agreement for the exchange of certain products between Animal Farm and Foxwood.

it was given out that ~라는 것이 발표되었다. arrange [əréindʒ] 배열하다, 가지런히 하다, 준비하다, 조정하다, 마련하다. agreement 동의, 승낙, 협정, 계약.

이와 거의 동시에 나폴레옹이 목재 더미를 필킹턴에게 팔기로 했다는 것이 발표되었다. 그는 또한 동물 농장과 폭스우드 사이에 어떤 생산품의 교환을 위한 정규 협약에 들어가기로 했다는 것이다.

The relations between Napoleon and Pilkington, though they were only conducted through Whymper, were now almost friendly. The animals distrusted Pilkington, as a human being, but greatly preferred him to Frederick, whom they both feared and hated.

conduct [kándʌkt] 행위, 지도, 경영, 안내하다, 지휘하다, 집행하다. friendly 친한, 우호적인. distrust 불신, 믿지 않다. prefer to ~를 더 좋아하다.

나폴레옹과 필킹턴 사이의 관계는 비록 그들이 휨퍼를 통해서 진행되었지만 지금은 거의 우호적이었다. 동물들은 한 인간으로서 필킹턴을 믿지 않았지만 그들이 두려워하고 증오했던 프레더릭보다는 그가 훨씬 나았다.

As the summer wore on, and the windmill neared completion, the rumours of an impending treacherous attack grew stronger and stronger. Frederick, it was said, intended to bring against them twenty men all armed with guns, and he had already bribed the magistrates and police, so that if he could once get hold of the title-deeds of Animal Farm they would ask no questions.

wear on 시간이 점점 가다, 경과하다. impending 절박한, 박두한, 임박한. treacherous 불충한, 믿을 수 없는, 방심할 수 없는, 위험한, 토대가 불안정한. bribe [braib] 뇌물, 매수하다. magistrate 행정장관, 치안판사. get hold of ~을 잡다, 파악하다, 이해하다, 붙들다. title-deed 권리증서.

여름이 지나 풍차가 거의 완성되었을 때 위협적인 공격이 임박했다는 소문이 점점 더 무성해졌다. 프레더릭은 동물들과 대항하기 위해 총으로 무장한 스무 명의 남자들을 동원할 것이며 이미 치안판사와 경찰까지 매수해 놓았기 때문에 만일 그가 동물 농장의 권리 증서를 차지하게 되어도 그들은 아무런 문제를 제기하지 않을 것이라고 알려졌다.

Moreover, terrible stories were leaking out from Pinchfield about the cruelties that Frederick practised upon his animals. He had flogged an old horse to death, he starved his cows, he had killed a dog by throwing it into a furnace, he amused himself in the evenings by making cocks fight with splinters of razor-blade tied to their spurs.

leak [liːk] 샘, 누출, 누설, 누설하다. cruelty [klúːəlti] 잔학함, 잔인한 행위. practice [prǽktis] 실행, 실습, 실행하다, 연습하다. flog [flɑg] 매질하다, 징계하여 ~을 바로잡다. starve [stɑːrv] 굶주리다, 굶기다. furnace [fə́ːrnis] 노, 아궁이, 화덕. splinter [splíntər] 부서진 조각, 지저깨비, 파편, 쪼개(지)다. razor-blade 안전면도날. spur [spəːr] 박차, 자극, 새의 며느리발톱, ~에 박차를 가하다.

더욱이 프레더릭이 자신의 동물들에게 행한 잔혹한 행위들에 관해 끔찍한 이야기가 핀치필드 농장에서 새어나오고 있었다. 그는 늙은 말을 매질해서 죽이고 암소들을 굶기고 개를 아궁이에 던져버려 죽게 했으며 저녁나절이면 수탉들의 며느리발톱에 면도날 조각을 묶어서 서로 싸움시키는 것을 즐긴다는 것이다.

The animals' blood boiled with rage when they heard of these things being done to their comrades, and sometimes they clamoured to be allowed to go out in a body and attack Pinchfield Farm, drive out the humans, and set the animals free.

boil [bɔil] 끓다, 끓어오르다, 끓이다, 삶다. rage [reidʒ] 격노, 격정, 열망, 격노하다. clamour [klǽmər] 외치는 소리, 아우성 소리, 시끄럽게 굴다, 극성스럽게 요구하다. in a body 일단이 되어. drive out 추방하다, 몰아내다, 차로 외출하다. set free 해방하다, 석방하다.

동물들은 이런 일이 동료들에게 가해지는 것을 들을 때 격분하여 피가 끓었다. 그래서 때때로 모두들 함께 밖으로 나가 핀치필드 농장을 공격하여 인간들을 몰아내고 동물들을 해방시키도록 허락해 달라고 극성스럽게 요구했다.

But Squealer counselled them to avoid rash actions and thrust in Comrade Napoleon's strategy.

Nevertheless, feeling against Frederick continued to run high.

counsel [káunsəl] 조언, 권고, 조언하다, 권하다. avoid [əvɔ́id] 피하다. rash [ræʃ] 분별없는, 경솔한, 성급한. run high 파도가 높고 물살이 거세지다, 격해지다, 비싸지다.

하지만 스퀼러는 그들에게 성급한 행동을 피하고 나폴레옹 동무의 전략을 믿으라고 조언했다.

그럼에도 불구하고 프레더릭에 대한 반감은 더욱 고조되었다.

One Sunday morning Napoleon appeared in the barn and explained that he had never at any time contemplated selling the pile of timber to Frederick; he considered it beneath his dignity, he said, to have dealings with scoundrels of that description.

at any time 언제 어느 때, 언제든지. contemplate [kántəmpleit] 심사숙고하다, 기대하다, 명상하다. it는 형식목적어이고 to have 이하는 진목적어임. be beneath one's dignity 아무의 품위를 손상시키다. scoundrels [skáundrəl] 악당, 깡패, 불한당. description [diskrípʃən] 기술, 묘사, 특징

열거, 종류.

어느 일요일 아침 나폴레옹은 헛간에 나타나서 자신은 한시라도 프레더릭에게 목재 더미를 파는 것을 고려해 본적이 없다고 해명했다. 그는 그런 종류의 악당과 거래를 하는 것을 자신의 품위를 손상시키는 것으로 생각한다고 했다.

The pigeons who were still sent out to spread tidings of the Rebellion were forbidden to set foot anywhere on Foxwood, and were also ordered to drop their former slogan of 'Death to Humanity's in favour of 'Death to Frederick'.

tidings [táidiŋz] 통지, 기별, 소식. set foot on ~에 들어가다. drop [drɑp] 방울, 소량, 낙하, 떨어뜨리다, 버리다. in favour of ~에 찬성하여, ~을 위해, ~에게 지급하는.

반란 소식을 퍼뜨리도록 여전히 내보내어지고 있는 비둘기들은 폭스우드 어디에도 들어가는 것이 금지되었다. 그리고 이전의 표어 '인간에게 죽음을'을 버리고 '프레더릭에게 죽음을'을 채택하도록 명령받았다.

In the late summer yet another of Snowball's machinations was laid bare. The wheat crop was full of weeds, and it was discovered that on one of his nocturnal visits Snowball had mixed weed seeds with the seed corn.

machination [mӕkənéiʃn] 간계, 음모, 책동. lay bare 털어놓다, 폭로하다. nocturnal [nɑktə́:rnl] 밤의, 야행성의.

늦은 여름 여전히 또 다른 스노볼의 간계가 폭로되었다. 밀 작물이 잡초로 가득했는데 그의 야간 방문들 중 한 밤에 그가 밀 씨앗에 잡초 씨를 섞어 놓았다는 것이 밝혀졌다.

A gander who had been privy to the plot had confessed his guilt to Squealer and immediately committed suicide by swallowing deadly nightshade berries. The animals now also learned that

Snowball had never — as many of them had believed hitherto — received the order of 'Animal Hero, First Class'.

gander [gǽndər] 거위. privy [prívi] 내밀히 관여하는, 사적인. deadly nightshade 벨라돈나 풀로서 가지속의 식물임, 잎과 열매 등에 독성이 있음.

그 음모에 은밀히 관여했던 거위 한 마리가 스퀼러에게 자신의 죄를 자백하고는 즉시 독이 들어 있는 딸기를 삼켜 자살했다. 동물들은 또한 많은 동물들이 지금까지 믿고 있었던 대로 스노볼이 '동물 영웅 일등 훈장'을 받은 것이 결코 아니었다는 것을 알게 되었다.

This was merely a legend which had been spread some time after the Battle of the Cowshed by Snowball himself. So far from being decorated, he had been censured for showing cowardice in the battle.

legend [léʤənd] 전설, 전해오는 이야기. decorate [dékəreit] 꾸미다, 장식하다, 훈장을 주다. (so) far from ~하기는커녕. censure [sénʃər] 비난하다, 나무라다, 비난, 혹평. cowardice [káuərdis] 겁, 소심.

이것은 외양간 전투 이후 스노볼 자신에 의해 한동안 퍼졌던 전설에 불과했다. 그는 훈장을 받기는커녕 그 전투에서 소심함을 보여줌으로써 비난받았다는 것이다.

Once again some of the animals heard this with a certain bewilderment, but Squealer was soon able to convinced them that their memories had been at fault.

bewilderment 당황, 어리둥절함. be able to ~을 할 수 있다. convince [kənvíns] 납득시키다, 확신시키다. at fault 잘못하여, 당황하여, 어찌할 바를 몰라.

또다시 몇몇 동물들은 상당히 당황스럽게 이 이야기를 들었지만 스퀼러는 곧 그들에게 그들의 기억이 잘못되었음을 확신시킬 수 있었다.

In the autumn, by a tremendous, exhausting effort — for the

harvest had to be gathered at almost the same time — the windmill was finished. The machinery had still to be installed, and Whymper was negotiating the purchase of it, but the structure was completed.

tremendous [triméndəs] 무서운, 엄청난. exhausting 소모적인, 지치게 하는. install [instɔ́:l] 설치하다. negotiate [nigóuʃieit] 협상하다. purchase [pə́:rtʃəs] 사다, 구입하다, 구입, 매입.

가을이 되어 수확물도 거의 동시에 거두어들여야 했기 때문에 진을 빼는 엄청난 노력 끝에 풍차가 완성되었다. 기계가 여전히 설치되어야 하고 휨퍼가 그 기계의 구입을 협상하고 있지만 일단 구조물은 완성되었다.

In the teeth of every difficulty, in spite of inexperience, of primitive implements, of bad luck, and of Snowball's treachery, the work had been finished punctually to the very day!

in the teeth of ~에도 불구하고, ~을 무릅쓰고. in spite of ~에도 불구하고. primitive [prímətiv] 원시의, 원시적인, 유치한. implement [ímpləmənt] 도구, 수단, 도구를 주다. treachery [trétʃəri] 배반, 반역. punctually 시간을 엄수하여.

모든 어려움을 무릅쓰고, 무경험과 유치한 도구들, 불운과 스노볼의 배반에도 불구하고 작업이 예정된 날에 정확히 끝났다!

Tired out but proud, the animals walked round and round their masterpiece, which appeared even more beautiful in their eyes than when it had been built the first time. Moreover, the walls were twice as thick as before. Nothing short of explosives would lay them low this time!

tired out, proud 등은 모두 주격 보어로 볼 수 있음. masterpiece [mǽstərpi:s] 걸작, 명작. short of ~이하의, ~에 부족한, ~을 제하고. explosive [iksplóusiv] 폭발하기 쉬운, 폭약, 폭발물.

피곤했지만 자랑스러워하면서 동물들은 자신들의 걸작품 주위를 빙빙 돌았

다. 그들의 눈에 풍차는 처음에 만들어졌을 때보다 좀 더 아름답게 보였다. 더욱이 벽의 두께는 두 배나 되었다. 이번에는 폭발물이 아니고서는 어떤 것도 그것을 무너뜨릴 수 없을 것이다!

And when they thought of how they had laboured, what discouragements they had overcome, and the enormous difference that would be made in their lives when the sails were turning and the dynamos running — when they thought of all this, their tiredness forsook them and they gambolled round and round the windmill, uttering cries of triumph.

discouragement 실망, 낙담. sail [seil] 돛, 돛단배, 풍차의 날개, 범주하다, 날다. dynamo [dáinəmou] 발전기, 정력가. forsake [fərséik] 버리고 돌보지 않다, 내버리다, 떠나다. gambol [gǽmbəl] 뛰놀기, 장난, 뛰놀다. uttering cries of ~은 부대상황을 나타내는 분사구문임.

그들이 어떻게 노동을 했는지, 어떠한 난관을 극복했는지, 그리고 풍차의 날개가 돌아가고 발전기가 작동하게 되어 그들의 삶에서 이루어지는 어마어마한 변화 같은 것들을 생각했을 때 그들의 피곤함은 사라졌고 그래서 그들은 승리의 함성을 외치며 풍차를 빙글빙글 돌며 뛰어 놀았다.

Napoleon himself, attended by his dogs and his cockerel, came down to inspect the completed work; he personally congratulated the animals on their achievement, and announced that the mill would be named Napoleon Mill.

inspect [inspékt] 조사하다, 검사하다. congratulate [kəngrǽtʃəleit] 축하하다. achievement [ətʃíːvmənt] 성취, 달성, 업적.

나폴레옹 자신도 개들과 수탉을 거느리고 완성된 작품을 검사하기 위해 내려왔다. 그는 몸소 동물들에게 그들의 업적을 축하했고 그 풍차는 나폴레옹 풍차로 불리어질 것이라고 발표했다.

Two days later the animals were called together for a special meeting in the barn. They were struck dumb with surprise when Napoleon announced that he had sold the pile of timber to Frederick. Tomorrow Frederick's wagons would arrive and begin carting it away.

dumb [dʌm] 벙어리의, 말을 하지 않는. strike a person dumb 아무를 깜짝 놀라게 하다. wagon [wǽgən] 4륜차, 짐마차. cart away 실어내다.

이틀 뒤 동물들은 특별 회의를 위해 헛간으로 소집되었다. 그들은 나폴레옹이 목재 더미를 프레더릭에게 팔았다고 발표하자 깜짝 놀랐다. 내일 프레더릭의 짐마차가 와서 목재를 실어간다는 것이었다.

Throughout the whole period of his seeming friendship with Pilkington, Napoleon had really been in secret agreement with Frederick.

All relations with Foxwood had been broken off; insulting messages had been sent to Pilkington.

seeming 겉으로의, 외관상의. relation [riléiʃən] 관계, 친척. break off 꺾어내다, 그만두다. insulting 모욕적인, 무례한.

나폴레옹은 필킹턴과의 겉으로의 친분 기간 동안 내내 실제로는 프레더릭과 은밀한 합의를 하고 있었던 것이다.

폭스우드와의 모든 관계는 끊어졌다. 모욕적인 메시지가 필킹턴에게 보내졌다.

The pigeons had been told to avoid Pinchfield Farm and to alter slogan from 'Death to Frederick' to 'Death to 'Pilkington'. At the same time Napoleon assured the animals that the stories of an impending attack on Animal Farm were completely untrue, and that the tales about Frederick's cruelty to his animals had been greatly exaggerated.

alter [ɔ́ːltər] 바꾸다, 개조하다. assure [əʃúər] ~에게 보증하다, 확신시키다. story [stɔ́ːri] 이야기, 줄거리, 소문. exaggerate [igzǽʤəreit] 과장

하다.

비둘기들은 핀치필드 농장을 피하라고 들었는데 이제 슬로건을 '프레더릭에게 죽음을'에서 '필킹턴에게 죽음을'로 바꾸도록 지시받았다. 동시에 나폴레옹은 동물들에게 동물 농장에 대한 임박한 공격에 관한 소문은 완전히 사실과 다르며 프레더릭의 동물들에 대한 잔인한 행동들은 크게 과장된 것이었다고 확신시켜주었다.

All these rumours had probably originated with Snowball and his agents. It now appeared that Snowball was not, after all, hiding on Pinchfield Farm, and in fact had never been there in his life: he was living — in considerable luxury, so it was said — at Foxwood, and had in reality been a pensioner of Pilkington for years past.

originate [ərídʒəneit] 시작하다, 근원이 되다, 일어나다. agent [éidʒənt] 대행자, 대리점, 정부직원. 앞잡이. luxury [lʌ́kʃəri] 사치, 사치품, 즐거움, 향락. pensioner 연금수령자.

모든 소문은 아마도 스노볼과 그의 앞잡이에 의해 시작된 것이었다. 이제 스노볼은 결국은 핀치필드 농장에 숨어 있는 것이 아닌 것 같았다. 그리고 사실 평생 그곳에 있었던 적이 없었다. 그래서 그는 폭스우드에서 상당히 사치스럽게 살고 있으면서 실제로 과거 몇 년 동안 필킹턴의 연금 수령자였다고 알려졌다.

The pigs were in ecstasies over Napoleon's cunning. By seeming to be friendly with Pilkington he had forced Frederick to raise his price by twelve pounds. But the superior quality of Napoleon's mind, said Squealer, was shown in the fact that he trusted nobody, not even Frederick.

ecstasy [ékstəsi] 황홀, 무아경. cunning [kʌ́niŋ] 교활한, 약삭빠른, 교묘함, 교활, 솜씨. superior [səpíəriər] ~보다 위의, 우수한, 초연한, 윗사람, 뛰어난 사람, 상수. quality [kwάləti] 품질, 특성, 양질.

돼지들은 나폴레옹의 교묘함에 황홀해 하였다. 그는 겉으로는 필킹턴과 친한 척 하면서 프레더릭에게 가격을 12파운드 더 올리도록 압력을 가한 것이었다. 하지만 나폴레옹의 사고방식의 뛰어난 점은 그가 아무도, 심지어는 프레더릭까지도 전혀 신뢰하지 않았다는 사실에서 잘 나타난다고 스퀄러가 말했다.

Frederick had wanted to pay for the timber with something called a cheque, which, it seemed, was a piece of paper with a promise to pay written upon it. But Napoleon was too clever for him.

cheque [tʃek] 수표. too clever for him 그에 비해서는 너무나 영리한.

프레더릭은 지불 약속이 적혀 있는 하나의 종이쪽지처럼 보이는 수표로 목재 대금을 지불하길 원했었다. 하지만 나폴레옹은 그보다 너무나 영리했다.

He had demanded payment in real five-pound notes, which were to be handed over before the timber was removed. Already Frederick had paid up; and the sum he had paid was just enough to buy the machinery for the windmill.

note [nout] 각서, 문서, 짧은 편지, 지폐, 적어두다. sum [sʌm] 총계, 합계, 개요, 금액, 총계하다, 요약하다. machinery [məʃíːnəri] 기계류, 기계장치, 기관.

그는 실제 5파운드짜리 지폐로 지불되길 요구했고 지폐는 목재가 치워지기 전에 지불되어야 한다고 했다. 프레더릭은 이제 지불을 끝냈고 그가 지불한 금액은 풍차에 설치할 기계장치를 구입하기에 충분했다.

Meanwhile the timber was being carted away at high speed. When it was all gone, another special meeting was held in the barn for the animals to inspect Frederick's bank-notes.

meanwhile 그동안, 그사이, 한편, 동시에. inspect [inspékt] 조사하다, 검사하다. bank-note 은행권, 지폐.

그사이 목재는 빠른 속도로 실려 가고 있었다. 모두 실려 가고 난 후 동물

205

들이 프레더릭의 지폐를 구경하도록 또 다른 집회가 헛간에서 열렸다.

Smiling beatifically, and wearing both his decorations, Napoleon reposed on a bed of straw on the platform, with the money at his side, neatly piled on a china dish from the farmhouse kitchen.

smiling ~과 wearing ~은 부대상황을 나타내는 분사구문임. beatifically [biːətífikəli] 행복에 넘쳐, 기뻐하여. repose [ripóuz] 휴식, 평정, 눕히다, 재우다, 쉬다, 영면하다, 안치되다. china dish 도자기 접시.

행복에 넘쳐 미소를 지으며, 자신의 훈장 두 개를 착용한 모습으로 나폴레옹은 연단 위 짚으로 된 침대에 좌정하고 앉아 있었다. 그의 옆에 농장의 주택 부엌에서 가져온 도자기 접시에 잘 쌓아 놓은 돈이 있었다.

The animals filed slowly past, and each gazed his fill. And Boxer put out his nose to sniff at the bank-notes, and the flimsy white things stirred and rustled in his breath.

file [fail] 서류 꽂이, 서류철, 철하여 보관하다, 종대로 나아가게 하다, 입후보 등록을 하다, 줄지어 행진하다. one's fill 잔뜩, 실컷, 마음껏. flimsy [flímzi] 무른, 얄팍한, 얇은 종이.

동물들은 줄을 지어 천천히 지나갔다. 각자는 실컷 구경했다. 그리고 복서는 코를 내밀고 지폐를 냄새 맡았고 그의 숨결에 얇고 하얀 지폐는 살랑이며 바스락거렸다.

Three days later there was a terrible hullabaloo. Whymper, his face deadly pale, came racing up the path on his bicycle, flung it down in the yard, and rushed straight into the farmhouse.

hullabaloo [hʌ́ləbəlu] 왁자지껄, 떠들썩함, 큰 소란.

3일 후 엄청난 소란이 일어났다. 휨퍼는 얼굴이 하얗게 질려서 허겁지겁 자전거를 타고 올라와서 자전거를 뜰에 내팽기고 곧장 농장의 주택으로 뛰어 들어갔다.

The next moment a choking roar of rage sounded from Napoleon's apartments. The news of what had happened sped round the farm like wildfire. The bank-notes were forgeries! Frederick had got the timber for nothing!

choking [tʃóukiŋ] 숨 막히는, 목이 메는 듯한. speed [spíːd] 빠르기, 속력, 신속, 서두르다, 진척시키다, 급히 가다. speed-sped-sped. wildfire 도깨비불, 마른번개. speed like wildfire 삽시간에 퍼지다.
forgery [fɔ́ːrdʒəri] 위조, 위조죄. for nothing 무료로, 무익하게, 헛되이.

다음 순간 목이 메는 분노의 고함소리가 나폴레옹의 방에서 들렸다. 발생한 사건에 관한 뉴스가 농장에 삽시간에 퍼졌다. 지폐는 위폐였다! 프레더릭은 공짜로 재목을 가져갔던 것이다!

Napoleon called the animals together immediately and in a terrible voice pronounced the death sentence upon Frederick. When captured, he said, Frederick should be boiled alive. At the same time he warned them that after this treacherous deed the worst was to be expected.

pronounce [prənáuns] 발음하다, 선언하다, 공표하다. death sentence 사형선고. capture [kǽptʃər] 포획, 붙잡다.

나폴레옹은 즉시 동물들을 소집해서 무시무시한 목소리로 프레더릭에 대한 사형선고를 공표했다. 그를 생포하면 산채로 끓는 물에 넣을 것이라고 했다. 동시에 그는 이런 반역적인 행위 다음에 최악의 경우가 예상된다고 동물들에게 경고했다.

Frederick and his men might make their long-expected attack at any moment. Sentinels were placed at all the approaches to the farm. In addition, four pigeons were sent to Foxwood with a conciliatory message, which it was hoped might re-establish good relations with Pilkington.

sentinel [séntənəl] 보초, 보초를 서다. approach [əpróutʃ] ~에 가까

이 가다, 접근하다, 접근하는 길, 입구. in addition 게다가, 그 위에. conciliatory [kənsíliətɔ̀ːri] 달래는, 회유적인, 타협적인.

프레더릭과 그의 일꾼들은 그들이 오랫동안 염원했던 공격을 언제라도 시작할지 몰랐다. 농장으로 통하는 모든 입구에 보초가 세워졌다. 게다가 필킹턴과 좋은 관계를 다시 확립할 것을 희망하는 회유적인 메시지를 갖고 네 마리의 비둘기들이 폭스우드로 보내졌다.

The very next morning the attack came. The animals were at breakfast when the look-outs came racing in with the news that Frederick and his followers had already come through the five-bared gate.

look-out [lúkaut] 감시, 망보기, 간수, 가망.

바로 다음날 아침 공격이 시작되었다. 망꾼들이 프레더릭과 그의 추종자들이 벌써 다섯 개의 빗장이 달린 문을 통과했다는 소식을 갖고 달려왔을 때 동물들은 아침을 먹고 있었다.

Boldly enough the animals sallied forth to meet them, but this time they did not have the easy victory that they had had in the Battle of the Caw-shed. There were fifteen men, with half a dozen guns between them, and they opened fire as soon as they got within fifty yards.

sally [sǽli] 출격, 돌격, 돌발, 용솟음, 출격하다, 기운차게 나오다. open fire 사격을 개시하다.

용감하게도 동물들은 그들과 대응하기 위해 앞으로 돌격했다. 하지만 이번에는 지난번 외양간 전투에서 얻어냈던 손쉬운 승리를 거둘 수 없었다. 인간들은 열다섯 명이었는데 그중 여섯은 총을 갖고 있었다. 그리고 그들은 동물들이 오십 야드 안쪽으로 접근하자마자 사격을 개시했다.

The animals could not face the terrible explosions and the stinging pellets, and in spite of the efforts of Napoleon and Boxer to rally them, they were soon driven back.

explosion [iksplóuʒən] 폭발, 폭발음, 폭파. stinging 찌르는, 쏘는, 날카로운, 실랄한. pellet [pélit] 작은 총알, 탄알, 산탄, 종이 등이 둥글게 뭉친 것. rally [rǽli] 다시 모으다, 불러 모으다, 집중시키다, drive back 되쫓아 버리다, 물리치다.

동물들은 무시무시한 총소리와 날카로운 산탄에 맞설 수 없었다. 그들을 독려하는 나폴레옹과 복서의 노력에도 불구하고 그들은 곧 뒤로 밀렸다.

A number of them were already wounded. They took refuge in the farm buildings and peeped cautiously out from chinks and knot-holes. The whole of the big pasture, including the windmill, was in the hands of the enemy.

wound [wuːnd] 부상, 부상을 입히다. refuge [réfjuːʤ] 피난, 피난소, 은신처. peep [piːp] 엿보기, 엿보다. cautiously 주의 깊게, 신중하게. chink [tʃiŋk] 갈라진 틈. knot-hole 널판의 옹이구멍.

많은 동물들이 이미 부상을 입었다. 그들은 농장 건물들을 은신처로 삼고 갈라진 틈과 옹이구멍을 통해서 조심스럽게 밖을 엿보았다. 풍차를 포함하여 커다란 목초지 전체가 적의 수중에 떨어졌다.

For the moment even Napoleon seemed at a loss. He paced up and down without a word, his tail rigid and twitching. Wistful glances were sent in the direction of Foxwood. If Pilkington and his men would help them, the day might yet be won.

at a loss 난처하여, 어쩔 줄 몰라, 밑지고. rigid [ríʤid] 굳은, 완고한, 엄격한. twitch [twitʃ] 잡아당기다, 경련시키다, 씰룩씰룩 움직이다. wistful [wístfəl] 탐내는 듯한, 그리워하는, 생각에 잠긴. glance [glæns] 흘긋 봄, 일별, 일견, 흘긋 보다. 쭉 훑어보다.

그 순간 나폴레옹조차 어쩔 줄 몰라 했다. 그는 굳어진 꼬리를 씰룩거리면서 말없이 서성거렸다. 동경하는 듯한 눈길이 폭스우드 쪽으로 보내졌다. 필킹턴과 그의 부하들이 도와준다면 아직 승리를 거둘 수 있을 것이었다.

But at this moment the four pigeons, who had been sent out on the day before, returned, one of them bearing a scrap of paper from Pilkington. On it was pencilled the words: 'Serves you right'.

one of them bearing ~은 독립 분사구문임. scrap [skræp] 작은 조각, 남은 것, 지스러기, 조금, 오려낸 것. serve a person right 누구에게 당연한 일이다, 자업자득이다.

하지만 그 순간 전날 보내졌던 네 마리의 비둘기들이 돌아왔는데 그들 중 한 마리는 필킹턴이 보낸 종이쪽지를 가져왔다. 거기에는 연필로 '자업자득이다'라고 씌어 있었다.

Meanwhile Frederick and his men had halted about the windmill. The animals watched them, and a murmur of dismay went round. Two of the men had produced a crowbar and a sledge hammer. They were going to knock the windmill down.

halt [hɔ:lt] 멈춰서다. murmur [mə́:rmər] 중얼거림, 졸졸 소리를 내다, 불평을 하다. dismay [disméi] 당황, 경악, 낙담. produce [prədjú:s] 산출하다, 생산하다. 일으키다, 제시하다, 연출하다. crowbar 쇠지레. sledge hammer 대형의 쇠망치.

그 동안 프레더릭과 그의 부하들은 풍차 앞에 와서 멈추어 섰다. 동물들은 그들을 지켜보았고 불안해하는 중얼거림이 흘러나왔다. 남자 둘이서 쇠지레와 커다란 망치를 꺼냈다. 그들은 풍차를 때려 부수려 하고 있었다.

'Impossible!' cried Napoleon. 'We have built the walls far too thick for that. They could not knock it down in a week. Courage, comrades!'

But Benjamin was watching the movements of the men intently. The two with the hammer and the crowbar were drilling a hole near the base of the windmill.

courage [kə́:ridʒ] 용기, 담력. knock down 때려눕히다, 결말 짓다.

intently 열심히, 일사분란하게, 오로지. drill [dril] 송곳, 훈련, 반복 연습.

'불가능하지!' 나폴레옹이 소리쳤다. '우린 그보다는 **훨씬** 두껍게 벽을 쌓았거든. 그들은 일주일이 되어도 그걸 무너뜨리지 못할 거요. 용기를 내요, 동무들!'

하지만 벤자민은 그들의 움직임을 유심히 지켜보았다. 쇠지레와 망치를 가진 남자들은 풍차 밑 부분 근처에 구멍을 내고 있었다.

Slowly, and with an air almost of amusement, Benjamin nodded his long muzzle.

'I thought so,' he said. 'Do you not see what they are doing? In another moment they are going to pack blasting powder into that hole.'

nod [nɑd] 끄덕이다, 인사하다, 졸다. 끄덕임, 인사, 목례, 졺. muzzle [mʌzəl] 동물의 주둥이, 재갈을 물리다. pack [pæk] 꾸러미, 보따리, 습포, 미용 팩. 짐을 싸다, 포장하다, 채우다, 틀어막다, 미용 팩을 하다. blasting power 발파용 폭약.

천천히, 그리고 거의 흥미 있는 태도로 벤자민은 그의 긴 주둥이를 끄덕였다.

'그럴 줄 알았지,' 그가 말했다. '그들이 무얼 하고 있는지 모르겠소? 잠시 후 그들은 그 구멍에 발파용 폭약을 채워 넣을 거요.'

Terrified, the animals waited. It was impossible now to venture out of the shelter of the buildings. After a few minutes the men were seen to be running in all directions. Then there was a deafening roar.

venture [véntʃər] 위험을 무릅쓰고 가다, 위험에 내맡기다, 위험을 무릅쓰고 하다. 모험적 사업, 투기. shelter [ʃéltər] 피난 장소, 차폐물, 숨기다, 피난하다. direction [dirékʃən] 지도, 감독, 방향. deafening 귀청이 터질 것 같은. roar [rɔːr] 으르렁거리다, 고함치다, 대포나 천둥 따위가 울리다. 으르렁거리는 소리, 고함소리, 노호.

두려움에 떨며 동물들은 기다렸다. 지금 건물 피난처에서 위험을 무릅쓰고 뛰쳐나오는 것은 불가능했다. 몇 분 뒤 인간들이 사방으로 뛰는 것이 보였다. 그리고 귀청이 터질 것 같은 소리가 났다.

The pigeons swirled into the air, and all the animals, except Napoleon, flung themselves flat on their bellies and hid their faces. When they got up again, a huge cloud of black smoke was hanging where the windmill had been. Slowly the breeze drifted it away. The windmill had ceased to exist!

swirl [swəːrl] 소용돌이치다, 소용돌이. fling [fliŋ] 던지다, 던지기. on one's belly 배를 깔고. breeze [briːz] 산들바람, 산들바람이 불다. drift [drift] 표류, 표류하다.

비둘기들은 공중으로 흩어져 솟아올랐고 나폴레옹을 제외한 모든 동물들이 바닥에 배를 깔고 납작 엎드리며 얼굴을 묻었다. 그들이 다시 일어났을 때 커다란 검은 연기가 풍차에 있던 곳에 걸려 있었고 산들바람이 천천히 그것을 걷어내고 있었다. 풍차가 없어졌다.

At this sight the animals' courage returned to them. The fear and despair they had felt a moment earlier were drowned in their rage against this vile, contemptible act. A mighty cry for vengeance went up, and without waiting for further orders they charged forth in a body and made straight for the enemy.

despair [dispέər] 절망, 자포자기. drown [draun] 물에 빠뜨리다, 물에 빠지다, 압도하다. vile [vail] 비열한, 야비한. contemptible 멸시할 만한, 경멸할 만한. vengeance [véndʒəns] 복수, 원수. charge forth 앞으로 돌진하다. in a body 일단이 되어. make for ~을 향하여 나아가다, 돌진하다. 공헌하다.

이 광경에 동물들의 용기가 되돌아왔다. 조금 전 그들이 느꼈던 두려움과 절망은 이런 비열하고 경멸적인 행위에 대한 분노에 압도되었다. 복수해야 한다는 커다란 함성이 터져 나왔고 어떠한 명령을 기다릴 것 없이 그들은 일단이 되어 앞으로 나아가 적을 향해 곧바로 돌진했다.

This time they did not heed the cruel pellets that swept over them like hail. It was a savage, bitter battle. The men fired again and again, and when the animals got to close quarters, lashed out with their sticks and their heavy boots.

heed [hi:d] 주의하다, 조심하다, 주의, 유의. sweep over ~에 밀려오다, ~을 압도하다, 휩쓸다. hail [heil] 싸락눈, 우박, 우박이 내리다. savage [sǽvidʒ] 야만의, 사나운, 잔혹한. bitter [bítər] 쓴, 모진, 쓰라린. at close quarters 바짝 접근하여. lash out 강타하다, 걷어차다.

동물들은 이번에 그들에게 우박처럼 쏟아지는 끔찍한 총알들을 개의치 않았다. 그것은 잔혹하고 쓰라린 전투였다. 인간들은 계속해서 총을 쏘아댔고 동물들이 바짝 접근하자 그들은 몽둥이를 휘두르고 무거운 부츠로 걷어찼다.

A cow, three sheep, and two geese were killed, and nearly everyone was wounded. Even Napoleon, who was directing operations from the rear, had the tip of his tail chipped by a pellet. But the men did not go unscathed either.

operation [ɑpəréiʃən] 가동, 효력, 운영, 수술, 작전. chip [tʃip] 나무토막, 깨진 조각, 얇은 조각, 시시한 것, 깎다, 자르다. unscathed 상처가 없는, 다치지 않은.

암소 한 마리와 양 세 마리, 그리고 거위 두 마리가 죽었고 거의 모두가 부상을 입었다. 뒤에서 작전을 지휘했던 나폴레옹조차 꼬리 끝 부분이 총알에 잘려나갔다. 하지만 인간들도 또한 상처가 없는 것은 아니었다.

Three of them had their heads broken by blows from Boxer's hoofs; another was gored in the belly by a cow's horn; another had his trousers nearly torn off by Jessie and Bluebell.

gore [gɔ:r] 뿔이나 엄니 따위로 찌르다. 상처에서 나온 피.
trousers [tráuzərz] 바지, 헐렁 바지.

그들 중 셋은 복서의 발에 차여 머리가 깨지고 다른 하나는 암소의 뿔에 배를 찔렸으며 또 다른 하나는 제시와 블루벨에 의해 바지가 거의 찢겨져 나갔다.

And when the nine dogs of Napoleon's own bodyguard, whom he had instructed to make a detour under cover of the hedge, suddenly appeared on the men's flank, baying ferociously, panic overtook them.

bodyguard 경호원, 호위병. instruct [instrʌ́kt] 가르치다, 지시하다. detour [díːtuər] 우회, 우회로. make a detour 우회하다. flank [flæŋk] 옆구리, 측면. bay [bei] 만, 내포, 기둥과 기둥 사이, 궁지, 짖는 소리, 짖다. baying ferociously는 부대상황을 나타내는 분사구문임. ferociously 사납게, 잔인하게. panic [pǽnik] 돌연한 공포, 공황, 당황한, 당황하다. overtake ~ 을 따라잡다, 압도하다.

나폴레옹이 울타리 뒤로 우회하라고 지시했던 자신의 보디가드인 아홉 마리의 개들이 사납게 짖어대며 인간들의 측면에 갑자기 나타났을 때 인간들은 돌연한 공포에 사로잡혔다.

They saw that they were in danger of being surrounded. Frederick shouted to his men to get out while the going was good, and the next moment the cowardly enemy was running for dear life.

surround [səráund] 에워싸다, 둘러싸다, 포위하다. shout [ʃaut] 외치다, 고함치다, 외침. cowardly 겁 많은, 소심한, 겁내어, 비겁하게. run for dear life 필사적으로 달아나다.

그들은 자신들이 포위될 위험에 있다는 것을 깨달았다. 프레더릭은 그의 부하들에게 달아날 형편이 좋은 때 달아나자고 소리쳤다. 그 다음 순간 겁 많은 적들은 필사적으로 달아나고 있었다.

The animals chased them right down to the bottom of the field, and got in some last kicks at them as they forced their way through the thorn hedge.

They had won, but they were weary and bleeding. Slowly they began to limp back towards the farm.

chase [tʃeis] 쫓다, 추적하다, 추적. bottom [bátəm] 밑바닥, 기초, 토대, 기슭, 아래쪽. get in 들어가다, 당선되다, 타격 등을 가하다. force one's way through 억지로 헤치며 나아가다. thorn [θɔːrn] 가시, 산사나무, 고통의 원인. limp [limp] 절뚝거리다, 나긋나긋한, 무기력한, 맥이 빠진.

동물들은 초원 바로 아래쪽까지 그들을 추적하여 그들이 산사나무 울타리를 간신히 헤치며 빠져나갈 때 그들에게 마지막 발길질을 가했다.

그들은 승리를 거두었지만 지치고 피투성이가 되었다. 그들은 절뚝거리며 천천히 농장으로 돌아오기 시작했다.

The sight of their dead comrades stretched upon the grass moved some of them to tears. And for a little while they halted in sorrowful silence at the place where the windmill had once stood. Yes, it was gone; almost the last trace of their labour was gone!

stretch [stretʃ] 뻗치다, 늘이다, 뻗다, 뻗기. move [muːv] 움직이다, 감동시키다, 자극하다. halt [hɔːlt] 멈춰서다, 섬. the place where the windmill ~에서 where는 관계부사임. trace [treis] 자국을 밟다, 추적하다, 그리다, 긋다, 발자국, 자취, 기운, 도형.

잔디 위에 늘어져 죽어 있는 동료들의 모습은 몇몇 동물들을 눈물 흘리게 했다. 그들은 한 때 풍차가 서 있던 자리에서 슬픔에 잠긴 침묵 속에 잠시 멈춰 섰다. 그렇다, 그것은 사라졌다. 그들의 노동의 마지막 흔적이 거의 사라진 것이다!

Even the foundations were partially destroyed. And in rebuilding it they could not this time, as before, make use of the fallen stones. This time the stones had vanished too. The force of the explosion had flung them to distances of hundreds of yards. It was as though the windmill had never been.

foundation [faundéiʃən] 창설, 기초, 토대, 재단. destroy [distrɔ́i] 파괴하다, 부수다, 죽이다, 말소시키다. make use of ~을 이용하다. vanish [vǽniʃ] 사라지다, 자취를 감추다. as though 마치 ~처럼.

기초까지도 부분적으로 파괴되었다. 그리고 그것을 다시 짓는데 이번엔 전처럼 떨어진 돌들을 이용할 수 없었다. 이번엔 돌들도 역시 사라졌다. 폭발의 위력은 돌들을 수백 야드 떨어진 곳으로 날려버렸다. 그곳은 마치 풍차가 전혀 없었던 것 같았다.

As they approached the farm Squealer, who had unaccountably been absent during the fighting, came skipping towards them, whisking his tail and beaming with satisfaction. And the animals heard, from the direction of the farm buildings, the solemn booming of a gun.

approach [əpróutʃ] ~에 가까이 가다, 접근. unaccountably 설명할 수 없이, 까닭을 알 수 없이. beam [biːm] 대들보, 빛나다. solemn [sáləm] 엄숙한, 장엄한. boom [buːm] 대포나 천둥 따위의 울리는 소리, 우렁찬 소리로 알리다.

그들이 농장에 접근했을 때 전투하는 동안 까닭 없이 보이지 않았던 스퀼러가 꼬리를 흔들며 만족스러운 환한 얼굴로 그들을 향해 뛰어왔다. 그리고 동물들은 농장 건물들 쪽에서 엄숙하게 울리는 총 소리를 들었다.

'What is that gun firing for?' said Boxer.

'To celebrate our victory!' cried Squealer.

'What victory?' said Boxer. His knees were bleeding, he had lost a shoe and spilt his hoof, and a dozen pellets had lodged themselves in his hindleg.

celebrate [séləbreit] 경축하다, 찬양하다. bleed [bliːd] 출혈하다, 피를 빼다. shoe [ʃuː] 신, 구두, 편자. lodge [lɑdʒ] 오두막집, 숙박하다, 투숙시키다, 탄알 등이 들어가다. hindleg 뒷다리.

216

'저 총은 무엇 때문에 발사되는 거요?' 복서가 물었다.

'우리의 승리를 축하하기 위해서죠!' 스퀼러가 소리쳤다.

'무슨 승리?' 복서가 말했다. 그는 무릎에 피가 흐르고 있었고 편자 하나를 잃었으며 그의 발굽은 쪼개졌다. 또한 열두 개의 총알이 그의 뒷다리에 박혔다.

'What victory, comrade? Have we not driven the enemy off our soil — the sacred soil of Animal Farm?'

'But they have destroyed the windmill. And we had worked on it for two years!'

soil [sɔil] 흙, 국토, 농지, 오물, 더럽히다. sacred [séikrid] 신성한, 신성불가침의. work on 계속 일하다, ~에 종사하다, 흥분시키다.

'무슨 승리라뇨, 동무? 우린 우리의 땅 — 동물 농장의 신성한 땅에서 적을 몰아내지 않았소?'

'하지만 그들은 우리의 풍차를 파괴했소. 그리고 우린 그것을 위해 2년 동안이나 일했소!'

'What matter? We will build another windmill. We will build six windmills if we feel like it. You do not appreciate, comrade, the mighty thing that we have done.

feel like 아무래도 ~같다, ~을 하고 싶다. appreciate [əprí:ʃieit] 평가하다, 진가를 인정하다, 식별하다, 고맙게 여기다.

'그게 무슨 문제요? 우린 또 다른 풍차를 세울 거요. 우린 원한다면 풍차를 여섯 개라도 세울 거요. 동무, 당신은 우리가 해낸 엄청난 일을 인정하지 않는군요.

The enemy was in occupation of this very ground that we stand upon. And now — thanks to the leadership of Comrade Napoleon — we have won every inch of it back again!'

occupation [ɑkjəpéiʃən] 직업, 점유, 거주, 종사. win back 되찾다.

적은 우리가 밟고 있는 바로 이 땅을 점령했었소. 그리고 이제 지도자 나폴레옹 동무 덕택에 우린 우리의 땅 모두를 되찾았소!'

'Then we have won back what we had before,' said Boxer.

'That is our victory,' said Squealer.

They limped into the yard. The pellets under the skin of Boxer's leg smarted painfully.

limp [limp] 절뚝거리다, 지지부진하다. skin [skin] 피부, 가죽. smart [smɑ:rt] 쿡쿡 쑤시는, 날렵한, 빈틈없는, 맵시 있는, 아픔, 고통, 상심, 비통, 욱신욱신 쑤시다, 분개하다, 상심하다.

'그러면 우린 전에 가졌던 것을 되찾은 거군요,' 복서가 말했다.

'그게 우리의 승리요,' 스퀼러가 말했다.

그들은 절뚝거리며 뜰로 들어왔다. 복서의 다리 가죽 안으로 박힌 총알들은 고통스럽게 욱신욱신 쑤셨다.

He saw ahead of him the heavy labour of rebuilding the windmill from the foundations, and already in imagination he braced himself for the task. But for the first time it occurred to him that he was eleven years old and that perhaps his great muscles were not quite what they had once been.

ahead [əhéd] 전방에, 앞에. heavy [hévi] 무거운, 두툼한, 대량의, 격렬한, 힘이 드는, 가혹한, 느끼한, 울적한, 재주가 무딘, 뜻이 깊은. in imagination 상상으로. brace [breis] 버팀쇠, 꺾쇠, 버티다, 떠받치다, 팽팽히 죄다, 마음을 다잡다, 분기하다. for the first time 처음으로. occur [əkə́:r] 일어나다, 생기다, 나타나다, 떠오르다. muscle [mʌ́səl] 근육, 힘줄, 완력, 힘으로 밀고 들어가다.

그는 기초부터 풍차를 다시 세우는 힘든 노동을 미리 그려보았고 이미 상상 속에서 그 임무를 위해 마음을 단단히 먹었다. 하지만 그는 이제 열한 살이 되었고 아마도 그의 억센 근육이 전만 못할 것이라는 생각이 처음으로 떠올랐다.

But when the animals saw the green flag flying, and heard the gun firing again — seven times it was fired in all — and heard the speech that Napoleon made, congratulating them on their conduct, it did seem to them after all that they had won a great victory.

flying과 firing은 목적 보어. congratulate [kəngrǽtʃəleit] 축하하다. conduct [kʌ́ndʌkt] 행위, 지도, 경영, 인도하다, 안내하다, 지도하다, 행동하다. it did ~에서 it는 형식주어로서 뒤에 오는 that절을 대표함. after all 결국.

하지만 동물들은 푸른 깃발이 나부끼는 것을 보고, 축포가 다시 발사되는 것을 듣고, — 축포는 모두 일곱 번 발사되었다 — 또한 그들의 업적을 축하하는 나폴레옹의 연설을 들었을 때, 결국 자신들이 대단한 승리를 거둔 것 같은 생각이 들었다.

The animals slain in the battle were given a solemn funeral. Boxer and Clover pulled the wagon which served as a hearse, and Napoleon himself walked at the head of the procession.

slay [slei] 죽이다, 살해하다, 파괴하다. solemn [sɑ́ləm] 엄숙한, 장엄한, 중대한, 성실한. funeral [fjúːnərəl] 장례식, 장례행렬. hearse [həːrs] 영구차, 매장하다. procession [prəséʃən] 행진, 행렬.

그 전투에서 죽은 동물들에게 엄숙한 장례식이 치러졌다. 복서와 클로버는 영구차로 제공된 왜건을 끌었고 나폴레옹 자신은 그 행렬 선두에서 걸었다.

Two whole days were given over to celebrations. There were songs, speeches, and more firing of the gun, and a special gift of an apple was bestowed on every animal, with two ounces of corn for each bird and three biscuits for each dog.

celebration [seləbréiʃən] 축하, 칭찬. bestow [bistóu] 주다, 수여하다, 이용하다. ounce [auns] 온스, 16분의 1파운드, 28.35그램. biscuit [bískit] 비스킷, 담갈색.

219

꼬박 이틀이 축하하는데 소요되었다. 노래와 연설, 더 많은 축포가 있었고 특별한 선물로 모든 동물들에게 사과 한 개씩 주어지고 날짐승들에겐 옥수수 2온스씩, 개들에게는 비스킷 세 개씩 주어졌다.

It was announced that the battle would be called the Battle of the Windmill, and that Napoleon had created a new decoration, the Order of the Green Banner, which he had conferred upon himself.

create [kriːéit] 창조하다, 일으키다, 만들어내다.
decoration [dekəréiʃən] 장식, 훈장. order [ɔ́ːrdər] 명령, 지휘, 규칙, 제도 순서, 정돈, 훈장, 주문. banner [bǽnər] 기, 국기, 군기, 기치, 스로건. confer [kənfə́ːr] 수여하다, 베풀다, 의논하다, 협의하다.

그 전투는 풍차 전투로 불리어질 것이라고 발표되었고 나폴레옹은 녹색 깃발 훈장이라는 새로운 훈장을 만들었는데 그것을 자기 자신에게 수여했다.

In the general rejoicings the unfortunate affair of the bank-notes was forgotten.

It was a few days later than this that the pigs came upon a case of whisky in the cellars of the farmhouse.

rejoicing 기쁨, 환희, 환락. come upon 다가오다, 시작되다, 전진하다, 상연되다, 발견하다, 등장하다, 달려들다. cellar [sélər] 지하실, 땅광, 포도주 저장실.

전반적인 축제 분위기 속에서 지폐에 관한 불행한 사건은 잊혀졌다.
이로부터 며칠 뒤 돼지들은 농장의 주택 지하실에서 위스키 한 상자를 발견했다.

It had been overlooked at the time when the house was first occupied. That night there came from the farmhouse the sound of loud singing, in which, to everyone's surprise, the strains of 'Beasts of England' were mixed up.

overlook [ouvərlúk] 바라보다, 빠뜨리고 보다, 간과하다.

occupy [ákjəpai] 차지하다, 점령하다, 사로잡다, 종사하다. at the time when ~에서 when 은 관계부사로 쓰였음. in which는 전치사+관계대명사임. to everyone's surprise는 삽입부임, 모두가 놀랍게도.

그 집이 처음 점거되었을 때 그것은 간과되었었다. 그날 밤 그곳 농장의 주택에서는 커다란 노래 소리가 들려왔는데 놀랍게도 그 속에 '잉글랜드의 짐승들' 가사가 섞여 있었다.

At about half past nine Napoleon, wearing an old bowler hat of Mr Jones's was distinctly seen to emerge from the back door, gallop rapidly round the yard, and disappear indoors again. But in the morning a deep silence hung over the farmhouse.

bowler hat 중산모. distinctly 명료하게, 뚜렷하게.

emerge [imə́:rʤ] 나오다, 나타나다. gallop [gǽləp] 갤럽(말의 최대 속도의 구보), 재빠른 행동, 질주하다, 빨리 말하다. hang over 보류되다, 계속되다, 다가와 있다, 직면해 있다.

아홉시 반쯤 나폴레옹은 존스 씨의 낡은 중산모를 쓰고 뒷문으로 나와서 뜰을 돌아 빠르게 달리더니 다시 문 안으로 사라지는 것이 뚜렷하게 보였다. 하지만 아침이 되었는데 농장의 주택에는 깊은 침묵이 흐르고 있었다.

Not a pig appeared to be stirring. It was nearly nine o'clock when Squealer made his appearance, walking slowly and dejectedly, his eyes dull, his tail hanging limply behind him, and with every appearance of being seriously ill.

appear to be ~인 것 같다, ~로 보이다. stir [stə:r] 움직이다, 분발시키다, 자극하다. make one's appearance 출현하다. limply 나긋나긋하게, 무기력하게, 생기 없이. walking slowly~는 부대상황을 나타내는 분사구문임. his eyes dull, his tail hanging limply ~, with every appearance ~는 모두 부대상황을 나타내는 부사구로 볼 수 있음.

한 마리의 돼지도 움직임이 없는 것 같았다. 거의 아홉 시가 되어서야 스

퀼러가 나타나 느릿느릿 풀이 죽어서 걷는데 눈은 멍하고 꼬리는 축 늘어졌으며 심하게 아픈 모습을 하고 있었다.

He called the animals together and told them that he had a terrible piece of news to impart. Comrade Napoleon was dying!

A cry of lamentation went up. Straw was laid down outside the doors of the farmhouse, and the animals walked on tiptoe.

impart [impά:rt] 나누어주다, 전하다. lamentation [læməntéiʃən] 비탄, 애도, 통곡. go up 오르다, 세워지다, 폭발하다, 외침 소리 등이 들려오다. on tiptoe 발끝으로, 발소리를 죽이고.

그는 동물들을 불러 모으고 나서 그들에게 전해줄 끔찍한 소식이 있다고 말했다. 나폴레옹 동무가 죽어가고 있다는 것이다!

비탄에 젖은 울음소리가 들려왔다. 농장의 주택 문 바깥쪽에 짚이 깔렸고 동물들은 발소리를 죽이며 걸었다.

With tears in their eyes they asked one another what they should do if their Leader were taken away from them. A rumour went round that Snowball had after all contrived to introduce poison into Napoleon's food.

take away 가지고 가다, 제거하다, 가치를 줄이다. contrive [kəntráiv] 연구하다, 고안하다, 해내다, 궁리하다. introduce [intrədjú:s] 안으로 들이다, 끼워 넣다, 받아들이다, 수입하다, 소개하다. poison [pɔ́izən] 독, 독약.

그들은 눈물을 글썽이며 만일 그들의 지도자가 그들에게서 떠나게 된다면 어떻게 해야 하는지 서로에게 물어보았다. 결국 스노볼이 나폴레옹의 음식에 용케 독을 넣었다는 소문이 나돌았다.

At eleven o'clock Squealer came out to make another announcement. As his last act upon earth, Comrade Napoleon had pronounced a solemn decree: the drinking of alcohol was to be punished by death.

upon earth 이 세상에, 도대체, 조금도. decree [dikríː] 법령, 포고, 판결, 판결하다. punish [pʌ́niʃ] 벌하다, 혼내주다, 음식을 마구 먹다.

열한 시에 스퀼러는 다시 나타나서 또 다른 발표를 하였다. 나폴레옹 동무는 이 세상에서의 마지막 조치로서 술을 마시는 행위는 사형에 처할 것이라는 엄중한 포고를 내렸다는 것이다.

By the evening, however, Napoleon appeared to be somewhat better, and the following morning Squealer was able to tell them that he was well on the way to recovery.

well 잘, 만족히, 충분히, 상당히, on the way 도중에, 일어나려 하여. recovery [rikʌ́vəri] 회복, 복구, 쾌유.

하지만 저녁에 되자 나폴레옹은 어느 정도 좋아진 것 같았다. 다음 날 아침 스퀼러는 나폴레옹이 잘 회복하고 있는 중이라고 동물들에게 말할 수 있었다.

By the evening of that day Napoleon was back at work, and on the next day it was learned that he had instructed Whymper to purchase in Willingdon some booklets on brewing and distilling.

at work 일터에서, 일하고, 작동하여. instruct [instrʌ́kt] 가르치다, 지시하다, 알리다. purchase [pə́ːrtʃəs] 사다, 구입하다, 사들임, 구입. booklet 소책자, 팸플릿. brewing 양조(업). distilling 증류.

그날 저녁 나폴레옹은 다시 일을 시작했고 다음 날 그는 휨퍼에게 윌링던에서 양조와 증류에 관한 몇몇 책자를 구입하라고 지시했다는 것이 알려졌다.

A week later Napoleon gave orders that the small paddock beyond the orchard, which had previously been intended to set aside as a grazing-ground for animals who were past work, was to be ploughed up.

give orders 명령을 내리다. paddock [pǽdək] 마구간에 딸린 작은 방목장. set aside 따로 떼어 두다. past 지나간, 과거의, ~의 범위를 넘어, ~

이 미치지 않는.

일주일 후 나폴레옹은 일을 할 나이가 지난 동물들을 위한 풀밭으로 따로 떼어 두기로 했던, 과수원 너머에 있는 작은 방목장이 쟁기로 갈아져야 한다는 명령을 내렸다.

It was given out that the pasture was exhausted and needed re-seeding; but it soon became known that Napoleon intended to sow it with barley.

About this time there occurred a strange incident which hardly anyone was able to understand.

exhaust [igzɔ́:st] 다 써버리다, 지쳐빠지게 하다, 힘껏 연구하다. sow [sou] 씨를 뿌리다. barley [bɑ́:rli] 보리. a strange incident which ~에서 which는 목적격 관계대명사임. be able to ~할 수 있다.

그 목초지는 헐벗게 되어 다시 풀씨 뿌리기가 필요하다고 발표되었다. 하지만 나폴레옹이 그곳에 보리씨를 뿌리려 한다는 것이 곧 알려졌다.

이즈음에 누구도 이해할 수 없는 이상한 사건이 발생했다.

One night at about twelve o'clock there was a loud crash in the yard, and the animals rushed out of their stalls. It was a moonlight night. At the foot of the end wall of the big barn, where the Seven Commandments were written, there lay a ladder broken in two pieces.

crash [kræʃ] 갑자기 나는 요란한 소리, 충돌, 추락. moonlight 달빛. ladder [lǽdər] 사닥다리.

어느 날 밤 열두시 쯤 뜰에서 갑자기 커다란 소리가 났고 동물들이 우리에서 뛰어 나왔다. 달빛이 비치는 밤이었다. 일곱 계명이 적혀 있는 커다란 헛간의 벽의 끝 아래쪽에 두 개로 쪼개어진 사닥다리가 놓여 있었다.

Squealer, temporarily stunned, was sprawling beside it, and near at hand there lay a lantern, a paint-brush, and an overturned pot of white paint. The dogs immediately made a ring round Squealer, and escorted him back to the farmhouse as soon as he was able to walk.

stun [stʌn] 기절시키다, 어리벙벙하게 하다. sprawl [sprɔːl] 손발을 쭉 뻗다, 큰 대자로 드러눕다, 버둥거리다, 마구 뻗다. lantern [læntərn] 랜턴, 호롱등, 환등(기). paint-brush 화필, 그림 붓, 페인트 솔. make a ring 고리 모양으로 에워싸다, 동맹하여 시장을 좌우하다. escort [éskɔːrt] 호송자, 호위자.

일시적으로 기절한 스퀼러는 그 옆에 대자로 뻗어 있었다. 주변엔 랜턴과 페인트 솔, 그리고 엎어진 하얀 페인트 통이 있었다. 개들은 즉시 스퀼러를 에워쌌고 그가 걸을 수 있게 되자마자 그를 호위하여 농장의 주택으로 데려 갔다.

None of the animals could form any idea as to what this meant, except old Benjamin, who nodded his muzzle with a knowing air, and seemed to understand, but would saying nothing.

as to ~에 관하여. muzzle [mʌzəl] 동물의 주둥이, 입마개, 재갈, 재갈을 물리다, 언론의 자유를 방해하다.

늙은 벤자민을 제외한 어떤 동물도 이것이 무얼 의미하는지 생각해낼 수 없었다. 벤자민만이 의미 있는 태도로 주둥이를 끄덕였고 뭔가를 알고 있는 것 같은데 어떤 말도 하려하지 않았다.

But a few days later Muriel, reading over the Seven Commandments to herself, noticed that there was yet another of them which the animals had remembered wrong.

reading over ~은 시간을 나타내는 분사구문임. notice [nóutis] 주의, 주목, 통지, 공고, ~을 알아채다, ~에 주의하다, 통지하다.

하지만 며칠 뒤 뮤리엘은 일곱 계명을 읽고 있다가 동물들이 잘못 기억하고 있던 또 다른 것이 하나 있음을 알아챘다.

They had thought that the Fifth Commandment was 'No animal shall drink alcohol', but there were two words that they had forgotten. Actually the Commandment read: 'No animal shall drink alcohol *to excess.*'

actually 현실로, 실제로, 사실은, 지금 현재로는. read [ri:d] 읽다, 판단하다, 예언하다, 낭독하다, ~라고 씌어 있다. excess [iksés] 과다, 초과, 과도, 부절제. to[in] excess 지나치게, 과도하게.

그들은 5번 계명이 '어떤 동물도 술을 마시면 안 된다'로 생각했다. 하지만 그들이 잊어버리고 있었던 단어가 있었다. 사실 그 계명은 다음과 같았다. '어떤 동물도 지나치게 술을 마시면 안 된다.'

CHAPTER IX

Boxer's spilt hoof was a long time in healing. They had started the rebuilding of the windmill the day after the victory celebrations were ended. Boxer refused to take even a day off work, and made it a point of honour not to let it be seen that he was in pain.

healing 치료의, 낫게 하는, 치료, 회복. off work 비번으로 일을 쉬고 있는. out of work 실직하고 있는. make a point of ~을 중시하다, 반드시 ~하다. be in pain 괴로워하고 있다.

복서의 갈라진 발굽은 회복하는데 오랜 시간이 걸렸다. 동물들은 승리의 축제가 끝난 날 다음날부터 풍차를 재건조하기 시작했다. 복서는 하루라도 쉬려하지 않았고 자신이 고통 받고 있음을 보여주지 않는 것을 명예로 여겼다.

In the evening he would admit privately to Clover that the hoof troubled him a great deal. Clover treated the hoof with poultices of herbs which she prepared by chewing them, and both she and Benjamin urged Boxer to work less hard.

admit [ædmít] 들이다, 승인하다, 허용하다. privately 개인으로서, 내밀히, 비공식적으로. poultice [póultis] 찜질약, 습포, 찜질하다. herb [hə:rb] 풀잎, 식용(약용) 식물. urge [ə:rʤ] 좨치다, 재촉하다, 몰아대다, 주장하다, 설득하다.

저녁에 그는 발굽이 자신을 상당히 괴롭히고 있다고 클로버에게 은밀히 시인하곤 했다. 클로버는 자신이 씹어서 마련한 약초 찜질약을 발굽에 발라주었다. 그리고 클로버와 벤자민은 복서에게 너무 열심히 일하지 말 것을 촉구했다.

'A horse's lungs do not last for ever,' she said to him. But Boxer would not listen. He had, he said, only one real ambition left — to see the windmill well under way before he reached the age for retirement.

lung [lʌŋ] 폐, 허파. for ever 영원히, 언제나. ambition [æmbíʃən] 대망, 야심, 큰 뜻. under way 진행 중에. retirement [ritáiəmənt] 은퇴, 퇴직, 철수.

'말의 허파는 영원히 견디지 못해요.' 그녀가 말했다. 하지만 복서는 그 말을 들으려 하지 않았다. 그는 진짜 단 한 가지 남은 야심이 있는데 그건 은퇴할 나이가 되기 전에 풍차가 제대로 돌아가는 것을 보는 것이라고 했다.

At the beginning, when the laws of Animal Farm were first formulated, the retiring age had been fixed for horses and pigs at twelve, for cows at fourteen, for dogs at nine, for sheep at seven, and for hens and geese at five.

formulate [fɔ́ːrmjəleit] 공식화하다, 처방하다. retiring age 퇴직 연령, 정년. fix [fiks] 고정시키다, 정하다, 찬찬히 보다, 자리 잡다.

초기에 동물 농장의 규율이 처음 공식화되었을 때 말과 돼지의 퇴직 연령은 12세로, 암소는 14세로, 개는 9세로, 양은 7세로, 암탉과 거위는 5세로 정해 놓았다.

Liberal old age pensions had been agreed upon. As yet no animal had actually retired on pension, but of late the subject had been discussed more and more. Now that the small field beyond the orchard had been set aside for barley, it was rumoured that a corner of the large pasture was to be fenced off and turned into a grazing-ground for superannuated animals.

liberal [líbərəl] 자유주의의, 민주제의, 대범한, 자유주의자. pension [pénʃən] 연금, 장려금. as yet 이제까지, 아직. now that ~이므로. superannuate [suːpərǽnjueit] 노령으로 퇴직하다.

넉넉한 노령 연금이 합의되었었다. 아직 어떤 동물도 실제로 연금을 받고 퇴직하지는 않았지만 최근에 그 문제가 점점 더 많이 거론되었다. 과수원 너머 조그만 목장이 보리 경작을 위해 떼어놓았기 때문에 커다란 목초지 한 쪽 구석은 울타리가 쳐지고 노령으로 퇴직한 동물들을 위한 방목지로 사용될 것이라는 말이 나돌았다.

For a horse, it was said, the pension would be five pounds of corn a day and, in winter, fifteen pounds of hay, with a carrot or possibly an apple on public holidays. Boxer's twelfth birthday was due in the late summer for the following year.

due [dju:] 지급 기일이 된, ~할 예정인, 응당 치러져야 할, 마땅한, ~에 기인하는, 정당한 보수, 부과금, 요금.

말을 위한 연금으로 하루에 5파운드의 옥수수가 주어지고 겨울에는 15파운드의 건초가 주어지며 공휴일에는 당근 한 개나 아마도 사과 한 개가 더 주어질 것이라는 얘기가 있었다. 복서의 열두 번째 생일은 다음 해 늦여름에 돌아올 것이었다.

Meanwhile life was hard. The winter was as cold as the last one had been, and food was even shorter. Once again all rations were reduced, except those of the pigs and dogs. A too rigid equality in rations, Squealer explained, would have been contrary to the principles of Animalism.

meanwhile 그동안, 그 사이, 이야기는 바뀌어, 한편, 동시에.
ration [ræʃən] 정액, 정량, 배급, 배급하다. equality [ikwáləti] 같음, 동등, 대등. contrary [kántreri] 반대의, 적합지 않은, 고집 센, 정반대.

그동안 동물들의 삶은 힘들었다. 겨울은 지난해 겨울 만큼 추웠고 음식은 더 모자랐다. 돼지와 개를 제외하고 모든 배급이 다시 한 번 줄었다. 배급에 있어서 너무나 엄격한 평등은 동물주의 원리에 적합하지 않을 것이라고 스퀼러는 설명했다.

In any case he had no difficulty in proving to the other animals that they were not in reality short of food, whatever the appearances might be. For the time being, certainly, it had been found necessary to make a readjustment of rations (Squealer always spoke of it as a 'readjustment', never as a 'reduction'), but in comparison with the days of Jones, the improvement was enormous.

in any case 어떠한 경우에도, 어쨌든. be short of ~에 부족하다, ~에 못 미치다. appearance [əpíərəns] 출현, 징조, 외관. for the time being 당분간. readjustment 재조정. reduction [ridʌkʃən] 감소, 절감, 환원, 영락, 함락. in comparison with ~와 비교하여.

어쨌든 그는 외관상으로는 어떻게 보일지라도 실제로는 식량이 부족하지 않다는 것을 다른 동물들에게 증명하는데 어려움이 없었다. 물론 당분간 배급량을 재조정하는 것이 필요한 것으로 보이지만(그는 결코 '감소'라는 말을 하지 않고 '재조정'이라고 했다.) 과거 존스의 시절과 비교하면 개선된 것이 엄청나다고 했다.

Reading out the figures in a shrill, rapid voice, he proved to them in detail that they had more oats, more hay, more turnips than they had had in Jones's day, that they worked shorter hours, that their drinking water was of better quality, that they lived longer, that a larger proportion of their young ones survived infancy, and that they had more straw in their stalls and suffered less from fleas.

Reading out ~은 부대상황을 나타내는 분사구문임. shrill [ʃril] 소리가 날카로운, 날카로운 소리로, 날카로운 소리. in detail 상세하게, 자세히, 세부에 걸쳐서. survive [sərváiv] ~후까지 살아남다, ~보다 오래 살다, 헤어나다. infancy [ínfənsi] 유소, 유년기, 초기. flea [fli] 벼룩.

그는 날카롭고 빠른 목소리로 숫자를 읽어주면서 동물들이 존스의 시절보다 더 많은 귀리와 건초, 무를 갖게 되었고, 더 적게 일하고, 마시는 물은 질이 더 좋아졌을 뿐 아니라 더 오래 살고, 새끼들의 더 많은 비율이 살아남으며, 축사에 더 많은 짚을 깔아서 벼룩에게 덜 고통 받고 있음을 상세하게 증명해 보였다.

The animals believed every word of it. Truth to tell, Jones and all he stood for had almost faded out of their memories. They knew that life nowadays was harsh and bare, that they were often hungry and often cold, and that they were usually working when they were not asleep.

truth to tell 실은, 사실을 말하면. stand for ~을 나타내다, ~을 대표하다, ~에 찬성이다, ~을 위해 싸우다, ~을 참고 견디다. harsh [hɑːrʃ] 거친, 사나운, 모진. bare [bɛər] 벌거벗은, 있는 그대로의, 휑뎅그렁한, 겨우 ~뿐인.

동물들은 그 말을 모두 믿었다. 사실은 존스와 그가 의미하는 모든 것이 그들의 기억에서 거의 희미해졌다. 그들은 요즘 삶이 고되고 힘들다는 것, 자주 배고프고 춥다는 것, 그리도 잠들지 않을 때는 대개 일한다는 것을 알고 있었다.

But doubtless it had been worse in the old days. They were glad to believe so. Besides, in those days they had been slaves and now they were free, and that made all the difference, as Squealer did not failed to point out.

doubtless 의심할 바 없는, 의심할 바 없이. besides 그밖에, 게다가, ~외에도. make the difference 차이를 낳다, 차별을 두다, 효과를 내다.

하지만 의심할 바 없이 옛 시절에는 더 나빴을 것이다. 그들은 그렇게 믿고 싶었다. 게다가 스퀼러가 빼놓지 않고 지적하는 것으로서 그 시절에 그들은 노예였고 지금은 자유롭기 때문에 그건 엄청난 차이가 있다는 것이다.

There were many more mouths to feed now. In the autumn the four sows had all littered about simultaneously, producing thirty-one young pigs between them. The young pigs were piebald, and as Napoleon was the only boar on the farm, it was possible to guess at their parentage.

mouth [mauθ] 입, 식솔. sow [sou] 씨를 뿌리다. [sau] 암퇘지. litter [lítər] 들것, 짐승의 깔짚, 잡동사니, 짚을 깔다, 흩뜨리다, 새끼를 낳다. simultaneously 동시에, 일제히. piebald 얼룩의, 잡색의, 얼룩말, 잡종. boar [bɔːr] 수퇘지. guess at ~을 추정해보다. parentage [pέərəntiʤ] 어버이임. 태생, 가문.

지금 먹여 살려야 할 더 많은 식솔들이 있었다. 가을에 네 마리의 암퇘지가 거의 동시에 새끼를 낳았는데 모두 서른한 마리를 낳았다. 새끼들은 잡종이었고 나폴레옹이 그 농장에서 유일한 수퇘지였기에 그들의 태생을 추정해보는 건 가능했다.

It was announced that later, when bricks and timber had been purchased, a schoolroom would be built in the farmhouse garden. For the time being, the young pigs were given their instruction by Napoleon himself in the farmhouse kitchen.

brick [brik] 벽돌, 벽돌을 깔다. timber [tímbər] 재목, 수목, 대들보. purchase [pə́ːrtʃəs] 사다, 구입하다, 사들임, 구입. schoolroom 교실. instruction [instrʌ́kʃən] 훈련, 교수, 교훈, 지시.

나중에 벽돌과 재목이 구입되면 주택의 뜰에 교실이 지어질 거라고 발표되었다. 당분간 돼지 새끼들은 농장의 주택 부엌에서 나폴레옹에게 직접 교육을 받았다.

They took their exercise in the garden, and were discouraged from playing with the other young animals. About this time, too, it was laid down as a rule that when a pig and any other animal met on the path, the other animal must stand aside: and also that all pigs, of whatever degree, were to have the privilege of wearing green ribbons on their tails on Sundays.

discourage [diskə́ːriʤ] 용기를 잃게 하다, 단념시키다, 저지하다. lay

down 내려놓다, 계획을 입안하다, 주장하다, 규정하다. stand aside 비켜서다. privilege [prívəliʤ] 특권, 은혜.

그들은 뜰에서 운동을 했고 다른 새끼 동물들과 노는 것이 저지되었다. 또한 이 시기에 돼지와 다른 동물이 길에서 마주칠 때 다른 동물이 비켜서야 하며 어떠한 등급이든 돼지들은 모두 일요일이 되면 꼬리에 녹색 리본을 달 수 있는 특권을 갖는다는 규칙이 정해졌다.

The farm had had a fairly successful year, but was still short of money. There were the bricks, sand, and lime for the schoolroom to be purchased, and it would also be necessary to begin saving up again for the machinery for the windmill.

fairly [féərli] 공평히, 올바르게, 똑똑히, 상당히. lime [laim] 석회, 생석회. save up 돈을 모으다.

농장은 상당히 성공적인 한 해를 보냈지만 여전히 돈이 부족했다. 교실을 짓기 위해 구입해야 할 벽돌과 모래와 생석회가 있었고 또한 풍차에 쓰이는 기계를 사기 위해 다시 돈을 모으는 게 필요했다.

Then there were lamp oil and candles for the house, sugar for Napoleon's own table (he forbade this to the other pigs, on the ground that it made them fat), and all the usual replacements such as tools, nails, string, coal, wire, scrap-iron, and dog biscuits.

then 그때에, 그 다음에, 그 위해, 그렇다면. forbid [fərbíd] 금하다, 금지하다, 방해하다. on the ground that ~의 이유로, ~을 구실로. replacement 교체, 대치, 복직, 대신. scrap-iron 파쇠, 고철.

그 다음에 주택에 쓸 등잔 기름과 양초, 나폴레옹의 식탁에 올릴 설탕(그는 이것을 살이 찐다는 이유로 다른 돼지들에게는 금지했다.), 그리고 연장, 못, 끈, 석탄, 철사, 고철, 개먹이 비스킷과 같은 모든 일상적인 소모품이 필요했다.

A stump of hay and part of the portato crop were sold off, and the contract for eggs was increased to six hundred a week, so that that year the hens barely hatched enough chicks to keep their numbers at the same level.

stump [stʌmp] 그루터기, 토막, 연단, hatch [hætʃ] 병아리를 까다, 부화하다, 꾸미다. level [lévəl] 수평, 평원, 동일 수준, 수평의, 동등한, 수평이 되게 하다.

건초 한 더미와 감자 수확의 일부가 팔려나갔고 달걀 판매 계약은 일주일에 6백 개로 증가되었다. 그래서 그해 암탉들은 간신히 그들의 숫자를 평상의 수준으로 유지할 만큼 병아리를 깠다.

Rations, reduced in December, were reduced again in February, and lanterns in the stalls were forbidden, to save oil. But the pigs seemed comfortable enough, and in fact were putting on weight if anything.

lantern [læntərn] 랜턴, 호롱등, 환등기. forbid [fərbíd] 금하다, 허락하지 않다, 방해하다. comfortable [kʌ́mftəbəl] 기분 좋은, 편안한. put on weight 체중을 늘리다. if anything 어느 편인가 하면, 오히려, 그렇기는 커녕.

12월에 줄어든 배급량은 2월에 다시 줄었다. 그리고 기름을 아끼기 위해 우리의 랜턴은 금지되었다. 하지만 돼지들은 아주 편안한 것 같았고 실제로 체중이 오히려 늘고 있었다.

One afternoon in late February, a warm, rich, appetizing scent, such as the animals had never smelt before, wafted itself across the yard from the little brew-house, which been disused in Jones's time, and which stood beyond the kitchen.

appetizing [ǽpətaiziŋ] 식욕을 돋우는, 맛있어 보이는. scent [sent] 냄새, 향기, 냄새 맡다, 추적하다. waft [wæft] 냄새 따위를 감돌게 하다, 떠돌다, 풍기게 하다. brew-house 양조장. disuse [disiúːs] 쓰이지 않음, 폐지. [disiúːz] 폐지하다. which had been ~과 which stood ~에서 which는

모두 주격 관계대명사로서 선행사는 brew-house임.

　2월 하순 어느 오후 동물들이 전에는 결코 맡아본 적이 없는 따스하고 물씬 식욕을 돋우는 냄새가 존스 시절에는 사용하지 않았던, 부엌 너머에 있는 작은 양조장에서 풍겨 나와 뜰을 지나 사방으로 퍼졌다.

　Someone said it was the smell of cooking barley. The animals sniffed the air hungrily and wondered whether a warm mash was being prepared for their supper. But no warm mash appeared, and on the following Sunday it was announced that from now onwards all barley would be reserved for the pigs.

　cook [kuk] 요리하다, 굽다, 날조하다, 삶아지다. sniff [snif] 코를 킁킁거리다, 냄새를 맡다. hungrily 배고파서, 허기져서, 갈망하여. wonder [wʌ́ndər] 불가사의, 경의, 이상한 물건, 놀라다, 이상하게 여기다, ~이 아닐까 생각하다. mash [mæʃ] 짓이긴 것, 밀기울 등을 물에 갠 가축의 사료, 짓이기다. from now onwards 지금 이후. reserve [rizə́ːrv] 떼어두다, 비축하다, 마련해 두다, 비축, 예비, 보류, 제한, 삼감, 자제, 예비의.

　누군가 그건 보리를 삶는 냄새라고 했다. 동물들은 허기지게 그 냄새를 맡으며 따스한 저녁 여물이 준비되고 있는 게 아닌가 생각했다. 하지만 어떤 따스한 여물도 나오지 않았다. 그리고 다음 일요일이 되자 지금부터 모든 보리는 돼지들을 위해 따로 떼어둘 것이라고 발표되었다.

　The field beyond the orchard had already been sown with barley. And the news soon leaked out that every pig was now receiving a ration of a pint of beer daily, with half a gallon for Napoleon himself, which was always served to him in the Crown Derby soup tureen.

　leak out 새어나오다, 누설되다. that every pig was ~에서 that은 동격 명사절을 이끄는 종속접속사임. Napoleon himself, which was ~에서 which는 주격 관계대명사임. tureen [tjuríːn] 스프 따위를 담는 뚜껑 달린 움푹한 그릇.

과수원 너머 풀밭은 이미 보리가 심어졌다. 그리고 지금 모든 돼지들은 맥주를 매일 한 파인트를 배급받고 있으며 나폴레옹에게는 언제나 크라운 더비 스프 그릇에 맥주를 반 갤런 씩 받고 있다는 소식이 곧 새어나왔다.

But if there were hardships to be borne, they were partly offset by the fact that life nowadays had a greater dignity than it had had before. There were more songs, more speeches, more processions.

hardship [háːrdʃip] 고난, 곤경, 곤란. bear [bɛər] 나르다, 참다, 낳다, 지탱하다, 기대다, 방향을 잡다. offset 차감 계산을 하다, 상쇄하다, 차감 계산. dignity [dígnəti] 존엄, 위엄. procession [prəséʃən] 행진, 행렬.

하지만 만일 견뎌야 할 고난이 있다고 해도 그것은 요즈음의 생활이 전보다 좀 더 품위가 있다는 사실로 일부는 상쇄되었다. 보다 많은 노래와 보다 많은 연설, 그리고 보다 많은 행진이 있었다.

Napoleon had commanded that once a week there should be held something called a Spontaneous Demonstration, the object of which was to celebrate the struggles and triumphs of Animal Farm.

celebrate [séləbreit] 경축하다, 찬양하다. to celebrate는 부정사의 명사적인 용법 중에서 보어로 쓰였음. struggle [strʌɡəl] 버둥거리다, 분투하다, 싸우다. triumph [tráiəmf] 승리, 대성공.

나폴레옹은 일주일에 한 번씩 자발적인 시위라고 하는 것을 열도록 명령했는데 그 시위의 목적은 동물 농장의 투쟁과 승리를 축하하는 것이었다.

At the appointed time the animals would leave their work and march round the precincts of the farm in military formation, with the pigs leading, then the horses, then the cows, then the sheep, and then the poultry.

march [mɑːrtʃ] 행진, 행군, 행진곡, 행진하다. precinct [príːsiŋkt] 관구, 선거구, 경내, 구내. formation [fɔːrméiʃən] 형성, 성립, 구성, 조직, 편대.

지정된 시간에 동물들은 일을 그만두고 군사적인 대형으로 농장의 경내를 돌아 행진했다. 돼지들이 선두에 서고 그 다음엔 말들, 그 다음엔 암소들, 그 다음엔 양들이 따랐으며 가금류가 그 뒤를 이었다.

The dogs flanked the procession and at the head of all marched Napoleon's black cockerel. Boxer and Clover always carried between them a green banner marked with the hoof and the horn and the caption, 'Long live Comrade Napoleon!'

flank [flæŋk] 옆구리, 측면, ~의 측면에 서다. cockerel [kákərəl] 수평아리. banner [bǽnər] 기, 국기, 기치, 표지. caption [kǽpʃən] 표제, 제목.

개들은 그 행렬 옆에서 걸었고 행렬의 맨 앞에는 나폴레옹의 검은 수평아리가 행진했다. 복서와 클로버는 항상 발굽과 뿔이 그려진 녹색 깃발을 양쪽에서 들었는데 깃발에는 '나폴레옹 만세!'라고 씌어 있었다.

Afterwards there were recitations of poems composed in Napoleon's honour, and a speech by Squealer giving particulars of the latest increases in the production of foodstuffs, and on occasion a shot was fired from the gun.

recitation [resətéiʃən] 자세히 이야기함, 낭송, 암송하는 시문. composed는 과거분사로서 poem을 수식함. particular 특별한, 꼼꼼한, 상세, 명세서. foodstuff 식량, 식료품. on occasion 이따금, 때에 따라서.

그 다음에는 나폴레옹을 기리기 위해 작곡된 시 낭송이 있었고 최근 식량 생산의 증가에 대해 자세하게 설명하는 스퀼러의 연설이 뒤따랐다. 때로는 총이 발사되기도 했다.

The sheep were the greatest devotees of the Spontaneous Demonstration, and if anyone complained (as a few animals sometimes did, when no pigs or dogs were near) that they wasted time and meant a lot of standing about in the cold, the sheep were sure to silence him with a tremendous bleating of 'Four legs good, two legs bad!'

devotee [dèvətí:] 열성가. complain [kəmpléin] 불평하다, 호소하다, 한탄하다. be sure to do 반드시 ~하다. silence [sáiləns] 침묵, 비밀 엄수, 고요함, 침묵시키다. tremendous [triméndəs] 무서운, 굉장한.

양들은 자발적인 시위의 가장 열렬한 열성가들이었다. 만일 누군가 그런 행사가 시간을 낭비하고 추위 속에서 오래 서 있게 한다고 불평하면 (돼지나 개들이 가까이에 없을 때 몇몇 동물들은 가끔 그런 불평을 했다) 양들은 '네 발은 좋고 두발은 나쁘다!'고 크게 외쳐댐으로서 반드시 그를 침묵시켰다.

But by and large the animals enjoyed these celebrations. They found it comforting to be reminded that, after all, they were truly their own masters and that the work they did was for their own benefit.

by and large 전반적으로, 대체로. found it comforting to be ~에서 it는 형식 목적어이고 to be이하는 진목적어임. comforting 격려가 되는, 위로가 되는. master [mǽstər] 주인, 선생, 대가, 명수, 지배하다, ~에 숙달하다.

하지만 대체로 동물들은 이런 축하 행사를 즐겼다. 그들은 결국 자신들이 진정한 주인이고 그들이 하는 일은 그들 자신의 이익을 위한 것임을 상기되는 것이 위로가 된다는 것을 알게 되었다.

So that, what with the songs, the processions, Squealer's lists of figures, the thunder of the gun, the crowing of the cockerel, and the fluttering of the flag, they were able to forget that their bellies were empty, at least part of the time.

so that ~하기 위해, 그래서. what with ~ and ~ ~다 ~다 하여. thunder [θʌ́ndər] 우레, 천둥, 천둥치다. crow [krou] 까마귀, 수탉이 울다, 까르륵 웃다, 의기양양해지다.

그래서 노래와 행진, 스퀼러의 숫자 목록, 축포, 수탉의 울음소리, 깃발의 나부낌 등과 같은 것들로 해서 동물들은 적어도 그 시간만큼은 그들이 배가 고프다는 것을 잊을 수 있었다.

In April, Animal Farm was proclaimed a Republic, and it became necessary to elect a President. There was only one candidate, Napoleon, who was elected unanimously.

proclaim [proukléim] 포고하다, 선언하다. republic [ripʌ́blik] 공화국. elect [ilékt] 선거하다, 뽑다. president [prézədənt] 대통령. candidate [kǽndədeit] 후보자. unanimously 만장일치로.

사월이 되자 동물 농장은 공화국이 선포되었고 대통령을 뽑는 것이 필요하게 되었다. 후보자는 단 한명 나폴레옹이 나왔고 그는 만장일치로 당선되었다.

On the same day it was given out that fresh documents had been discovered which revealed further details about Snowball's complicity with Jones. It now appeared that Snowball had not, as the animals had previously imagined, merely attempted to lose the Battle of the Cowshed by means of a stratagem, but had been openly fighting on Jones's side.

document [dάkjəmənt] 문서, 서류. reveal [rví:l] 드러내다, 보이다, 나타내다. detail [di:téil] 세부, 항목, 상세, 상술하다, 열거하다, 선발하다. complicity [kəmplísəti] 공모, 공범. by means of ~에 의하여. stratagem [strǽtədʒəm] 전략, 책략. openly 공공연히, 드러내놓고.

같은 날 존스와 스노볼의 공모에 관해 보다 상세한 것들을 나타내는 새로운 문서들이 발견되었다고 발표되었다. 이제 스노볼은 전에 동물들이 알고 있었던 것처럼 전략적으로 외양간 전투에서 지게 하려고 단순히 시도한 것이 아니라 공공연히 존스의 편에서 싸우고 있었던 것처럼 보였다.

In fact, it was he who had actually been the leader of the

human forces, and had charged into battle with the words 'Long live Humanity!' on his lips. The wounds on Snowball's back, which a few of the animals still remembered to have seen, had been inflicted by Napoleon's teeth.

it was he who had ~는 강조용법임. force [fɔːrs] 힘, 세력, 영향력, 권력, 무력, 병력, ~에게 강제하다, 폭행하다. charge [tʃɑːrdʒ] 충전하다, ~에 담다, ~에게 명령하다, 비난하다, 부담시키다, 돌격하다. inflict [inflíkt] 고통 따위를 주다, 형벌 따위를 가하다.

사실 그 전투에서 인간들의 지도자는 실제로 그였으며 '인간 만세!'라고 외치며 돌진한 것도 그였다는 것이다. 몇몇 동물들이 본 것으로 아직 기억하고 있는 스노볼의 등에 난 상처도 나폴레옹의 이빨로 생겼다는 것이다.

In the middle of the summer Moses the raven suddenly reappeared on the farm, after an absence of several years. He was quite unchanged, still did no work, and talked in the same strain as ever about Sugarcandy Mountain.

raven [réivən] 까마귀, 검고 윤이 나는. absence [ǽbsəns] 부재, 결석, 없음. strain [strein] 잡아당기다, 긴장시키다, 긴장, 피로, 종족, 혈통, 기질, 선율. in the same strain 같은 투로.

여름 중반에 이르자 몇 년 동안 보이지 않았던 까마귀 모지즈가 농장에 다시 나타났다. 그는 전혀 변한 게 없었다. 여전히 그는 일을 하지 않았고 예전과 같은 투로 슈가캔디 마운틴에 관한 이야기를 했다.

He would perch on a stump, flap his black wings, and talk by the hour to anyone who would listen.

perch [pəːrtʃ] 횃대, 높은 지위, 횃대에 앉다. stump [stʌmp] 그루터기, 남은 몽당이, 다리, 연단. flap [flæp] 퍼덕거리다, 딱 때리다. by the hour 시간제로.

그는 그루터기에 앉아서 자신의 검은 날개를 퍼덕거리며 듣고자 하는 누구에게든 한 시간씩 이야기를 하곤 했다.

'Up there, comrades,' he would say solemnly, pointing to the sky with his large beak — 'up there, just on the other side of that dark cloud that you can see — there lies Sugarcandy Mountain, that happy country where we poor animals shall rest for ever from our labours!'

solemnly 엄숙하게, 근엄하게. pointing to ~는 부대상황을 나타내는 분사구문임. cloud that you ~에서 that은 목적격 관계대명사임. where we poor ~에서 where는 관계부사임. for ever 영원히.

'저기 위에, 동무들,' 그는 커다란 부리로 하늘을 가리키며 근엄하게 말하곤 했다. '저기 위에, 여러분이 볼 수 있는 저 검은 구름 너머에, 우리 같이 불쌍한 동물들이 노동으로부터 벗어나 영원히 쉴 수 있는 행복한 나라 슈가캔디 마운틴이 있어!'

He even claimed to have been there on one of his higher flights, and to have seen the everlasting fields of clover and the linseed cake and lump sugar growing on the hedges.

claim [kleim] 요구하다, 공언하다, 요구. everlasting 영구한, 불후의, 끝없는. clover [klóuvər] 클로버, 토끼풀. linseed [línsiːd] 아마인(아마의 씨). lump [lʌmp] 덩어리, 한 조각, 혹, 대다수, 한 묶음으로 하다, 한 덩어리로 만들다.

그는 심지어 보다 높이 날아다니다가 그곳에 가본 적이 있으며 그곳에서 언제나 푸른 토끼풀 초원과 울타리에 자라나는 아마씨 케이크와 각설탕을 본 적이 있다고 주장했다.

Many of the animals believed him. Their lives now, they reasoned, were hungry and laborious; was it not right and just that a better world should exist somewhere else?

reason [ríːzn] 이유, 도리, 이성, 추론하다, 설득하다, 판단하다. just [ʤʌst] 올바른, 공정한, 당연한, 정확히, 바로, 꼭.

많은 동물들이 그를 믿었다. 그들은 지금 자신들의 삶이 배고프고 힘들기 때문에 다른 어느 곳에 보다 나은 세상이 존재하는 것이 옳고 당연한 것이 아닌가 생각했다.

A thing that was difficult to determine was the attitude of the pigs towards Moses. They all declared contemptuously that his stories about Sugarcandy Mountain were lies, and yet they allowed him to remain on the farm, not working, with an allowance of a gill of beer a day.

determine [ditə́:rmin] ~에게 결심시키다, ~을 결심하다, 결정하다. contemptuously 모욕적으로, 경멸하여. allowance [əláuəns] 수당, 급여, 참작, 한도. gill [ʤil] 질(액량의 단위, 4분의 1파인트).

판단을 내리기 어려운 한 가지는 모지즈에 대한 돼지들의 태도였다. 그들은 모두 슈가캔디 마운틴에 관한 그의 이야기는 거짓이라고 경멸적으로 단언했다. 그러면서도 그들은 여전히 그가 일하지도 않으면서 농장에 머물러 있도록 허락했으며 하루에 4분의 1파인트씩 맥주를 주었다.

After his hoof had healed up, Boxer worked harder than ever. Indeed, all the animals worked like slaves that year. Apart from the regular work of the farm, and the rebuilding of the windmill, there was the schoolhouse for the young pigs, which was started in March. Sometimes the long hours on insufficient food were hard to bear, but Boxer never faltered.

heal [hi:l] 고치다, 치료하다, 화해하다, 낫다. apart from ~은 별문제로 하고, ~은 제외하고. insufficient [insəfíʃənt] 불충분한, 부족한. falter [fɔ́:ltər] 비틀거리다, 말을 더듬다, 비틀거림.

발굽이 치료되자 복서는 전보다 더욱 열심히 일했다. 사실 모든 동물들은 그해 노예처럼 일했다. 농장의 정상적인 작업과 풍차의 재건을 제외하고도 3월에 시작된, 돼지들을 위한 교실 공사가 있었다. 이따금 장시간에 걸친 불충분한 음식은 참기 힘들었다. 하지만 복서는 결코 비틀거리지 않았다.

In nothing that he said or did was there any sign that his strength was not what it had been. It was only his appearance that was a little altered; his hide was less shiny than it had used to be, and his great haunches seemed to have shrunken.

was there는 앞의 부정어구 때문에 도치된 것임. It was only his appearance that ~은 강조용법임. appearance [əpíərəns] 출현, 기색, 외관. alter [ɔ́ːltər] 바꾸다, 변경하다. hide [haid] 숨기다, 숨다, 짐승의 가죽. shiny [ʃáini] 빛나는, 윤나는, 햇빛이 나는. haunch [hɔːntʃ] 허리, 궁둥이. shrink [ʃriŋk] 오그라들다, 줄다. 움츠리다.

그가 말하거나 행동하는 어떤 것에서도 그의 힘이 예전과 같지 않다는 징조는 없었다. 단지 그의 외모만 조금 바뀌었다. 그의 가죽은 예전보다 윤이 덜 났고 그의 커다란 엉덩이도 쪼그라진 것 같았다.

The others said, 'Boxer will pick up when the spring grass comes on'; but the spring came and Boxer grew no fatter. Sometimes on the slope leading to the top of the quarry, when he braced his muscles against the weight of some vast boulder, it seemed that nothing kept him on his feet except the will to continue.

pick up 집어 들다, 차에 태우다, 다시 시작하다, 회복하다, 속력을 내다. quarry [kwɔ́ːri] 채석장, 파내다. brace [breis] 버팀대, 꺽쇠, 죄다, 팽팽히 매다, 분기하다. muscle [mʌ́səl] 근육, 힘줄, 압력. boulder [bóuldər] 둥근 돌, 옥석. on one's feet 일어서서, 원기를 회복하고, 독립하여.

다른 동물들은 '봄에 풀이 다시 돋아나올 때면 복서는 회복될 거야'라고 말했다. 하지만 봄이 왔는데도 복서는 살이 찌지 않았다. 이따금 채석장 꼭대기에 이르는 경사면에서 거대한 돌의 중량에 맞서 그의 힘줄이 솟아날 때 그를 버티게 하는 것은 일을 계속해야 한다는 의지 말고는 아무 것도 없는 것 같았다.

At such times his lips were seen to form the words, 'I will work harder'; he had no voice left. Once again Clover and Benjamin warned him to take care of his health, but Boxer paid no attention.

form [fɔ:rm] 모양, 형식, 외관, 형성하다, 만들어내다, 구성하다. form the words 말을 하다. warn [wɔ:rn] 경고하다. take care of 돌보다, 보살피다, 조심하다. attention [əténʃən] 주의, 배려, 친절한 행위.

그럴 때 그의 입술 모양은 '난 더 열심히 일한다.'라고 말하는 것으로 보였지만 목소리는 나오지 않았다. 다시 한 번 클로버와 벤자민은 자신의 건강을 보살피라고 그에게 경고했지만 복서는 어떠한 주의도 기울이지 않았다.

His twelfth birthday was approaching. He did not care what happened so long as a good store of stone was accumulated before he went on pension.

approach [əpróutʃ] ~에 가까이 가다, ~에 접근하다, 접근. so long as ~하는 한. store [stɔ:r] 저축, 저장, 가게, 상점, 저축하다. accumulate [əkjú:mjəleit] 모으다. go on 다시 나가다, 살아가다, 행동하다, 무대에 나타나다, 불이 켜지다.

그의 열두 번 째 생일이 다가오고 있었다. 그는 연금으로 살게 되기 전에 많은 양의 돌이 모아지기만 하면 무슨 일이 일어나도 상관하지 않았다.

Late one evening in the summer, a sudden rumour ran round the farm that something had happened to Boxer. He had gone out alone to drag a load of stone down to the windmill.

rumour [rú:mər] 소문, 소문을 내다. drag [dræg] 끌다, 끌어당기다, 끌려가다.

여름날 어느 늦은 저녁나절 복서에게 무슨 일이 일어났다는 갑작스런 소문이 농장에 나돌았다. 그는 돌무더기 한 수레를 풍차로 끌어가려고 홀로 나갔었다.

And sure enough, the rumour was true. A few minutes later two pigeons came racing in with the news: 'Boxer has fallen! He is lying on his side and can't get up!'

sure enough 정말이지, 참으로, 아니나 다를까. race [reis] 경주, 경쟁, 급류, 경주하다, 다투다, 경쟁하다, 인종.

정말이지 그 소문은 사실이었다. 몇 분 후에 두 마리의 비둘기가 소식을 갖고 들어왔다. '복서가 쓰러졌어! 옆으로 누워 있는데 일어날 수 없어!'

About half the animals on the farm rushed out to the knoll where the windmill stood. There lay Boxer, between the shafts of the cart, his neck stretched out, unable even to raise his head. His eyes were glazed, his sides matted with sweat. A thin stream of blood had trickled out of his mouth. Clover dropped to her knees at his side.

knoll [noul] 작은 산, 둥그런 언덕. shaft [ʃæft] 자루, 손잡이, 굴대. cart [kɑːrt] 2륜 짐마차, 손수레. glaze [gleiz] ~에 판유리를 끼우다, 유약을 바르다, 흐려지다, 생기가 없어지다. glazed 유약을 바른, 흐리멍덩한, 생기를 잃은. mat [mæt] 매트, 멍석, 매트를 깔다, 엉키게 하다.

농장의 동물들 거의 절반이 풍차가 서 있는 작은 둔덕으로 달려갔다. 그곳에서 복서는 목을 빼고 고개도 들지도 못한 채 2륜 짐마차의 굴대 사이에 누워 있었다. 그의 눈은 흐릿하고 옆구리는 땀으로 범벅이 되어 있었다. 입에서는 한 줄기 가는 피가 흘러내렸다. 클로버는 그의 옆에 무릎을 꿇고 앉았다.

'Boxer!' she cried, 'how are you?'

'It is my lung,' said Boxer in a weak voice. 'It does not matter. I think you will be able to finish the windmill without me. There is a pretty good store of stone accumulated.

lung [lʌŋ] 폐, 허파. accumulate [əkjúːmjəleit] 모으다, 모이다.

'복서!' 그녀가 소리쳤다, '어때요?'

'그건 내 폐 때문이야,' 복서가 힘없는 목소리로 말했다. '그건 문제가 아

245

냐. 난 네가 나 없이도 풍차를 끝낼 수 있으리라 생각해. 상당히 많은 돌이 모였어.

I had only another month to go in any case. To tell you the truth, I had been looking forward to my retirement. And perhaps, as Benjamin is growing old too, they will let him retire at the same time and be a companion to me.'

in any case 어떠한 경우에도, 어쨌든. look forward to ~을 기대하다. retire [ritáiər] 물러가다, 자리에 들다, 은퇴하다, 퇴각하다. companion [kəmpǽnjən] 동료, 상대, 친구.

어쨌든 난 한 달 있으면 갈 거야. 사실 난 은퇴를 고대해 왔지. 그리고 아마도 벤자민도 똑같이 늙어가기 때문에 그들은 나와 함께 그를 은퇴시켜서 내 동료가 되게 해줄 거야.'

'We must get help at once,' said Clover. 'Run, somebody, and tell Squealer what has happened.'

All the other animals immediately raced back to the farmhouse to give Squealer the news.

help [help] 돕다, 도움. at once 즉시. immediately 곧, 바로. race [reis] 경주, 경쟁, 경주하다, 전속력으로 달리게 하다, 질주하다, 인종.

'우린 즉시 도움을 받아야 해,' 클로버가 말했다. '누가 뛰어가서 일어난 일을 스퀼러에게 말해줘요.'

다른 동물들은 모두 농장의 주택으로 달려가서 스퀼러에게 소식을 전했다.

Only Clover remained, and Benjamin, who lay down at Boxer's side, and, without speaking, kept the flies off him with his long tail. After about a quarter of an hour Squealer appeared, full of sympathy and concern.

lie down 눕다, 엎드리다, 굴복하다. quarter [kwɔ́ːrtər] 4분의 1, 15분, 1학기, 방면, 지역. sympathy [símpəθi] 동정, 연민의 정, 일치, 조화, 부서,

배치. concern [kənsə́:rn] ~에 관계하다, 관여하다, 관심을 갖다, 염려하다, 관계, 관심, 걱정, 관심사.

클로버와 벤자민만이 남았다. 벤자민은 복서 옆에 엎드려서 말없이 그의 긴 꼬리로 파리를 쫓아내주었다. 한 십오 분 가량 지나자 스퀼러가 동정과 근심에 찬 모습으로 나타났다.

He said that Comrade Napoleon had learned with the very deepest distress of this misfortune to one of the most loyal workers on the farm, and was already making arrangements to send Boxer to be treated in the hospital at Willingdon.

learn of ~에 관해 들어서 알다. distress [distrés] 심통, 고통, 가난, 곤궁, 괴롭히다, 궁핍하게 하다. misfortune [misfɔ́:rtʃən] 불운, 불행. arrangement 배열, 정돈, 채비, 조정, 협정. treat [tri:t] 다루다, 간주하다, 논하다, 대접하다.

그는 나폴레옹 동무가 농장에서 가장 충실한 일꾼 중의 하나에게 일어난 이러한 불행에 관하여 가장 비통한 심정으로 전해 들었으며 복서를 윌링던에 있는 병원에서 치료받도록 보낼 준비를 이미 하고 있다고 말했다.

The animals felt a little uneasy at this. Expect for Mollie and Snowball, no other animal had ever left the farm, and they did not like to think of their sick comrade in the hands of human beings.

uneasy [ʌní:zi] 불안한, 꺼림칙한, 거북한, 불편한, 어색한, 부자연스러운.

동물들은 이 말에 약간 불안한 느낌이 들었다. 몰리와 스노볼을 제외하고는 어떤 동물도 이 농장을 떠난 적이 없었고 아픈 동료가 인간들의 수중에 있는 것을 생각하기 싫었다.

However, Squealer easily convinced them that the veterinary surgeon in Willingdon could treat Boxer's case more satisfactorily than could be done on the farm.

convince [kənvíns] ~에게 납득시키다, 확신시키다.

veterinary [vétərəneri] 가축병 치료의, 수의학의. surgeon [sə́ːrdʒən] 외과의사. case [keis] 경우, 입장, 사건, 판례, 병증, 환자, 상자, 용기. than could be ~에서 than은 의사 관계대명사임.

하지만 스퀼러는 윌링던의 수의사가 농장에서보다는 더욱 만족스럽게 복서의 병을 치료할 수 있다고 그들을 쉽게 설득했다.

And about half an hour later, when Boxer had somewhat recovered, he was with difficulty got on to his feet, and managed to limp back to his stall, where Clover and Benjamin had prepared a good bed of straw for him.

recover [rikʌ́vər] 되찾다, 만회하다, 회복하다, 복구하다. get on 타다, 진행되다, 성공하다, 올라가다, 지내다. to ons's feet 일어서다. limp [limp] 절뚝거리다, 나긋나긋한. where Clover and Benjamin ~에서 where는 관계부사임.

한 삼십분 쯤 지나서 복서가 어느 정도 회복했을 때 그는 간신히 일어나서 절뚝거리며 자신의 우리로 돌아갈 수 있었다. 그곳은 클로버와 벤자민이 그를 위해 짚으로 된 좋은 잠자리를 마련해 두었었다.

For the next two days Boxer remained in his stall. The pigs had sent out a large bottle of pink medicine which they had found in the medicine chest in the bathroom, and Clover administered it to Boxer twice a day after meals.

which they found ~에서 which는 목적격 관계대명사임.
medicine [médəsin] 약, 약물, 의학, 내과. chest [tʃest] 대형 상자, 자금, 가슴. administer [ædmínistər] 관리하다, 집행하다, 베풀다, 주다, 복용시키다, 타격을 가하다. meal [miːl] 식사, 한 끼.

다음 이틀 동안 복서는 자신의 우리에 남아 있었다. 돼지들은 욕실 약상자에서 발견한 커다란 분홍색 약병을 보내왔고 클로버는 하루에 두 번씩, 식사 후에 복서에게 그 약을 먹였다.

In the evenings she lay in his stall and talked to him, while Benjamin kept the flies off him. Boxer professed not to be sorry for what had happened. If he made a good recovery, he might expect to live another three years, and he looked forward to the peaceful days that he would spend in the corner of the big pasture.

profess [prəfés] 공언하다, 고백하다, 주장하다. recovery [rikʌ́vəri] 회복, 복구, 쾌유, 토지의 매립. look forward to ~을 기대하다. that he would spend ~에서 that은 목적격 관계대명사임.

저녁이면 그녀는 그의 우리에 누워 그에게 말을 걸어주었고 벤자민은 파리를 쫓아주었다. 복서는 자신에게 일어난 일을 유감스럽게 여기지 않으며 잘 회복되면 3년은 더 살 것이고 그래서 넓은 초원의 한 구석에서 보내게 될 평화스러운 날들을 기대하고 있다고 고백했다.

It would be the first time that he had had leisure to study and improve his mind. He intended, he said, to devote the rest of his life to learning the remaining twenty-two letters of the alphabet.

leisure [líːʒər] 틈, 여가, 한가한 시간, 한가한.
improve [imprúːv] 개량하다, 개선하다, 이용하다, 활용하다, 좋아지다.
intend [inténd] ~할 작정이다, 의도하다, 예정하다, 의미하다. devote [divóut] 바치다, 헌신하다.

그는 공부하고 자신의 마음을 계발하는 여가를 갖게 된 것은 처음일 것이라고 했다. 그는 여생을 나머지 알파벳 스물 두 글자를 배우는데 쓸 것이라고 했다.

However, Benjamin and Clover could only be with Boxer after working hours, and it was in the middle of the day when the van came to take him away.

middle [mídl] 한가운데의, 중간의, 중앙, 중간물. it was ~ when the van ~은 강조구문임.

하지만 벤자민과 클로버는 오직 일을 마친 후에만 복서와 함께 있을 수 있었고 유개마차가 그들 데리러 온 것은 바로 한낮이었다.

The animals were all at work weeding turnips under the supervision of a pig, when they were astonished to see Benjamin come galloping from the direction of the farm buildings, braying at the top of his voice.

at work 일터에서, 일하고, 작동하여. weed [wíːd] 잡초, 엽궐련, 잡초를 뽑다, 제거하다. supervision [suːpərvíʒən] 관리, 감독, 지휘. astonish [əstániʃ] 놀라게 하다. bray [brei] 당나귀 울음소리, 시끄러운 나팔소리, 당나귀가 울다, 떠들다.

동물들은 모두 한 마리 돼지의 감독을 받으며 무 떡잎을 솎아내고 있었는데 그 때 벤자민이 목청을 최고로 높여 소리치며 농가 건물들 쪽에서 뛰어오는 것을 보고 깜짝 놀랐다.

It was the first time that they had ever seen Benjamin excited — indeed, it was the first time that anyone had ever seen him gallop. 'Quick, quick!' he shouted. 'Come at once! They're taking Boxer away!'

it was ~ that they ~은 강조구문임. excite [iksáit] 흥분시키다, 자극하다, 격려하다. gallop [gǽləp] 갤럽, 재빠른 행동, 갤럽으로 달리다, 급히 말하다, 질주하다. shout [ʃaut] 큰 소리를 내다, 소리치다, 갈채하다.

그들이 벤자민이 흥분한 것을 본 것은 처음이었다. 정말 누군가가 그가 뛰는 것을 본 것은 처음이었다. '빨리, 빨리!' 그는 소리쳤다. '빨리 와! 그들이 복서를 데려가고 있어!'

Without waiting for orders from the pig, the animals broke off work and raced back to the farm buildings. Sure enough, there in the yard was a large closed van, drawn by two horses, with lettering on its side and a sly-looking man in a low-crowned bowler hat sitting on the driver's seat. And Boxer's stall was empty.

break off 꺾어내다, 끊다, 그만두다, 약속을 취소하다, 절교하다. sure enough 정말이지, 참으로. closed van 유개마차. low-crowned hat 운두(춤)가 낮은 모자.

돼지로부터의 명령을 기다리지 않고 동물들은 하던 일을 그만두고 농장 건물들 쪽으로 달려갔다. 정말이지 뜰에는 두 마리의 말이 끄는 커다란 유개마차가 있었다. 마차 옆면에는 글자가 씌어져 있었고 마부석에는 운두가 낮은 모자를 쓰고 있는, 교활하게 보이는 남자가 앉아 있었다. 복서의 우리는 비어 있었다.

The animals crowded round the van. 'Good-bye, Boxer!' they chorused, 'Good-bye!'

'Fools! Fool!' shouted Benjamin, prancing round them and stamping the earth with his small hoofs. 'Fool! Do you not see what is written on the side of that van?'

crowd [kraud] 군중, 민중, 대중 빽빽이 들어차다, 밀어닥치다, 강요하다. chorus [kɔ́ːrəs] 합창, 합창하다, 일제히 말하다. prance [præns] 뒷발을 껑충거리며 뛰다, 의기양양하게 가다. stamp [stæmp] 스탬프, 인, 도장, 인지, 우표, 인지를 붙이다, 날인하다, 도장을 찍다, 짓밟다, 발을 구르다.

동물들은 마차 주위로 모여들었다. '안녕, 복서!' 그들은 일제히 말을 했다. '잘 가요!'

'바보들! 바보들!' 벤자민이 그들 주위에서 껑충껑충 뛰고 자신의 조그만 발굽으로 땅을 구르며 소리쳤다. '바보들 저 마차 옆면에 씌어 있는 것이 안 보여?'

That gave the animals pause, and there was a hush. Muriel began to spell out the words. But Benjamin pushed her aside and in the midst of a deadly silence he read:

pause [pɔːz] 휴지, 중지, 중단, 단락, 중단하다, 잠시 멈추다, 잠시 생각하다. hush [hʌʃ] 쉿, 침묵, 조용함, 묵살, 침묵시키다, 잠재우다.

deadly [dédli] 죽음의, 생명에 관계되는, 죽은 것 같은, 죽어야 마땅한, 앙심 깊은, 죽은 것같이, 대단히, 몹시. silence [sáiləns] 침묵, 무언, 무소식, 비밀 엄수, 고요함, 침묵시키다, 억누르다, 잠잠하게 하다.

그것은 동물들을 잠시 멈추게 했고 갑자기 조용해졌다. 뮤리엘은 글자를 하나씩 읽어내기 시작했다. 하지만 벤자민은 그녀를 옆으로 밀쳐내고 쥐죽은 듯한 침묵 속에 글씨를 읽었다.

"Alfred Simmonds, Horse Slaughterer and Glue Boiler, Willingdon. Dealer in Hides and Bone-Meal. Kennels Supplied.' Do you not understand what that means? They are taking Boxer to the knacker's!'

slaughterer [slɔ́:tərər] 도살자, 살육자. glue [glu:] 아교, 접착제, 아교로 붙이다. dealer [dí:lər] 상인, 카드를 도르는 사람. hide [haid] 숨기다, 숨다, 짐승의 가죽. bone-meal 사료용 골분. kennel [kénl] 개집, 개집에 넣다. knacker [nǽkər] 폐마 도살업자.

"알프레드 시몬즈, 윌링던 소재 말 도살업자이며 아교제조업자. 가죽과 골분 판매업자. 개집도 공급함.' 그게 무슨 의미인지 이해가 안 돼? 그들은 복서를 폐마 도살업자에게 넘기고 있는 거야!'

A cry of horror burst from all the animals. At this moment the man on the box whipped up his horses and the van moved out of the yard at a smart trot. All the animals followed, crying out at the tops of their voices. Clover forced her way to the front.

horror [hɔ́:rər] 공포, 전율, 혐오, 증오. whip [hwip] 채찍질하다, 격려하다, 채찍. smart [smɑ:rt] 쿡쿡 쑤시는, 날렵한, 빈틈없는, 맵시 있는, 아픔, 고통, 비통, 분노. trot [trɑt] 말 따위가 속보로 가다, 속보.

모든 동물에게서 공포의 울음소리가 터져 나왔다. 이 순간 마부석에 앉아 있던 남자는 말들에게 채찍질을 가했고 마차는 날렵한 속보로 뜰을 빠져나왔다. 모든 동물들이 목청껏 소리치며 따라갔다. 클로버는 다른 동물들 앞쪽으로 달려 나갔다.

The van began to gather speed. Clover tried to stir her stout limbs to a gallop, and achieved a canter. 'Boxer!' she cried. 'Boxer! Boxer! Boxer!' And just at this moment, as though he had heard the uproar outside, Boxer's face, with the white stripe down his nose, appeared at the small window at the back of the van.

gather [ɡǽðər] 그러모으다, 헤아리다, 점차 늘리다, 모이다. stir [stəːr] 움직이다, 분발시키다, 자극하다, 움직임, 찌름, 대소동. stout [staut] 단단한, 억센, 튼튼한, 뚱뚱한, 흑맥주. limb [lim] 수족, 손발, 큰 가지, 자손. canter [kǽntər] 느린 구보(gallop와 trot의 중간). uproar [ʌ́prɔːr] 소란, 소동. strip [strip] 벗기다, 벗겨지다, 길고 가느다란 조각, 길쭉하게 자르다.

마차는 점차 속력을 내기 시작했다. 클로버는 그녀의 뚱뚱한 다리에 힘을 주어 전속력으로 달리려 했지만 겨우 느린 구보로 달릴 수 있을 뿐이었다. 그녀는 '복서' 하고 소리쳤다. '복서! 복서! 복서!' 그리고 바로 이 순간 밖의 소동을 들은 것처럼 마차 뒤쪽에 나 있는 조그만 창문으로 코 아래쪽에 하얀 줄무늬가 있는 복서의 얼굴이 나타났다.

'Boxer!' cried Clover in a terrible voice. 'Boxer! Get out! Get out quickly! They are taking you to your death!'

All the animals took up the cry of 'Get out, Boxer, get out!' But the van was already gathering speed and drawing away from them.

terrible [térəbəl] 무서운, 소름끼치는, 굉장한, 혹독한, 지독한, 몹시. draw [drɔː] 끌다, 당기다, 끌어내다, 접근하다, 그리다. draw away 손 따위를 빼다, 몸을 떼어 놓다, 떨어뜨리다. take up 집어 올리다, 차지하다, 보호하다, 흡수하다, 비난하다, 내기에 응하다, 취급하다, 태도를 취하다, 다시 시작하다.

'복서!' 클로버는 소름끼치는 목소리로 소리쳤다. '복서! 나와! 빨리 나와! 그들이 널 죽이려고 끌고 가는 거야!'

모든 동물들이 '나와, 복서 나와!' 함께 소리쳤다. 하지만 마차는 이미 속도가 붙었고 그들을 떨어뜨리고 있었다.

It was uncertain whether Boxer had understood what Clover had said. But a moment later his face disappeared from the window and there was the sound of a tremendous drumming of hoofs inside the van.

uncertain [ʌnsə́:rtn] 불명확한, 확인할 수 없는. disappear [disəpíər] 사라지다, 소멸되다. tremendous [triméndəs] 무서운, 무시무시한, 엄청난.

클로버가 한 말을 복서가 이해했는지는 확실치 않았다. 하지만 잠시 후 그의 얼굴이 창문에서 사라졌고 마차 안에서 말발굽으로 쾅쾅 치는 엄청난 소리가 들렸다.

He was trying to kick his way out. The time had been when a few kicks from Boxer's hoofs would have smashed the van to matchwood. But alas! his strength had left him; and in a few moments the sound of drumming hoofs grew fainter and died away.

kick [kik] 차다, 걷어차다, 속도를 갑자기 올리다. smash [smæʃ] 분쇄하다, 박살내다, 깨뜨리다, 세차게 내리치다, 깨뜨려 부숨, 대패, 파멸. matchwood 성냥개비 재료, 산산조각. faint [feint] 어렴풋한, 희미한, 약한, 부족한, 힘없는, 지절할 것 같은, 실신한.

그는 그가 가는 길을 박차고 나오려고 하고 있었다. 지난 날 같으면 복서가 발굽으로 몇 번 걷어참으로서 마차는 산산조각으로 박살났을 것이다. 하지만 아아! 그의 힘은 그에게서 사라졌다. 잠시 후 발굽으로 쾅쾅거리는 소리는 희미해지다가 마침내 사라졌다.

In desperation the animals began appealing to the two horses which drew the van to stop. 'Comrades, comrades!' they shouted. 'Don't take your own brother to his death!' But the stupid brutes, too ignorant to realize what was happening, merely set back their ears and quickened their pace.

desperation [dèspəréiʃən] 필사적임, 자포자기, 절망. appeal [əpíːl] 호소하다, 간청하다, 호소, 간청, 항소. brute [bruːt] 짐승, 금수와 같은. ignorant [ígnərənt] 무지한, 무식한, 예의를 모르는, 알아차리지 못하는. pace [peis] 걸음걸이, 걷는 속도, 천천히 걷다.

필사적으로 동물들은 마차를 끄는 두 마리의 말들에게 멈추라고 호소하기 시작했다. '동무들, 동무들!' 그들은 소리쳤다. '너의 형제를 죽음으로 이끌지 마!' 하지만 그 멍청한 짐승들은 너무도 무지해서 무슨 일이 일어나고 있는지 알아차리지 못하고 단지 귀를 뒤로 젖히고는 더욱 속력을 냈다.

Boxer's face did not reappear at the window. Too late, someone thought of racing ahead and shutting the five-barred gate; but in another moment the van was through it and rapidly disappearing down the road. Boxer was never seen again.

ahead [əhéd] 전방으로, 앞서서. shut [ʃʌt] 닫다, 닫히다.

복서의 얼굴은 창문에 다시 나타나지 않았다. 너무나 늦게 누군가가 앞서서 달려가 다섯 개의 빗장이 달린 문을 닫는 것을 생각해 냈지만 다음 순간 마차는 문을 통과했고 빠르게 도로로 사라지고 있었다. 복서는 다시는 보이지 않았다.

Three days later it was announced that he had died in the hospital at Willingdon, in spite of receiving every attention a horse could have. Squealer came to announce the news to the others. He had, he said, been present during Boxer's last hours.

in spite of ~에도 불구하고, ~을 무릅쓰고. attention [əténʃən] 주의, 유의, 배려, 고려. attention 다음에 목적격 관계대명사가 생략되었음.

3일 후 그는 말이 받을 수 있는 모든 배려를 받았음에도 불구하고 웰링던에 있는 병원에서 죽었다고 발표되었다. 스퀼러가 이 뉴스를 다른 동물들에게 알리려고 왔다. 그는 복서의 마지막 시간 동안 함께 있었다고 했다.

'It was the most affecting sight I have ever seen!' said Squealer, lifting his trotter and wiping away a tear. 'I was at his bedside at the very last. And at the end, almost too weak to speak, he whispered in my ear that his sole sorrow was to have passed on before the windmill was finished.

an affecting sight 애처로운 광경. lifting과 wiping은 모두 부대상황을 나타내는 분사구문을 이끌고 있음.

'그것은 내가 이제까지 본 가장 애처로운 광경이었소!' 스퀼러가 앞발을 들어 눈물 한 방울을 닦으며 말했다. '난 그의 마지막 순간에 옆에 있었소. 마지막엔 너무나 힘이 없어서 거의 말을 할 수 없었는데 그는 내 귀에 대고 유일한 슬픔은 풍차가 완성되기 전에 죽게 된 것이라고 속삭였소.

"Forward, comrades!" he whispered. "Forward in the name of the Rebellion. Long Live Animal Farm! Long live Comrade Napoleon! Napoleon is always right." Those were his very last words, comrades.'

forward [fɔ́:rwərd] 앞으로, 밖으로, 금후, 장래, 전방의, 진보적인, 진행된, 나아가게 하다, 회송하다. long live ~만세.

'앞으로, 동무들!' 그는 속삭였소. '반란의 이름으로 앞으로. 동물 농장 만세! 나폴레옹 동무 만세! 나폴레옹은 언제나 옳다.' 그것이 그의 마지막 말이었소, 동무들.'

Here Squealer's demeanour suddenly changed. He fell silent for a moment, and his little eyes darted suspicious glances from side to side before he proceeded.

It had come to his knowledge, he said, that a foolish and wicked rumour had been circulated at the time of Boxer's removal.

demeanour [dimí:nər] 태도, 표정, 품행. dart [dɑːrt] 던지는 창, 침, 살, 던지다, 돌진하다. suspicious [səspíʃəs] 의심스러운, 미심쩍은, 의심 많은. glance [glæns] 흘긋 봄, 일별, 흘긋 보다, 쭉 훑어보다.
circulate [sə́:rkjəleit] 돌다, 순환하다, 여기저기 거닐다, 돌리다. removal

[rimúːvəl] 이동, 이전, 제거, 철수, 해임.

여기에서 스퀄러의 태도가 갑자기 변했다. 그는 잠시 침묵을 지키더니 다시 말을 시작하기 전에 그의 작은 눈으로 의심스런 눈길을 여기저기 던졌다.

복서가 이동할 때에 어리석고 사악한 소문이 퍼졌다는 것을 그는 알게 되었다고 했다.

Some of the animals had noticed that the van which took Boxer away was marked 'Horse Slaughterer', and had actually jumped to the conclusion that Boxer was being sent to the knacker's.

mark [mɑːrk] 표, 기호, 영향, 특징, 평점, 표를 하다. the van which took ~에서 which는 주격 관계대명사임. jump to a conclusion 속단하다. slaughterer 소의 도살자, 살육자. knacker 폐마 도살업자.

몇몇 동물들은 복서를 싣고 간 마차에 '말 도살업자'가 표시가 된 것을 보고는 복서가 도살장으로 보내지고 있다고 성급하게 결론을 내렸다는 것이다.

It was almost unbelievable, said Squealer, that any animal could be so stupid. Surely, he cried indignantly, whisking his tail and skipping from side to side, surely they knew their beloved Leader, Comrade Napoleon, better than that?

indignantly 분개하여, 분연히. beloved 사랑하는, 귀여운, 애인.

어떤 동물이 그렇게 어리석을 수 있는지 거의 믿을 수가 없다고 스퀄러는 말했다. 분명히, 그는 꼬리를 흔들고 이리저리 뛰면서, 분명히 그들이 친애하는 지도자 동무 나폴레옹을 그 정도밖에 인정하지 않았느냐며 분개하며 소리쳤다.

But the explanation was really very simple. The van had previously been the property of the knacker, and had been bought by the veterinary surgeon, who had not painted the old name out. That was how the mistake had arisen.

The animals were enormously relieved to hear this.

explanation [eksplənéiʃən] 설명, 해설, 변명. property [prɑ́pərti] 재산, 자산, 소유, 고유한 성질. veterinary [vétərəneri] 가축병 치료의, 수의학의. enormously 터무니없이, 대단히, 매우. relieve [rilíːv] 경감하다, 안도케 하다, 구원하다, 해임하다, 돋보이게 하다. to hear this에서 to hear는 부정사의 부사적인 용법 중에서 원인의 뜻으로 쓰였음.

하지만 그에 대한 설명은 사실 매우 간단했다. 마차는 이전에 도살업자의 소유였는데 수의사에게 팔렸고 수의사는 미처 옛 이름을 지우지 않았다는 것이다. 그것 때문에 실수가 생겨났다는 것이다.

동물들은 이 말을 듣고 매우 안도하였다.

And when Squealer went on to give further graphic details of Boxer's death bed, the admirable care he had received, and the expensive medicines for which Napoleon had paid without a thought as to the cost, their last doubts disappeared and the sorry that they felt for their comrade's death was tempered by the thought that at least he had died happy.

graphic [grǽfik] 그림의, 그려놓은 듯한, 생생한, 도표의. detail [díːteil] 세부, 세목, 상세, 상술, 상술하다, 열거하다. give a full detail of ~에 관해 상세히 설명하다. admirable [ǽdmərəbəl] 감탄할 만한, 감복할, 훌륭한. care [kɛər] 걱정, 근심, 걱정거리, 주의, 관심, 걱정하다, 돌보다. medicine [médəsin] 약, 약물, 의학, 의술. as to ~에 관하여. doubt [daut] 의심, 의혹, 불확실함, 피해, 결점. temper [témpər] 기질, 침착, 평정, 부드럽게 하다, 진정시키다, 조화시키다.

그리고 스퀼러가 복서의 임종에 대해, 그가 받은 훌륭한 배려에 대해, 그리고 나폴레옹이 비용을 생각하지 않고 지불한 비싼 약물 등에 대해 생생한 설명을 계속했을 때 그들의 마지막 의심들은 사라졌고 그들 동료의 죽음에 대해 느꼈던 슬픔은 적어도 그가 행복하게 죽었다는 생각으로 누그러졌다.

Napoleon himself appeared at the meeting on the following Sunday morning and pronounced a short oration in Boxer's honour. It had not been possible, he said, to bring back their lamented comrade's remains for interment on the farm, but he had ordered a large wreath to be made from the laurels in the farmhouse garden and sent down to be placed on Boxer's grave.

oration [ɔːréiʃən] 연설. lament [ləmént] 슬퍼하다, 비탄하다, 애도하다. remain [riméin] 남다, 남아 있다, 살아남다, 체류하다, ~한 대로이다, 잔존물, 유물, 유해, 유족. interment [intə́ːrmənt] 매장, 토장. wreath [riːθ] 화관, 화환. laurel [lɔ́ːrəl] 월계수.

다음 일요일 아침 집회에 나폴레옹이 몸소 나타나 복서를 기리는 짧은 연설을 했다. 그는 농장에 매장하기 위해 그들의 애도를 받는 동료의 유해를 가져오는 것이 가능하지 못했다고 했다. 하지만 그는 복서의 무덤에 놓도록 주택의 정원에 있는 월계수로 커다란 화환을 보내라고 지시했다고 했다.

And in a few days' time the pigs intended to hold a memorial banquet in Boxer's honour. Napoleon ended his speech with a reminder of Boxer's two favorite maxims, 'I will work harder' and 'Comrade Napoleon is always right' — maxims, he said, which every animal would do well to adopt as his own.

memorial [məmɔ́ːriəl] 기념의, 추도의, 기념물, 기념비. banquet [bǽŋkwit] 연회. reminder 생각나게 하는 사람(것). maxim [mǽksim] 격언, 좌우명. adopt [ədápt] 양자로 삼다, 채용하다, 받아들이다. do well to do ~하는 것이 좋다.

그리고 며칠 후 돼지들은 복서를 기리기 위해 추도 연회를 열기로 했다고 했다. 나폴레옹은 복서가 좋아했던 두 개의 좌우명 '난 더 열심히 일한다.'와 '나폴레옹은 언제나 옳다.'를 상기시키는 것으로 연설을 끝냈다. 그는 그것들을 모든 동물들이 자신의 것으로 채택해도 좋을 좌우명이라고 했다.

On the day appointed for the banquet, a grocer's van drove up from Willingdon and delivered a large wooden crate at the farmhouse. That night there was the sound of uproarious singing, which was followed by what sounded like a violent quarrel and ended at about eleven o'clock with a tremendous crash of glass.

appoint [əpɔ́int] 지명하다, 임명하다, 지정하다. grocer [gróusər] 식료품상인. crate [kreit] 틀상자, 밀봉한 포장용 상자. uproarious [ʌprɔ́:riəs] 소란한, 시끄러운. quarrel [kwɔ́:rəl] 싸움, 불화, 싸우다, 불평하다.

연회를 열기로 한 바로 그날, 윌링던의 어느 한 식료품 가게 마차 하나가 농장의 주택으로 커다란 나무 상자를 하나를 배달했다. 그날 밤 시끄러운 노래가 들려왔고 이어서 격렬한 싸움 같은 소리가 났는데 밤 11시 쯤 되어서 쨍그랑하고 유리 깨지는 소리와 함께 끝이 났다.

No one stirred in the farmhouse before noon on the following day, and the word went round that from somewhere or other the pigs had acquired the money to buy themselves another case of whisky.

stir [stə:r] 움직이다, 휘젓다, 분발시키다, 자극하다. acquire [əkwáiər] 손에 넣다, 획득하다, 취득하다.

다음날 정오 전까지 농장의 주택에서는 아무런 움직임이 없었다. 그리고 돼지들이 어디서인가 돈이 들어와서 또 다른 상자의 위스키를 샀다는 소문이 돌았다.

CHAPTER X

Years passed. The seasons came and went, the short animal lives fled by. A time came when there was no one who remembered the old days before the Rebellion, except Clover, Benjamin, Moses the raven, and a number of the pigs.

season [síːzən] 계절, 인생의 한 시기, 한창때, ~에 맛을 내다, 누그러지게 하다. 여기에서 lives는 life의 복수임. life 생명, 수명, 생물, 생활, 전기, 활기. flee [fliː] 달아나다, 사라져 없어지다. a time came when ~에서 when은 관계부사임.

여러 해가 지나갔다. 여러 계절이 왔다 갔고 수명이 짧은 동물들은 사라졌다. 클로버와 벤자민, 까마귀 모지즈와 상당수의 돼지들을 제외하고는 반란 이전의 옛 시절을 아무도 기억하지 못하는 때가 되었다.

Muriel was dead; Bluebell, Jessie, and Pincher were dead. Jones too was dead — he had died in an inebriates' home in another part of the country. Snowball was forgotten. Boxer was forgotten, except by the few who had known him.

inebriate [iníːbrieit] 취하게 하다. [iníːbriət] 술취한, 주정뱅이. home [houm] 가정, 고향, 본국, 요양소, 수용소, 자기 집으로.

뮤리엘은 죽었다. 블루벨과 제시, 핀처도 죽었다. 존스 역시 죽었는데 그 지방의 다른 곳에 있는 주정뱅이 수용소에서 죽었다. 스노볼은 잊혀졌다. 복서도 그를 알고 있던 몇몇을 제외하고는 잊혀졌다.

Clover was an old stout mare now, stiff in the joints, and with a tendency to rheumy eyes. She was two years past the retiring age, but in fact no animal had ever actually retired. The talk of setting aside a corner of the pasture for superannuated animals had long since been dropped.

stout [staut] 단단한, 뚱뚱한, 굳센. stiff [stif] 뻣뻣한, 뻐근한, 고착된. joint [dʒɔint] 이음매, 관절, 비밀 술집, 공동의, 합동의, 접합하다. tendency [téndənsi] 경향, 풍조, 추세, 버릇. rheumy [rúːmi] 비염에 걸린. retire [ritáiər] 물러가다, 칩거하다, 자리에 들다, 은퇴하다. superannuated 노령으로 퇴직한. since 그 후, 이래, 그 후 내내. drop [drɑp] 방울, 소량, 낙하, 똑똑 떨어뜨리다, 새끼를 낳다, 무심코 입 밖에 내다, 쓰러지다, 낙오되다, 중단되다, 사라지다.

클로버는 이제 관절이 뻣뻣하고 눈에서 분비물이 나오는, 늙고 뚱뚱한 암말이 되었다. 그녀는 은퇴할 나이가 2년이나 지났지만 사실 이제까지 어떤 동물도 실제로 은퇴하지 않았다. 노령으로 은퇴한 동물들을 위해 목초지 한 구석을 떼어 놓는다는 이야기는 오래 전에 사라졌다.

Napoleon was now a mature boar of twenty-four stone. Squealer was so fat that he could with difficulty see out of his eyes. Only old Benjamin was much the same as ever, except for being a little greyer about the muzzle, and, since Boxer's death, more morose and taciturn than ever.

mature [mətjúər] 익은, 성숙한, 심사숙고한, 신중한. boar [bɔːr] 수퇘지. stone [stoun] 돌, 비석, 14파운드. grey [grei] 회색의, 잿빛의. morose [məróus] 까다로운, 침울한. taciturn [tǽsətəːrn] 말없는, 무언의.

나폴레옹은 이제 24스톤(약 152kg) 무게의 성숙한 수퇘지가 되었다. 스퀄러는 너무나 뚱뚱해서 눈을 뜨고 보는데 어려움이 있을 정도였다. 오직 늙은 벤자민만이 주둥이 부분이 조금 더 잿빛으로 되었고 복서의 죽음 이후 좀 더 침울하고 말 수가 적어진 것을 제외하고는 예전과 별로 다름이 없었다.

There were many more creatures on the farm now, though the increase was not so great as had been expected in earlier years. Many animals had been born to whom the Rebellion was only a dim tradition, passed on by word of mouth, and others had been bought who had never heard mention of such a thing before their arrival.

creature [kríːtʃər] 창조물, 생물, 동물, 가축, 시대의 산물. so great as had been ~에서 as는 의사 관계대명사임. dim [dim] 어둑한, 흐릿한, 침침한, 우둔한, 어둑하게 하다, 어둑해지다. tradition [trədíʃən] 전설, 전통, 관습.

지금 농장에는 비록 초창기에 기대했던 것만큼 늘어나지는 않았지만 보다 많은 숫자의 동물들이 있었다. 많은 동물들이 태어났는데 그들에게 반란은 입에서 전해지는 희미한 전설에 불과했다. 그리고 새로 구입된 다른 동물들은 그들이 도착하기 전에 그런 일에 대해서 전혀 들어본 적이 없었다.

The farm possessed three horses now besides Clover. They were fine upstanding beasts, willing workers and good comrades, but very stupid. None of them proved able to learn the alphabet beyond the letter B.

besides [bisáidz] 그밖에, 따로, ~이외에도. upstanding 곧은 성격의, 자세가 늘씬한, 정직한, 솔직한. willing 기꺼이 ~하는, 자발적인.

지금 농장은 클로버 이외에 세 마리의 말을 소유하고 있다. 그들은 골격이 바르고 자발적인 일꾼이며 좋은 동료였지만 매우 우둔했다. 그들 중 어느 누구도 알파벳 글자 B를 지나 다음 글자를 배울 수 있는 것으로 입증되지 못했다.

They accepted everything that they were told about the Rebellion and the principles of Animalism, especially from Clover, for whom they had an almost filial respect; but it was doubtful whether they understood very much of it.

accept [æksépt] 받아들이다, 용인하다. principle [prínsəpəl] 원리, 원칙, 근본 방침, 행동 원리. filial [fíliəl] 자식으로서의, 효성스러운. respect [rispékt] 존경, 인사, 존중, 관심, 세목, 존중하다.

그들은 반란과 동물주의에 관해서, 특히 클로버로부터 들은 것을 모두 받아들였는데 클로버에게 거의 효성에 가까운 존경심을 갖고 있었다. 하지만 그들이 그것의 많은 부분을 이해하고 있는지는 의심스러웠다.

The farm was more prosperous now, and better organized: it had even been enlarged by two fields which had been bought from Mr Pilkington. The windmill had been successfully completed at last, and the farm possessed a threshing machine and a hay elevator of its own, and various new buildings had been added to it.

prosperous [práspərəs] 번영하는, 번창하는, 부유한. enlarge [inláːrʤ] 크게 하다, 확대하다, 넓어지다, 커지다. threshing machine 탈곡기. hay elevator 건초를 들어 올리는 장치.

지금 농장은 보다 번창하였고 보다 잘 조직되었다. 농장은 필킹턴 씨로부터 사들인 두 개의 밭으로 더 확장되기까지 했다. 풍차는 마침내 성공적으로 완성되었고 농장은 탈곡기와 건초를 들어 올리는 장치를 갖추게 되었으며 여러 가지 새로운 건물이 추가되었다.

Whymper had bought himself a dogcart. The windmill, however, had not after all been used for generating electrical power. It was used for milling corn, and brought in a handsome money profit.

dogcart 2륜 경마차. after all 결국. generate [ʤénəreit] 낳다, 발생시키다. mill [mil] 맷돌, 제분기, 풍차칸, 공장, 빻다. bring in 들여오다. 평결을 답신하다. handsome [hǽnsəm] 풍채 좋은, 단정한, 훌륭한, 상당한, 활수한. profit [práfit] 이익, 순익, ~의 이익이 되다.

휨퍼는 자신의 2륜 경마차를 구입했다. 하지만 풍차는 결국 전력을 생산하는데 사용되지 못했다. 그것은 옥수수를 빻는데 사용되었고 상당한 금전적인 수익을 가져다주었다.

The animals were hard at work building yet another windmill; when that one was finished, so it was said, the dynamos would be installed. But the luxuries of which Snowball had once taught the animals to dream, the stalls with electric light and hot and cold water, and the three-day week, were no longer talked about.

dynamo [dáinəmou] 발전기. install [instɔ́ːl] 설치하다, 장치하다, 취임시키다. luxury [lʌ́kʃəri] 사치, 사치품.

동물들은 또 다른 풍차를 건조하느라 힘들게 일하고 있었다. 그것이 완성되면 발전기가 설치될 것이라고 했다. 하지만 스노볼이 한때 동물들에게 꿈꾸도록 가르쳤던 호사스러운 것들, 전등이 있는 축사와 냉 온수, 그리고 주 3일 노동과 같은 것은 결코 거론되지 않았다.

Napoleon had denounced such ideas as contrary to the spirit of Animalism. The truest happiness, he said, lay in working hard and living frugally.

denounce [dináuns] 비난하다, 공격하다. contrary [kántreri] 반대의, 적합지 않은, 반대, 모순. lie in 산원에 들어가다, ~에 있다. frugally 검약하게, 소박하게.

나폴레옹은 그런 생각은 동물주의 정신에 어긋난다고 비난했다. 가장 진정한 행복은 열심히 일하고 검약하게 사는 데 있다고 했다.

Somehow it seemed as though the farm had grown richer without making the animals themselves any richer — except, of course, for the pigs and the dogs. Perhaps this was partly because there were so many pigs and so many dogs.

somehow 어떻게든지 하여, 어쨌든, 어쩐지, 웬일인지. except for ~을 제외하고, ~말고는, ~외에는.

웬일인지 동물들 자신들은, 물론 돼지들과 개들을 제외하고, 더 부유해지지 않고 농장만 더 부유해진 것처럼 보였다. 아마도 이것은 부분적으로는 너무나 많은 돼지들과 개들이 있었기 때문이었다.

It was not that these creatures did not work, after their fashion.

There was, as Squealer was never tired of explaining, endless work in the supervision and organization of the farm. Much of this work was of a kind that the other animals were too ignorant to understand.

creature [kríːtʃər] 생물, 가축, 부하, 산물. after one's fashion 누구의 방식으로. supervision [suːpərvíʒən] 관리, 감독, 지휘. organization [ɔːrgənizéiʃən] 조직, 구성, 편제. of a kind 같은 종류의, 이름뿐인. a kind that ~에서 that은 목적격 관계대명사임. ignorant [ígnərənt] 무지한, 무식한, ~을 알아차리지 못하는.

이들 짐승들이 일을 하지 않는 것은 아니었다. 그들 나름대로의 방식이 있었다. 스퀼러가 결코 설명하는 것을 싫증내지 않는 것으로서 농장을 감독하고 관리하는 데 끝없는 일이 있었다. 이들 작업의 많은 부분은 다른 동물들이 너무나 무식해서 이해할 수 없는 그런 종류의 것들이었다.

For example, Squealer told them that the pigs had to expend enormous labours every day upon mysterious things called 'files', 'reports', 'minutes', and 'memoranda'.

for example 예를 들자면, 이를테면. expend [ikspénd] 시간이나 노력 등을 들이다, 소비하다. enormous [inɔ́ːrməs] 거대한, 막대한, 매우 큰, file [fail] 서류철, 파일. minute [mínit] 분, 각서, 메모. [mainjúːt] 자디잔, 미세한, 사소한. memoranda [memərǽndə] 비망록, 메모, 각서.

예를 들면 스퀼러는 돼지들이 파일, 보고서, 각서, 비망록과 같은 신비한 것들에 매일 엄청난 노동력들 들여야 한다고 동물들에게 말했다.

These were large sheets of paper which had to be closely covered with writing, and as soon as they were so covered, they were burnt in the furnace.

sheet [ʃiːt] 시트, 얇은 판, 한 장, closely 밀접하여, 바짝, 꼭 맞게, 빽빽하게, 면밀히, 주도하게. cover [kʌ́vər] 덮다, 감싸다, ~을 떠맡다, ~ 범위에 걸치다, 뉴스로 보도하다. furnace [fə́ːrnis] 노, 아궁이, 난방로, 용광로.

이것들은 글씨로 **빽빽하게** 들어차야 하는 커다란 종이들이었는데 그렇게 들어차자마자 아궁이에서 불태워졌다.

This was of the highest importance for the welfare of the farm, Squealer said. But still, neither pigs nor dogs produced any food by their own labour; and there were very many of them, and their appetites were always good.

welfare [wélfɛər] 복지, 후생, 복지사업. neither ~ nor ~도 ~도 아니다. appetite [ǽpətait] 식욕, 욕구.

스퀼러는 이것이 농장의 복지를 위해 가장 중요한 것이라고 했다. 하지만 여전히 돼지들이나 개들은 자신의 노동으로 어떠한 식량도 생산하지 않았다. 그리고 그들은 숫자가 매우 많았고 그들의 식욕은 언제나 좋았다.

As for the others, their life, so far as they knew, was as it had always been. They were generally hungry, they slept on straw, they drank from the pool, they laboured in the fields; in winter they were troubled by the cold, and in the summer by the flies.

as for ~은 어떠냐 하면, ~로 말하자면. so far as ~에 관하여, ~하는 한.

다른 동물들로 말하자면 그들의 생활은 그들이 알고 있는 한 언제나 예전과 같았다. 그들은 대체로 배가 고팠다. 짚에서 잠을 자고 웅덩이에서 물을 마셨으며 들에서 일했다. 겨울이면 추위로 고통을 받고 여름이면 파리로 고생했다.

Sometimes the older ones among them racked their dim memories and tried to determine whether in the early days of the Rebellion, when Jones's expulsion was still recent, things had been better or worse than now.

rack [ræk] 선반, 걸이, 선반에 걸다, 고통을 주다, 착취하다. rack one's memory 머리를 짜서 생각하다. determine [ditə́ːrmin] ~에게 결심시키다, ~을 결심하다, 결정하다. when Jones's expulsion ~에서 when은 관계부

사임.

때때로 그들 중 나이 많은 동물들은 존스의 추방이 아직 최근이었던 반란의 초기시절에 형편이 지금보다 좋았는지 나빴는지 판단하려고 희미한 기억을 더듬었다.

They could not remember. There was nothing with which they could compare their present lives: they had nothing to go upon except Squealer's lists of figures, which invariably demonstrated that everything was getting better and better.

compare [kəmpέər] 비교하다, 비교되다, 비유하다. go upon ~을 꾀하다, ~에 의거하여 판단하다. invariably 변함없이, 항상.

그들은 기억할 수 없었다. 그들의 현재 생활을 비교할 수 있는 어떤 것도 없었다. 그들은 모든 것이 점점 더 좋아지고 있다는 것을 항상 나타내주는 스퀼러의 숫자 목록을 제외하고는 판단할 근거가 아무 것도 없었다.

The animals found the problem insoluble; in any case, they had little time for speculating on such things now. Only old Benjamin professed to remember every detail of his long life and to know that things never had been, nor ever could be much better or much worse — hunger, hardship, and disappointment being, so he said, the unalterable law of live.

insoluble [insάljəbəl] 용해하지 않는, 해결할 수 없는. in any case 어쨌든. speculate [spékjəleit] 여러 가지로 생각하다, 추측하다. profess [prəfés] 공언하다, 고백하다, 주장하다.
hardship [hά:rdʃip] 고난, 곤궁. ~ and disappointment being ~은 이유를 나타내는 독립분사구문임. unalterable 변경할 수 없는, 불변의.

동물들은 그 문제를 해결할 수 없는 것으로 보았다. 어쨌든 그들은 지금 그런 문제를 곰곰이 생각해 볼 시간이 거의 없었다. 오직 벤자민만이 자신의 긴 생애의 세세한 모든 것들을 기억하고 있으며 굶주림과 고난과 실망은 삶의 불변의 원칙이기 때문에 과거의 형편이 더 좋았거나 더 나쁘지 않았고 앞으로도 더 좋거나 더 나쁠 것이 없다는 것을 알고 있다고 했다.

And yet the animals never gave up hope. More, they never lost, even for an instant, their sense of honour and privilege in being members of Animal Farm. They were still the only farm in the whole county — in all England! — owned and operated by animals.

give up 포기하다, 단념하다. honour [ánər] 영예, 자존심, 경의, 고위, 존경하다. privilege [prívəlidʒ] 특권, 특전, 특권을 주다. county [káunti] 군, 주. own [oun] 자기 자신의, 고유한, 소유하다, 인정하다. operate [ápəreit] 작동하다, 움직이다, 작용하다, 수술을 하다, 군사행동을 하다, 운전하다.

하지만 동물들은 결코 희망을 포기하지 않았다. 더욱이 그들은 한 순간이라도 동물 농장의 구성원으로서 그들의 명예와 특권 의식을 결코 잃지 않았다. 그들은 여전히 군 전체에서 아니 영국 전체에서 동물들에 의해 소유되고 운영되는 유일한 농장이었다.

Not one of them, not even the youngest, not even the newcomers who had been brought from farms ten or twenty miles away, ever ceased to marvel at that.

cease [si:s] 그만두다, ~하는 것을 멈추다. marvel [mɑ́ːrvəl] 놀라운 일, 놀라다, ~을 기이하게 느끼다.

그들 중 어느 누구도, 가장 어린 것까지도, 심지어 10마일이나 20마일 떨어진 농장에서 데려온 신참들까지도 그러한 사실에 놀라움을 금치 않았다.

And when they heard the gun booming and saw the green flag fluttering at the masthead, their hearts swelled with imperishable pride, and the talk always turned towards the old heroic days, the expulsion of Jones, the writing of the Seven Commandments, the great battles in which the human invaders had been defeated.

boom [bu:m] 울리는 소리, 벼락 경기, 울리다, 소리로 알리다. flutter

[flʌ́tər] 퍼덕거리다, 두근거리다, 퍼덕거림, 고동. masthead 돛대머리, 장두, 돛대 꼭대기에 달다. swell [swel] 부풀다, 팽창하다, 부풀리다. imperishable 불멸의, 불후의. invader 침략자, 침입자.

그리고 그들은 총이 발사되는 것을 듣고 깃발이 깃대 꼭대기에서 펄럭이는 것을 볼 때 그들의 마음은 불멸의 자긍심으로 부풀어 올랐고 이야기는 항상 옛날의 영웅적인 시절 즉 존스의 추방, 일곱 계명의 기록, 인간 침략자들이 패배한 위대한 전투들 같은 것으로 돌아갔다.

None of the old dreams had been abandoned. The Republic of the Animals which Major had foretold, when the green fields of England should be untrodden by human feet, was still believed in.

abandon [əbǽndən] 버리다, 단념하다. foretell [fɔːrtél] 예언하다, 예고하다. untrodden 밟히지 않은.

옛 꿈들의 어떤 것도 포기되지 않았다. 영국의 푸른 초원이 인간의 발에 짓밟히지 않는, 메이저가 예언한 동물 공화국은 여전히 믿어지고 있었다.

Some day it was coming: it might not be soon, it might not be within the lifetime of any animal now living, but still it was coming. Even the tune of 'Beasts of England' was perhaps hummed secretly here and there: at any rate, it was a fact that every animal on the farm knew it, though no one would have dared to sing it aloud.

lifetime [láiftaim] 일생, 수명. at any rate 여하튼, 하여간. dare [dɛ́ər] 감히~하다, ~에 도전하다.

언젠가 그런 것이 올 것이었다. 당장은 아닐지 모르지만, 지금 살고 있는 동물의 생전에 아닐지 모르지만 여전히 그런 날은 올 것이었다. '잉글랜드의 짐승들' 멜로디도 아마 여기저기에서 은밀히 흥얼거려지고 있었다. 여하튼 비록 아무도 감히 큰 소리로 노래를 부르려하지 않았지만 농장의 모든 동물들이 그 노래를 알고 있다는 것은 엄연한 사실이었다.

It might be that their lives were hard and that not all of their hopes had been fulfilled; but they were conscious that they were not as other animals. If they went hungry, it was not from feeding tyrannical human beings; if they worked hard, at least they worked for themselves.

fulfill [fulfíl] 이행하다, 완수하다, 적합하다, 충족시키다.
conscious [kάnʃəs] 의식하고 있는, 자각하고 있는, 지각 있는. feed [fi:d] 음식을 주다, 부양하다. tyrannical [tirǽnikəl] 폭군의, 전제적인.

그들의 삶이 힘들고 또한 그들의 희망 전부가 성취된 것은 아니었을지 몰라도 그들은 다른 동물들과 같지 않다는 것을 의식하고 있었다. 비록 그들이 배고프다고 해도 그것은 압제적인 인간들을 부양하는 것 때문이 아니었다. 비록 그들이 힘들게 일을 한다고 해도 그들은 적어도 자신들을 위해서 일했다.

No creature among them went upon two legs. No creature called any other creature 'Master'. All animals were equal.

One day in early summer Squealer ordered the sheep to follow him, and led them out to a piece of waste ground at the other end of the farm, which had become overgrown with birch saplings.

master [mǽstər] 주인, 선생, 대가, 명수, 석사, 지배하다, ~에 숙달하다. overgrow ~에 만연하다, 지나치게 퍼지다. birch [bə:rtʃ] 자작나무. sapling [sǽpliŋ] 묘목, 어린 나무, 젊은이.

그들 중 어느 누구도 두 발로 걷지 않았다. 어느 동물도 다른 동물에게 주인이라고 부르지 않았다. 모든 동물들은 평등했다.

초여름 어느 날 스퀼러는 양들에게 자신을 따라오라고 지시하고 그들을 농장 끝에 어린 자작나무가 무성하게 자라고 있던, 경작하지 않는 땅으로 데려갔다.

The sheep spent the whole day there browsing at the leaves under Squealer's supervision. In the evening he returned to the farmhouse himself, but, as it was warm weather, told the sheep to stay where they were.

browse [brauz] 어린 잎, 새싹, 어린잎을 먹다, 뜯어먹이다, 이것저것 구경하다.

양들은 그곳에서 스퀄러의 감독 하에 어린잎을 뜯어먹으며 하루 종일 보냈다. 저녁이 되자 그는 농가로 돌아오면서 양들에게는 날씨가 따뜻하니까 있는 곳에서 계속 머물러 있으라고 했다.

It ended by their remaining there for a whole week, during which time the other animals saw nothing of them. Squealer was with them for the greater part of every day. He was, he said, teaching them to sing a new song, for which privacy was needed.

end by doing 결국 ~하다, ~하는 것으로 끝나다. privacy [práivəsi] 사적 자유, 사생활, 비밀, 은둔.

결국 그들은 그곳에서 일주일 내내 머물렀고 그 동안 다른 동물들은 그들 중 어느 누구도 보지 못했다. 스퀄러는 매일 그들과 함께 대부분의 시간을 보냈다. 그는 비밀이 필요한 새로운 노래를 그들에게 가르치고 있다고 했다.

It was just after the sheep had returned, on a pleasant evening when the animals had finished work and were making their way back to the farm buildings, that the terrified neighing of a horse sounded from the yard.

it was just ~ that the terrified neighing ~은 강조 용법임. make one's way 애써 나아가다, 가다. neigh [nei] 말의 울음소리.

양들이 돌아온 직후 어느 유쾌한 저녁나절 동물들이 일을 마치고 농장 건물로 돌아오고 있었을 때 말 한 마리의 놀라는 울음소리가 뜰에서 들려왔다.

Startled, the animals stopped in their tracks. It was Clover's voice. She neighed again, and all the animals broke into a gallop and rushed into the yard. Then they saw what Clover had seen.

startled는 여기에서 주격 보어로 쓰였음. track [træk] 지나간 자국, 통로, 진로, 경주로, 뒤를 쫓다, 추적하다. break into 망그러져 ~이 되다, ~에 뛰어들다, 갑자기 ~하기 시작하다.

동물들은 깜짝 놀라 가던 길을 멈추었다. 그것은 클로버의 목소리였다. 그녀는 다시 울음소리를 냈고 모든 동물들이 급히 달려가 뜰 안으로 들어갔다. 그 때 그들은 클로버가 본 것을 보았다.

It was a pig walking on his hind legs.

Yes, it was Squealer. A little awkwardly, as though not quite used to supporting his considerable bulk in that position, but with perfect balance, he was strolling across the yard.

awkwardly 서투르게, 거북하게, 어색하게. support [səpɔ́:rt] 지탱하다, 버티다, 원조하다, 부양하다, 버팀, 지지, 원조. considerable 중요한, 꽤 많은. bulk [bʌlk] 크기, 대부분. balance [bǽləns] 천칭, 저울, 평균, 균형, 평형, 균형을 잡다, 비교하다. stroll [stroul] 어슬렁어슬렁 거닐기, 산책, 산책하다.

돼지 한 마리가 뒷다리로 서서 걷고 있었다.

그랬다, 그것은 스퀼러였다. 마치 그러한 자세로 자신의 상당한 몸체를 지탱하는데 매우 익숙하지는 않은 것처럼 약간 어색했지만 완벽한 균형을 잡으며, 그는 뜰을 가로질러 어슬렁거리고 있었다.

And a moment later, out from the door of the farmhouse came a long file of pigs, all walking on their hind legs. Some did it better than others, one or two were even a trifle unsteady and looked as though they would have liked the support of a stick, but every one of them made his way right round the yard successfully.

all walking on ~은 독립분사구문임. trifle [tráifəl] 하찮은 것, 소량. a trifle 조금. unsteady 불안정한, 변하기 쉬운. make one's way 애써 나아가다, 가다.

잠시 후 농장의 주택 문 밖으로 일련의 돼지들이 나왔는데 모두가 뒷다리

273

로 서서 걷고 있었다. 몇몇은 다른 돼지들보다 더 잘 걸었다. 한두 명은 조금 불안정하기 까지 했는데 지팡이의 도움을 원했을 것처럼 보였다. 하지만 그들 모두가 제대로 뜰을 돌아 성공적으로 걸어갔다.

And finally there was a tremendous baying of dogs and a shrill crowing from the black cockerel, and out came Napoleon himself, majestically upright, casting haughty glances from side to side, and with his dogs gambolling round him.

finally 최후로, 최종적으로. tremendous [triméndəs] 무서운, 굉장한, 엄청난. bay [bei] 만, 내포, 궁지, 짖는 소리, 짖어대다. crow [krou] 까마귀, 수탉이 울다. majestically 장엄하게, 위엄 있게. gambol [gæmbəl] 뛰놀기, 장난, 뛰놀다. out came Napoleon ~은 도치된 문장임. casting haughty glances ~는 부대상황을 나타내는 분사구문임.

그리고 마침내 개들의 시끄럽게 짖는 소리와 검은 수탉의 날카로운 울음소리가 들려오더니 나폴레옹이 몸소 위엄 있게 똑바로 선 자세로 이리저리 오만한 눈길을 던지며 걸어 나왔고 그의 개들은 그를 둘러싸고 뛰어다녔다.

He carried a whip in his trotter.
There was a deadly silence. Amazed, terrified, huddling together, the animals watched the long line of pigs march slowly round the yard. It was as though the world had turned upside-down.

trotter [trɑ́tər] 속보의 말, 양이나 돼지 따위의 족. amazed와 terrified 는 모두 주격 보어로 쓰였음.
turn upside-down 뒤엎다, 거꾸로 하다.

그는 앞발로 회초리를 들고 있었다.

쥐 죽은 듯 침묵이 흘렀다. 놀라고 무서워 한군데 몰려서 동물들은 긴 행렬의 돼지들이 천천히 뜰을 도는 것을 지켜보았다. 마치 세상이 뒤엎어진 것 같았다.

Then there came a moment when the first shock had worn off

and when, in spite of everything — in spite of their terror of the dogs, and of the habit, developed through long years, of never complaining, never criticizing, no matter what happened — they might have uttered some word of protest.

wear off 닳아 없어지게 하다, 기진맥진하게 하다, 약해지다, 점점 사라지다. might have uttered는 가정법 과거완료 문장으로 과거 사실의 반대를 나타냄.

그 때 첫 번째 충격이 점차 누그러지자 모든 것에도 불구하고 — 개들에 대한 공포에도 불구하고, 무슨 일이 있어도 결코 불평하고 비판하지 않는, 여러 해를 통해 붙게 된 습관에도 불구하고 — 그들이 몇 마디 항의의 말을 했을지 모를 순간이 왔다.

But just at that moment, as though at a signal, all the sheep burst out into a tremendous bleating of —

'Four legs good, two legs *better*! Four legs good, two legs *better*! Four legs good, two legs *better*!'

burst out 돌발하다, 갑자기 ~하기 시작하다. bleat [bli:t] 양이나 염소가 매애 울다, 염소 등의 울음소리.

하지만 바로 그 순간 신호를 받기라도 한 듯 모든 양들이 일제히 엄청난 소리를 지르기 시작했다.

'네 발은 좋고 두 발은 더 좋다! 네 발은 좋고 두 발은 더 좋다! 네 발은 좋고 두 발은 더 좋다!'

It went on for five minutes without stopping. And by the time the sheep had quieted down, the chance to utter any protest had passed, for the pigs had marched back into the farmhouse.

go on 나가다, 계속하다, 해나가다, 살아가다, 불이 켜지다. quiet down 조용해지다, 가라앉다. utter [ʌ́tər] 전적인, 완전한, 목소리 등을 내다, 발언하다, 유포하다. protest [prətést] 항의하다, 주장하다. [próutest] 항의, 주장.

그것은 멈춤 없이 5분간 계속되었다. 그리고 양들이 조용해졌을 때 어떠한 항의도 제기할 기회는 지나갔다. 왜냐하면 돼지들이 다시 농장의 주택으로 돌아갔기 때문이었다.

Benjamin felt a nose nuzzling at his shoulder. He looked round. It was Clover. Her old eyes looked dimmer than ever. Without saying anything, she tugged gently at his mane and led him round to the end of the big barn, where the Seven Commandments were written.

nuzzle [mʌ́zəl] 주둥이, 재갈, 재갈을 물리다 애무하다. tug [tʌg] 당기다.

벤자민은 그의 어깨가 누군가의 주둥이로 비벼지는 것을 느꼈다. 그는 둘러보았다. 그것은 클로버였다. 그녀의 늙은 눈은 전보다 더 흐릿하게 보였다. 아무 말 없이 그녀는 그의 갈기를 가만히 잡아당겨서 일곱 계명이 씌어 있는 커다란 헛간 끝으로 그를 데려갔다.

For a minute or two they stood gazing at the tarred wall with its white lettering.

'My sight is failing,' she said finally. 'Even when I was young I could not have read what was written there.

gaze [geiz] 응시, 지켜보다. tarred 타르를 칠한. lettering 글자 쓰기, 글자 찍기, 글자 새기기, (쓴, 인쇄한, 새긴) 글자.

잠시 동안 그들은 흰 글자들이 씌어 있는 타르를 칠한 벽을 바라보며 서 있었다. '내 시력은 나빠지고 있어,' 그녀가 마침내 입을 열었다. '내가 젊었을 때에도 난 저기 씌어 있는 것을 읽을 수 없었지.

But it appears to me that that wall looks different. Are the Seven Commandments the same as they used to be, Benjamin?'

For once Benjamin consented to break his rule, and he read out to her what was written on the wall.

for once 이번 한 번만. consent [kənsént] 동의하다, 동의. what was written ~에서 what은 선행사를 포함한 관계대명사임, ~ 씌어져 있는 것.

그런데 저 벽이 내겐 다르게 보이는 것 같아. 일곱 계명이 전과 똑 같이 있는 거니, 벤자민?'

이번 한 번만 벤자민은 자신의 규칙을 깨뜨리기로 했고 그녀에게 벽에 씌어 있는 것을 읽어주었다.

There was nothing there now except a single Commandment. It ran:

ALL ANIMALS ARE EQUAL
BUT SOME ANIMALS ARE MORE
EQUAL THAN OTHERS

After that it did not seem strange when next day the pigs who were supervising the work of the farm all carried whips in their trotters.

run [rʌn] 달리다, (세월이) 흐르다, (소문 등이) 퍼지다, (기억 등이) 떠오르다, 움직이다, 계속하다, ~라고 씌어 있다.

거기엔 단 하나의 계명만을 빼고는 이제 아무 것도 없었다. 그것은 다음과 같이 씌어 있었다.

모든 동물은 평등하다
하지만 어떤 동물은 다른 동물보다
더 평등하다

그 이후로 다음 날 농장의 작업을 감독하고 있는 돼지들 모두가 앞발로 채찍을 들고 있을 때 그것은 이상한 것 같지 않았다.

It did not seem strange to learn that the pigs had bought themselves a wireless set, were arranging to install a telephone, and had taken out subscriptions to *John Bull, Tit-Bits*, and the

Daily Mirror.

it did not seem strange to learn ~에서 it는 가주어 to learn 이하는 진주어임. wireless set 무선 전신기, 라디오 수신기. install [instɔ́:l] 설치하다, 가설하다, 자리에 앉히다, 취임시키다. take out 꺼내다, 사갖고 가다, 제거하다, 전매권 따위를 획득하다, (보험에) 들다. subscription [səbskrípʃən] 기부청약, 응모, 구독 예약, 서명 승낙.

돼지들이 라디오 수신기를 사고 전화기 설치를 계획하고, 또한 <존 벌>, <팃 비츠>, <데일리 미러> 등에 정기 구독을 예약했다는 것을 듣는 것이 이상한 것 같지 않았다.

It did not seem strange when Napoleon was seen strolling in the farmhouse garden with a pipe in his mouth — no, not even when the pigs took Mr Jones's clothes out of the wardrobes and put them on, Napoleon himself appearing in a black coat, ratcatcher breeches, and leather leggings, while his favourite sow appeared in the watered silk dress which Mrs Jones had been used to wear on Sundays.

wardrobe [wɔ́:rdroub] 옷장, 양복장, 의류. ratcatcher 쥐잡는 사람(동물), 약식 사냥복. breeches [brítʃiz] 승마용 바지. leather [léðər] 무두질을 한 가죽, 가죽 제품. leggings [léginz] 정강이받이, 각반, 레깅스. sow [sou](씨를) 뿌리다, [sau] 암퇘지. watered 물을 뿌린, 물결무늬가 있는.

나폴레옹이 농장의 주택 뜰에서 입에 파이프를 물고 어슬렁거리는 것이 보일 때 그것은 이상한 것 같지 않았다. 아니 돼지들이 양복장에서 존스 씨의 옷을 꺼내어 입을 때조차, 나폴레옹 자신이 검은 코트와 사냥용 바지를 입고 가죽 각반을 차고 나타나고 또한 그가 좋아하는 암퇘지가 존스 부인이 일요일이면 입곤 했던 물결무늬 실크 드레스를 입고 나타날 때조차 그것은 이상한 것 같지 않았다.

A week later, in the afternoon, a number of dogcarts drove up to the farm. A deputation of neighbouring farmers, had been invited to make a tour of inspection.

dogcart 개수레, 2륜 경마차. deputation [depiətéiʃən] 대리, 대표단.

일주일후 어느 오후 2륜 경마차 여러 대가 농장으로 올라왔다. 이웃하고 있는 농장주들의 대표단이 농장을 시찰하기 위해 초대된 것이었다.

They were shown all over the farm, and expressed great admiration for everything they saw, especially the windmill. The animals were weeding the turnip field. They worked diligently, hardly raising their faces from the ground, and not knowing whether to be more frightened of the pigs or of the human visitors.

admiration [ædməréiʃən] 감탄, 찬탄. weed [wiːd] 잡초, 잡초를 뽑다, 제거하다. turnip [tə́ːrnip] 순무. hardly raising their ~와 not knowing ~ 은 모두 부대상황을 나타내는 분사구문임.

그들은 농장 전체에 걸쳐 안내되었고 둘러보는 것마다, 특히 풍차에 대해 대단한 감탄을 표시했다. 동물들은 무밭에서 잡초를 뽑고 있었다. 그들은 땅에서 거의 고개를 들지 않고 부지런히 일을 하면서 돼지들을 더 무서워해야 할지 인간들을 더 무서워해야 할지 알지 못했다.

That evening loud laughter and bursts of singing came from the farmhouse. And suddenly, at the sound of the mingled voices, the animals were stricken with curiosity.

burst [bəːrst] 파열하다, 터지다, 갑자기 ~한 상태가 되다, 파열, 돌발. mingle [míŋgəl] 혼합하다, 뒤섞어 만들다. strike [straik] 치다, 맞부딪치다, 일격을 가하다, 타격, 파업, 대성공. curiosity [kjuəriásəti] 호기심, 진기한 물건.

그날 저녁 커다란 웃음과 노래 소리가 농장의 주택에서 터져 나왔다. 그리고 뒤섞인 목소리에 동물들은 갑자기 호기심이 발동했다.

What could be happening in there, now that for the first time animals and human beings were meeting on terms of equality? With one accord they began to creep as quietly as possible into the farmhouse garden.

At the gate they paused, half frightened to go on, but Clover led the way in.

now that ~이므로. on equal terms 대등하게. with one accord 일제히, 함께. creep [kri:p] 기다, 살금살금 걷다, 스멀스멀하다. as ~ as possible 되도록, 가능한 한. lead the way 안내하다, 이끌다, 선도하다.

처음으로 동물들과 인간들이 대등하게 만나고 있는데 그곳에서 무슨 일이 일어날 수 있을까? 그들은 모두 가능한 한 조용히 농장의 주택 뜰 안으로 살금살금 걷기 시작했다.

농장의 주택 정문에서 그들은 들어가기가 겁나 멈칫거렸지만 클로버가 앞장 서 그들을 이끌었다.

They tiptoed up to the house, and such animals as were tall enough peered in at the dining-room window. There, round the long table, sat half a dozen farmers and half a dozen of the more eminent pigs, Napoleon himself occupying the seat of honour at the head of the table.

tiptoe [típtou] 발끝, 발끝으로 선, 살금살금 걷는, 발끝으로, 발끝으로 걷다. such animals as were ~에서 as는 의사관계대명사임. peer [piər] 동료, 동등한 사람, 자세히 보다, 보이기 시작하다, 응시하다.
eminent [émənənt] 유명한, 뛰어난. occupy [ákjəpai] 차지하다, 점거하다. seat of honour 상좌. at the head of the table 테이블 상석에.

그들은 발끝으로 살금살금 걸어서 주택으로 다가갔다. 그리고 키가 웬만큼 큰 동물들은 거실 창문으로 안을 들여다보았다. 그곳 긴 테이블 주위로 여섯 명의 농장주와 좀 더 뛰어난 돼지들 여섯 명이 앉아 있었는데 나폴레옹은 제일 높은 자리인 상석을 차지하고 있었다.

The pigs appeared completely at ease in their chairs. The

company had been enjoying a game of cards, but had broken off for a moment, evidently in order to drink a toast.

completely 완전히, 철저하게, 전부. at ease 편하게, 자유스럽게. break off 꺾어내다, 끊다, 그만두다, 절교하다, 휴식하다. toast [toust] 토스트, 구운 빵, 축배를 받는 사람, 축배.

돼지들은 그들의 의자에서 완전히 편안하게 보였다. 일행은 카드 게임을 하고 있었는데 분명히 축배를 들기 위해 잠시 휴식을 취하고 있었다.

A large jug was circulating, and the mugs were being refilled with beer. No one noticed the wondering faces of the animals that gazed in at the window.

jug [ʤəg] 주둥이가 넓은 주전자, 손잡이가 달린 항아리.
circulate [sə́ːrkjəleit] 돌다, 순환하다, 여기저기 돌아다니다, 돌리다, 유포시키다. mug [məg] 원통형 찻잔, 손잡이 있는 컵.

커다란 주전자가 돌고 있었고 빈 머그잔에는 맥주로 다시 채워지고 있었다. 아무도 창문으로 들여다보고 있는 동물들의 놀라워하는 얼굴들을 알아채지 못했다.

Mr Pilkington of Foxwood, had stood up, his mug in his hand. In a moment, he said, he would ask the present company to drink a toast. But before doing so, there were a few words that he felt it incumbent upon him to say.

drink a toast 건배하다. incumbent [inkʌ́mbənt] 기대는, 의지하는, 의무로 지워지는, 현직의.

폭스우드의 필킹턴 씨가 손에 머그잔을 들고 일어섰다. 그는 잠시 후 여기에 모인 일동에게 건배를 청할 것이라고 말했다. 하지만 그렇게 하기 전에 해야 할 의무라고 느끼는, 몇 마디 말이 있다고 했다.

It was a source of great satisfaction to him, he said — and, he was sure, to all others present — to feel that a long period of

281

mistrust and misunderstanding had now come to an end.

It was a source ~ to feel that ~에서 it는 가주어, to feel은 진주어임.
mistrust 불신, 의혹, 신용하지 않다. misunderstanding 오해, 의견차이.
come to an end 끝나다, 마치다.

오랜 기간의 불신과 오해가 이제 끝났다고 생각하는 것은 그에겐, 확신하
건데 그곳에 모인 일동에게도, 커다란 만족의 원천이라고 그가 말했다.

There had been a time — not that he, or any of the present
company, had shared such sentiments — but there had been a
time when the respected proprietors of Animal Farm had been
regarded, he would not say with hostility, but perhaps with a
certain measure of misgiving, by their human neighbours.

~ a time when ~에서 when은 관계부사로 쓰였음.
proprietor [prəpráiətər] 소유자, 경영자. misgiving 걱정, 불안, 염려. a
measure of 일정양의.

지난 날 한 때, 그나 거기에 참석한 어느 누구도 그러한 생각을 갖고 있었
다는 것은 아니지만, 존경 받는 동물 농장의 경영자들이 그들의 이웃 인간들
에 의해, 그 자신은 적대감까지는 말하지 않겠지만, 적어도 어느 정도의 불안
감을 갖고 주시되어 온 때가 있었다고 했다.

Unfortunate incidents had occurred, mistaken ideas had been
current. It had been felt that the existence of a farm owned and
operated by pigs was somehow abnormal and was liable to have
an unsettling effect in the neighbourhood.

current [kə́:rənt] 통용하고 있는, 현행의, 지금의, 흐름, 조류, 경향.
abnormal [æbnɔ́:rməl] 보통과 다른, 변칙의, 비정상적인. be liable to 자
칫하면 ~하기 쉬운. unsettling 마음을 산란하게 하는, 동요시키는, 소란하게
만드는.

불행한 사건들이 일어났고 잘못 이해된 생각들이 통용되었다. 돼지들에 의
해 소유되고 운영되는 농장의 존재가 어쩐지 비정상적이고 자칫하면 이웃에

좋지 않은 영향을 끼치기 쉽다고 생각되어졌다는 것이다.

Too many farmers had assumed, without due inquiry, that on such a farm a spirit of licence and indiscipline would prevail. They had been nervous about the effects upon their own animals, or even upon their human employees.

assume [əsúːm] 당연한 것으로 여기다, 떠맡다, 추정하다. inquiry [inkwáiəri] 질문, 문의, 조회, 조사, 연구. licence [láisəns] 면허, 허가증, 멋대로 함, 방종. indiscipline 규율 없음, 무질서. prevail [privéil] 우세하다, 널리 보급되다, 유력하다, 설복하다. employee [implɔ́iːｰ] 고용인, 종업원.

너무나 많은 농장주들이 합당한 조사도 하지 않고 그러한 농장에선 방종과 무질서 의식이 만연할 것이라고 추정했다. 그들은 그들 자신의 동물들이나 그들의 인간 고용인들에게까지 끼칠 수 있는 영향을 걱정했다.

But all such doubts were now dispelled. Today he and his friends had visited Animal Farm and inspected every inch of it with their own eyes, and what did they find?

doubt [daut] 의심, 불확실함, 피해, 의심하다. dispel [dispél] 일소하다, 쫓아버리다, 흩어지다.

하지만 그런 모든 의혹은 이제 일소되었다. 오늘 그와 그의 친구들은 동물농장을 방문하여 농장 구석구석을 그들 두 눈으로 직접 검사를 했는데 그들은 무엇을 발견하였는가?

Not only the most up-to-date methods, but a discipline and an orderliness which should be an example to all farmers everywhere. He believed that he was right in saying that the lower animals on Animal Farm did more work and received less food than any animals in the county.

up-to-date 오늘까지의, 최신식의. discipline [dísəplin] 훈련, 규율, 학과. orderliness 질서정연, 순종함.

모든 농장주들에게 모범이 되는, 최신식의 방식들뿐 아니라 규율과 질서정
연함이었다. 그는 동물 농장의 보다 열등한 동물들이 군내 어떤 동물들보다도
더 많은 일을 하고 더 적은 음식을 받고 있다고 말하는 게 옳다고 믿었다.

Indeed, he and his fellow-visitors today had observed many features which they intended to introduce on their own farms immediately.

He would end his remarks, he said, by emphasizing once again the friendly feelings that subsisted, and ought to subsist, between Animal Farm and its neighbours.

feature [fíːtʃər] 얼굴의 생김새, 특징. introduce [intrədjúːs] 안으로 들이다, 받아들이다, 수입하다, 소개하다. remark [rimáːrk] ~에 주목하다, ~을 알아차리다, 말하다, 소견, 비평, 주목. emphasize [émfəsaiz] 강조하다, 역설하다. subsist [səbsíst] 살아가다, 존재하다.

사실 그와 그의 동료 방문자들은 오늘 그들 자신의 농장들에 즉시 소개시킬 의향이 있는 많은 특징들을 관찰하게 되었다.

그는 동물 농장과 그의 이웃들 사이에 존재하고 있고 또한 존재해야 하는 친근한 감정을 다시 한 번 강조함으로써 연설을 마치겠다고 했다.

Between pigs and human beings there was not, and there need not be, any clash of interests whatever. Their struggles and their difficulties were one. Was not the labour problem the same everywhere?

clash [klæʃ] 충돌, 충돌하다. interest [íntərəst] 관심, 흥미, 중요성, 이해관계, 이자, [íntərest] ~에 흥미를 일으키게 하다, ~의 관심을 끌다, 관계시키다. whatever ~하는 것은 무엇이든, 무엇을 ~하든, ~하는 모든, 어떤 ~라도. 조금의 ~도. struggle [strʌɡəl] 버둥거리다, 분투하다, 싸우다, 버둥질, 노력, 싸움.

돼지들과 인간들 사이에 어떤 이해관계의 충돌은 조금도 없고 있을 필요도 없다. 그들의 투쟁과 그들의 어려움은 하나이다. 노동문제는 어디서나 같은

것이 아닌가?

Here it became apparent that Mr Pilkington was about to spring some carefully prepared witticism on the company, but for a moment he was too overcome by amusement to be able to utter it.

witticism [wítəsizəm] 재담, 익살, 명언. for a moment 잠시 동안, 잠깐 동안. overcome [ouvərkʌ́m] 이겨내다, 극복하다, 압도하다. amusement 즐거움, 재미, 오락. too ~ to do ~너무나 ~해서 ~할 수 없다.

여기서 필킹턴은 상당히 주의 깊게 준비한 명언을 참석자에게 내놓으려고 한 것이 분명했다. 하지만 잠시 그는 즐거움에 너무 압도되어 그 말을 할 수 없었다.

After much choking, during which his various chins turned purple, he managed to get it out: 'If you have your lower animals to contend with,' he said, 'we have our lower classes!'

choke [tʃouk] 질식시키다, 막다, 메우다, 저지하다, 억누르다, 숨이 막히다. chin [tʃin] 턱. purple [pə́:rpəl] 자줏빛의, 화려한, 자줏빛. contend [kənténd] 다투다, 경쟁하다, 싸우다. class [klæs] 종류, 등급, 계급, 학급, 학습시간, 수업.

한참 목에 메인 뒤에, 그동안 여러 겹의 그의 턱살이 자줏빛으로 변했는데, 그는 가까스로 그것에서 벗어날 수 있었다. 그가 말했다. '당신들이 만일 당신들이 다투어야 할 열등한 동물들이 있다면 우리에게도 우리의 열등한 계급이 있습니다!'

This *bon mot* set the table in a roar; and Mr Pilkington once again congratulated the pigs on the low rations, the long working hours, and the general absence of pampering which he had observed on Animal Farm.

bon mot [bánmóu] 명언, 명문구. roar [rɔ:r] 으르렁거리다, 고함치다,

285

으르렁거리는 소리, 고함소리. congratulate [kəngrǽtʃəleit] 축하하다. pamper [pǽmpər] 하고 싶은 대로 하게 하다, 어하다, ~을 실컷 먹이다. observe [əbzə́:rv] 지키다, 관찰하다, 소견을 말하다, 진술하다.

이 명문구로 좌중 테이블에서 함성소리가 터져 나왔다. 그리고 필킹턴 씨는 다시 한 번 저조한 배급과 장시간의 작업시간, 그리고 자신이 동물 농장에서 목격한 것으로서 동물들의 방종이 없는 것 등에 대해 돼지들을 축하했다.

And now, he said finally, he would ask the company to rise on their feet and make certain that their glasses were full. 'Gentlemen,' concluded Mr Pilkington, 'gentlemen, I give you a toast: to the prosperity of Animal Farm!'

rise on one's feet 일어서다. conclude [kənklú:d] 마치다, 끝내다, 결론을 내다, 말을 맺다. make certain 확인하다, 손에 넣다, ~하도록 하다.

그리고 그는 마침내 참석자들에게 이제 모두 자리에서 일어나 잔을 채우기를 요청할 것이라고 말했다. '여러분' 필킹턴 씨는 말을 마쳤다. '여러분, 난 동물 농장의 번영을 위해 여러분에게 축배를 제안합니다!'

There was enthusiastic cheering and stamping of feet. Napoleon was so gratified that he left his place and came round the table to clink his mug against Mr Pilkington's before emptying it.

enthusiastic [inθu:ziǽstik] 열광적인. cheering 갈채, 원기를 돋우는. stamp [stæmp] 스탬프, 인지, 인지를 붙이다, 날인하다, 짓밟다, 발을 구르다. gratify [grǽtəfai] 기쁘게 하다, 만족시키다. clink [kliŋk] 짤랑 소리를 내다, 잔을 부딪치다, 짤랑 하는 소리.

열광적인 갈채와 발을 구르는 소리가 났다. 나폴레옹은 너무나 기쁜 나머지 잔을 비우기 전에 자신의 자리에서 일어나 테이블을 돌아서 필킹턴 씨의 머그잔에 자신의 머그잔을 부딪쳤다.

When the cheering had died down, Napoleon, who had remained

on his feet, intimated that he too had a few words to say.

Like all of Napoleon's speeches, it was short and to the point.

intimate [íntəmət] 친밀한, 자세한, 심오한, 친구, [íntəmeit] 넌지시 비추다, 발표하다. to the point 요령 있는, 적절한.

갈채가 잠잠해지자 여전히 서 있던 나폴레옹은 자신도 할 말이 좀 있다고 했다.

나폴레옹의 연설이 모두 그랬듯이 그의 말은 짧고 간결했다.

He too, he said, was happy that the period of misunderstanding was at an end. For a long time there had been rumours — circulated, he had reason to think, by some malignant enemy — that there was something subversive and even revolutionary in the outlook of himself and his colleagues.

at an end 최후에는, 끝내는. malignant [məlígnənt] 악의 있는, 악성의, 악의를 품은 사람. subversive [səbvə́ːrsiv] 전복하는, 파괴적인. revolutionary 혁명적인. outlook [áutluk] 조망, 경치, 예측, 사고방식, 견해. colleague [káliːg] 동료.

그 또한 오해의 기간이 끝난 것이 기쁘다고 말했다. 그 자신과 그의 동료의 사고방식에 파괴적이고 혁명적인 어떤 것이 있다는 소문이 오랫동안 있었는데 그가 알고 있는 근거로는 그 소문이 어떤 악의를 가진 적에 의해 퍼뜨려진 것이라고 했다.

They had been credited with attempting to stir up rebellion among the animals on neighbouring farms. Nothing could be further from the truth! Their sole wish, now and in the past, was to live at peace and in normal business relations with their neighbours.

credit [krédit] 신용, 영예, 신용대부, 신용하다, ~의 영예가 되다, 명예 등을 ~에게 돌리다, ~의 행위자(소유자)로 생각하다. attempt [ətémpt] 시도하다, 노리다, 시도, 습격. stir up 자극하다, 선동하다, 일으키다. further

287

그 위에, 게다가, 더욱이, 그 위의, 그 이상의. sole [soul] 오직 하나의, 유일한, 발바닥.

자기네들이 이웃 농장의 동물들에게 반란을 부추기려 했다는 것으로 알려졌지만 어떤 것도 진실이 아니다! 자기네들의 유일한 희망은 지금이나 과거에도 이웃과 평화롭게, 정상적인 사업관계를 가지며 사는 것이라고 했다.

This farm which he had the honour to control, he added, was a cooperative enterprise. The title-deeds, which were in his own possession, were owned by the pigs jointly.

honour [ánər] 영예, 경의, 정조. cooperative [kouápərətiv] 협력적인, 협동의. enterprise [éntərpraiz] 기획, 진취적인 정신, 기업체. title-deed 권리증서. jointly 연합하여, 공동으로.

그가 삼가 관리하는 이 농장은 협동 기업체라고 그는 덧붙였다. 그 자신의 수중에 있는 권리증서는 돼지들에 의해 공동으로 소유되고 있다고 했다.

He did not believe, he said, that any of the old suspicions still lingered, but certain changes had been made recently in the routine of the farm which should have the effect of promoting confidence still further.

suspicion [səspíʃən] 혐의, 의심, 극소량. linger [líŋgər] 오래 머무르다, 좀처럼 사라지지 않다. routine [ru:tín] 판에 박힌 일, 일상의 과정, 상투적인 말. promote [prəmóut] 진전시키다, 증진시키다.
confidence [kánfədəns] 신용, 자신, 확신, 대담. which should have ~에서 which는 주격 관계대명사로서 선행사는 앞 문장 전체로 봄.

그는 오래 된 어떤 의혹들이 여전히 남아 있다고는 믿지 않지만 최근 몇몇 변화들이 농장의 일상 과정에서 이루어졌는데 이는 보다 깊은 신뢰를 증진시킬 결과를 갖게 될 것이라고 했다.

Hitherto the animals on the farm had had a rather foolish custom of addressing one another as 'Comrade'. This was to be suppressed. There had also been a very strange custom, whose origin was unknown, of marching every Sunday morning past a boar's skull which was nailed to a post in the garden.

address [ədrés] 받는 이의 주소와 성명, 인사말, 태도, 솜씨, ~에게 말을 걸다, ~에게 연설하다, 편지 등을 보내다, 받는 이의 주소와 성명을 쓰다. 문서 등을 제출하다, 여성에게 구애하다. custom [kʌ́stəm] 관습, 풍습, 관례. suppress [səprés] 억압하다, 억누르다, 발표하지 않다. skull [skʌl] 두개골. nail [neil] 손톱, 발톱, 못, 징, 못을 박다, 꼼짝 못하게 하다, 체포하다.

지금까지 농장의 동물들은 서로에게 '동무'라고 하는 아주 어리석은 습관이 있었다. 이것은 금지될 것이다. 또한 기원은 잘 모르겠으나 일요일 아침마다 뜰의 기둥에 못으로 박아 놓은 어느 수퇘지의 두개골을 지나서 행진하는 매우 이상한 습관이 있었다.

This, too, would be suppressed, and the skull had already been buried. His visitors might have observed, too, the green flag which flew from the masthead. If so, they would perhaps have noted that the white hoof and horn with which it had perviously been marked had now been removed. It would be a plain green flag from now onwards.

bury [béri] 묻다, 매장하다, 생각에 잠기다, 숨다. masthead 돛대머리, 장두, 발행인란. remove [rimúːv] ~을 옮기다, ~을 제거하다, 해임하다, 이동하다. from now onwards 지금 이후.

이것 또한 금지될 것이고 두개골은 이미 매장되었다. 그의 방문객들은 깃대 꼭대기에 나부끼는 푸른 깃발을 보았을 것이다. 그렇다면 그들은 아마도 이전에 표시되었던 흰 발굽과 뿔이 이제 없어졌다는 것도 보았을 것이다. 이제부터는 단순한 녹색 깃발이 될 것이다.

He had only one criticism, he said, to make of Mr Pilkington's excellent and neighbourly speech. Mr Pilkington had referred throughout to 'Animal Farm'. He could not of course know — for he, Napoleon, was only now for the first time announcing it — that the name 'Animal Farm' had been abolished.

criticism [krítəsizəm] 비평, 비판, 비판 능력, 흠잡기. neighbourly 이웃 사람 같은, 우호적인, 친절한. refer [rifə́r] 보내다, 조회하다, 참조시키다, 위탁하다, 맡기다, ~에게 돌리다, ~탓으로 하다, 언급하다. abolish [əbáliʃ] 폐지하다, 철폐하다.

그는 필킹턴 씨의 훌륭하고 우호적인 연설에 대해 딱 한 가지 흠을 잡을게 있다고 했다. 필킹턴 씨는 내내 동물 농장을 언급했다. 그는 물론 나폴레옹 자신이 지금 처음 발표하기 때문에 '동물 농장'이란 이름이 폐지되었음을 당연히 알 수 없었다.

Henceforward the farm was to be known as the 'Manor Farm' — which, he believed, was its correct and original name.

'Gentlemen,' concluded Napoleon, 'I will give you the same toast as before, but in a different form.

henceforward 이제부터는, 금후. original [oríʤənl] 최초의, 원본의, 독창적인. conclude [kənklú:d] 마치다, 끝내다, 결론을 내리다, 협약 등을 체결하다.

이제부터 이 농장은 '장원 농장'으로 알려질 것이며 그것이 농장의 정확한 고유의 이름으로 믿고 있다고 그는 말했다.

'여러분,' 나폴레옹은 결론을 내렸다. '난 여러분에게 전과 같지만 다른 형태로 건배를 제안할 겁니다.

Fill your glasses to the brim. Gentlemen, here is my toast: To the prosperity of the Manor Farm!'

There was the same hearty cheering as before, and the mugs were emptied to the dregs.

brim [brim] 가장자리, 언저리, 물가, 넘치도록 채우다.

prosperity 번영, 번창, 행운, 부유함. hearty [há:rti] 마음으로부터의, 친절한, 기운찬, 튼튼한, 풍부한. cheering 갈채, 원기를 돋우는.

dreg [dreg] 찌끼, 앙금, 지스러기. drink to the dregs 한 방울도 남기지 않고 마시다.

여러분의 잔에 넘치도록 채우시오. 여러분, 건배합시다. 장원 농장의 번영을 위해서!'

전과 똑같이 기운찬 갈채가 나왔고 잔들은 한 방울도 남기지 않고 비워졌다.

But as the animals outside gazed at the scene, it seemed to them that some strange thing was happening. What was it that had altered in the faces of the pigs?

scene [siːn] 무대장면, 장면, 광경, 현장. alter [ɔ́ːltər] 바꾸다, 변하다.

하지만 동물들이 밖에서 그 장면을 응시하고 있을 때 그들에겐 어떤 이상한 일이 일어나고 있는 것 같았다. 돼지들의 얼굴에서 변한 것은 무엇일까?

Clover's old dim eyes flitted from one face to another. Some of them had five chins, some had four, some had three. But what was it that seemed to be melting and changing.

dim [dim] 어둑한, 희미한, 흐릿한, 둔한, 어둑하게 하다, 어둑해지다. flit [flit] 훌쩍 날다, 휙 지나가다, 오가다, 가벼운 움직임. chin [tʃin] 턱. melt [melt] 녹다, 서서히 사라지다, 측은한 생각이 들다, 누그러지다.

클로버의 나이 든 침침한 눈은 이 얼굴에서 저 얼굴로 오갔다. 어떤 돼지는 턱이 다섯 겹, 어떤 돼지는 네 겹, 어떤 돼지는 세 겹이었다. 하지만 녹아서 변하고 있는 것처럼 보이는 것은 무엇일까.

Then, the applause having come to an end, the company took up their cards and continued the game that had been interrupted, and the animals crept silently away.

applause [əplɔ́ːz] 박수갈채, 칭찬. the applause having come to ~은 독립분사구문임.

그 다음 박수갈채가 끝나자 인간과 돼지들은 카드를 집어 들고 중단되었던 게임을 계속했다. 그리고 동물들은 조용히 그곳을 빠져나왔다.

But they had not gone twenty yards when they stopped short. An uproar of voices was coming from the farmhouse. They rushed back and looked through the window again. Yes, a violent quarrel was in progress.

short [ʃɔːrt] 짧은, 불충분한, 성마른, 숨결 등이 빠른, 간단히, 짧게, 갑자기, 간결, 개략, 적요, 겸손. uproar [ʌ́prɔːr] 소란, 소동. violent [váiələnt] 격렬한, 광포한. quarrel [kwɔ́ːrəl] 싸움, 불화의 원인, 싸우다. in progress 진행중.

하지만 그들은 20 야드도 가지 못해서 갑자기 멈추어 섰다. 농장의 주택에서 소란스런 고함소리가 터져 나왔다. 그들은 뒤돌아 달려와서 다시 창문을 통해 들여다보았다. 그렇다. 격렬한 싸움이 진행 중이었다.

There were shoutings, bangings on the table, sharp suspicious glances, furious denials. The source of the trouble appeared to be that Napoleon and Mr Pilkington had each played an ace of spades simultaneously.

shouting 외침. bang [bæŋ] 강타하는 소리, 강타, 원기, 철썩하고, 탕하고, 쿵하고, 탕하고 닫히다, 쾅 부딪히다, 세게 치다. suspicious [səspíʃəs] 의심스러운, 수상쩍은. glance [glæns] 흘긋 봄, 일별, 흘긋 보다, 잠깐 언급하다, 빗맞고 나가다. furious [fjúəriəs] 성난, 사납게 몰아치는. denial [dináiəl] 부인, 부정, 거절, 자제. ace of spade 스페이드의 에이스.

고함소리, 테이블을 탕탕 치는 소리, 의심에 찬 날카로운 시선들, 격렬하게 거부하는 소리들이 오갔다. 싸움의 원인은 나폴레옹과 필킹턴 씨가 동시에 스페이드의 에이스를 내 놓았기 때문인 것 같았다.

Twelve voices were shouting in anger, and they were all alike. No question, now, what had happened to the faces of the pigs. The creatures outside looked from pig to man, and from man to pig, and from pig to man again; but already it was impossible to say which was which.

November 1943 — February 1944
creature [kríːtʃər] 피조물, 생물, 동물. which was which 어느 것이 어느 것인지, 누가 누구인지.

열 두 개의 목소리들이 화가 나서 크게 터져 나오고 있었다. 모두가 똑같았다. 돼지들의 얼굴에 무엇이 일어난 것인지 이제 의심의 여지가 없었다. 바깥에 있는 동물들은 돼지에서 인간으로, 인간에서 돼지로, 다시 돼지에서 인간으로 번갈아보았다. 하지만 이미 누가 누구인지 분간하는 것은 불가능했다.

1943년 11월 — 1944년 2월

<역자 후기>

<동물 농장>은 인간들에 의해 착취당하는 장원 농장의 동물들이 혁명을 일으켜서 모든 동물들이 평등한 이상적인 사회를 건설하려 했지만 어느새 돼지들이 특권층이 되면서 결국엔 혁명 이전의 비참한 삶을 이어가게 된다는 우화 소설이다.

조지 오웰은 이 소설을 통해 독재체제의 전체주의적 공포사회를 그려냄으로서 소련의 스탈린주의를 비판하였다. 본문에 나오는 늙은 수퇘지 메이저는 마르크스를 상징하고 권력을 잡은 나폴레옹은 스탈린을, 나폴레옹의 개들은 소련의 비밀경찰을 상징하며, 복서는 소련의 민중을 대변하고 추방당한 스노볼은 스탈린과 대립한 혁명가 트로츠키를 가리키는 것이라고 한다.

이제 소련은 붕괴되어 공산주의는 실패로 끝난 이념으로 여겨지고 있지만 현실적으로는 세계의 일부 국가에서 아직도 공산주의, 독재정권이 여전히 건재하고 있다. 75년여 전에 쓴 정치 풍자소설이 21세기에도 적용될 수 있다는 것이 놀라울 뿐이다. 이 소설에서의 전체주의에 대한 비판은 이를 더욱 확장해서 왜곡되고 있는 작금의 자유 민주주의 체제의 잘못된 폐단까지도 비판할 수 있다는 것이다. 자유 민주주의의 가장 결정적인 단점은 부익부 빈익빈이다. 자유 민주주의에서 빈부격차가 심화되고 권력의 대물림됨으로서 새로운 특권층이 생성되고 중산층이 붕괴되어 하층민이 늘어나는 것은 보통 심각한 문제가 아니다.

2011년 '월가를 점령하라'는 구호와 함께 미국 뉴욕 월가에서 시작된 대규모 군중시위는 미국 국민의 1% 극소수가 미국 전체의 부 50%를 차지하는 심각한 부의 편중과 경제난, 그리고 실업문제에 대한 분노의 표출이었다. 최근 한국은 로스쿨과 의학전문대학원 같은 제도로 부와 권력이 대물림됨으로서 새로운 특권층의 생성되고 상류층으로의 이동을 가능케 하는 사다리가 끊어지면서 하층민이 늘어나게 되었다. 절망에 빠진 하층민들은 결국 새로운 혁명을 꿈꾸게 될 것이다. 따라서 자유 민주주의의 성공은 자유와 평등을 어떻게 조화롭게 할 수 있는가에 달려 있다고 할 것이다.

작금의 한국의 정세를 보면 열강에 둘러싸인 구한말 조선과 흡사하다. 일본은 메이지 유신으로 서양문물을 받아들여 자본주의가 성립되고 부국강병에 힘써 근대국가로서 발전하였지만 조선은 대원군이 개방을 하지 않고 쇄국정책을 실시하면서 국제적인 통상국가로서 발돋움할 수 있는 기회를 놓쳐버렸다. 당시 정부는 일본의 야욕을 간파하지 못하고 부패하고 무능한 청나라에 의지하다가 결국 나라를 패망시키고 말았다.

지금도 마찬가지이다. 정부가 북한의 적화 야욕을 직시하지 못하고 친북 친중 정책을 유지하며 한미동맹을 약화시키고 한미일 국제공조를 허물어뜨린다면 우리나라는 또다시 위험에 빠지게 될 것이다. 우리 정부는 한미일 안보 구도를 견지하고 북한에 대한 유엔제재에 동참하며 북한의 개방을 유도해야 한다. 또한 중국에의 과도한 경제적인 의존도를 낮추어가면서 통상의 다변화를 꾀해야 할 것이다.

정부는 친기업정책을 실시하고 한노총과 민노총이 과도하게 정치세력화되는 것을 막고 이들이 본래의 순수한 노동운동에만 전념할 수 있게 해야 할 것이다. 하층민에 대한 복지를 합리적으로 늘리면서 화합되고 공정한 사회를 위해 최선을 다해야 할 것이다.

작년에 코로나 19가 전 세계를 강타하였고 우리나라도 아직까지 힘든 시기를 보내고 있는데 지금의 여당과 야당은 이러한 국난 극복을 위해 제 역할을 다하지 못하고 있다. 그런데 지난 4월에 뉴스브리핑을 진행하고 있는 황장수 소장이 혁명 21이라는 새로운 당을 창당하였다. 혁명 21은 서민 포퓰리즘 15조를 기조로 한 정당이다.

서민 포퓰리즘의 주요 내용은 정부가 서민들을 위해 평당 700만원 이하의 저렴한 아파트를 제공하고 대입학력고사와 사법시험을 부활시키며, 민노총을 해체하고 외국인 노동자를 제한해서 중산층을 확대하는 것이다. 그리고 실용적인 평생교육체제 도입, 4차 미래혁신산업을 빙자한 어플과 플랫폼형 서민 일자리 탈취 금지, 제조업 적극 지원과 지방자치제 폐지 및 국가적인 노인요양체계 도입 등을 주요 골자로 하고 있다. 그뿐 아니라 한미동맹을 강화해서 한미일 삼각안보를 구축하고 김정은 체제하에서의 통일을 반대하고 선별적 효율적 복지를 추진하며 청와대와 국정원 통일부 등 불필요한 공공기관을 폐지하고 국회의원, 장관, 대통령 등 고위직의 중위급 월급을 주창하고 있다. 이러한 혁명 21이야말로 새로운 미래 한국을 만들어 가는데 초석이 되는 진정으로 서민을 위한 정당이라고 생각된다.

동물농장

원본+문법해설+번역[개정판]

2021년 5월 25일 제2판 1쇄 인쇄
2021년 5월 31일 제2판 1쇄 발행

지은이   조지 오웰
옮긴이   동일성
펴낸이   동일성
펴낸곳   사색공간
출판등록 제 2020-000011호
주   소   서울시 관악구 승방3가길 39 502호
전   화   02-582-4028
이메일   dongiss@hanmail.net

ISBN   979-11-969611-2-1